Knaus
K

Peter Ackroyd

Die Clerkenwell-Erzählungen

ROMAN

Aus dem Englischen von
Eva L. Wahser

Albrecht Knaus

Die Originalausgabe erschien 2003 unter dem Titel
«The Clerkenwell Tales»
bei Chatto & Windus, London.

Umwelthinweis:
Dieses Buch und sein Schutzumschlag wurden auf chlorfrei gebleichtem Papier gedruckt.
Die vor Verschmutzung schützende Einschrumpffolie ist aus umweltschonender und recyclingfähiger PE-Folie.

1. Auflage

Umschlaggestaltung: Design Team München
Gesetzt aus 10,2/14,5 pt. Baskerville BQ
Satz: Filmsatz Schröter, München
Druck und Bindung: GGP Media GmbH, Pößneck
Printed in Germany
ISBN 3-8135-0241-4
www.knaus-verlag.de

Die Figuren

Vielleicht erinnert sich der Leser daran, dass viele Personen aus dieser Geschichte auch in den «Canterbury-Erzählungen» von Geoffrey Chaucer vorkommen. Wie sagte doch William Blake: «Die Figuren aus Chaucers Pilgerzug sind Gestalten aller Epochen und Völker. Während eine Epoche versinkt, steigt die nächste empor. Dem sterblichen Auge erscheinen sie verschieden, den Unsterblichen jedoch ewig gleich …»

Dame Agnes de Mordaunt, Priorin
Dame Alice, Kupplerin
Garret Barton, Gutsbesitzer
Coke Bateman, Müller
Bogo, Büttel
Heinrich Bolingbroke, Thronanwärter
Oliver Boteler, Knappe
Robert Braybroke, Bischof von London
Schwester Birgitta, zweite Nonne
Geoffrey de Calis, Ritter
Schwester Clarissa, Nonne
Drago, Bediensteter des Kanonikus
Johannes Duckling, Nonnenpriester
Wilhelm Exmewe, Augustinerpater
Johannes Ferrour, Geistlicher
Hamo Fulberd, Buchmaler
Thomas Gunter, Arzt
Emnot Hallyng, Scholar
Gabriel Hilton, Juwelenhändler

Janekin, Lehrling
Jolland, Mönch
Oswald Koo, Aufseher
Dame Magga, Wirtin
Gybon Maghfeld, Knappe
Richard Marrow, Zimmermann
Martin, Rechtsgelehrter
Brank Mongorray, Mönch
Robert Rafu, Stiftsverwalter
Richard II., König von England
Gilbert Rosseler, Schiffer
Anna Strago, Kaufmannsfrau
Radulf Strago, Kaufmann
Umbald von Arderne, Ablasshändler
Miles Vavasour, Königlicher Rechtsvertreter
Roger Walden, Erzbischof von Canterbury
Roger aus Ware, Koch

I

Die Priorin

Dame Agnes de Mordaunt saß auf der Fensterbank ihres Gemachs und schaute auf den Garten des Marienklosters zu Clerkenwell hinaus. Da ihre Tante vor ihr Priorin gewesen war, fühlte sie sich aus familiären Gründen dem Grundbesitz ebenso verpflichtet wie den ihrer Obhut anvertrauten Seelen. «Forparadis» – «Draußen vor dem Paradies» – nannte man den Garten, doch an jenem milden Februarmorgen schien er mit dem Balsam des Gartens Eden gesegnet. Im Gedenken an die Allerheiligste Dreifaltigkeit besaß er die Form eines Dreiecks. Zu jeder Seite hatte man ein dreieckiges Beet angelegt, für die drei Verbindungswege waren dreiunddreißig Steinplatten verlegt worden. Die drei Mauern rings um den Garten – je dreiunddreißig Fuß hoch – bestanden aus dreierlei Material: Steinknack, Flint und Sandstein. Als Sinnbild der Auferstehung hatte man unter einem Kirschbaum einige Lilien gepflanzt. Sie sollten in der Sprache der Blumen von jenen Worten künden, die Dame Agnes auswendig kannte: «Wie eine Lilie wird er wachsen, der Gerechte, und blühen vor dem Antlitz Gottes.» Doch dann seufzte sie. Wer hätte mehr Unglück über dieses Haus bringen können, wer mehr Öl ins Feuer gießen? Wer die Freuden des Himmels oder die Höllenqualen so vermehren?

Jenseits des ummauerten Gartens konnte sie auf den Feldern, die bis zum Fluss hinunterreichten, das Brauhaus mit seinem Taubenschlag erkennen, den vertrauten Wagenunterstand und neben den Stallungen die Dungkate. Am Westufer des Fleet stand die Mühle und auf der anderen Seite eine Hütte mit gekalkten Wänden und Strohdach, die dem Klostermeier gehörte. Müller und Meier waren in einen langwierigen Rechtsstreit über ihre Anrechte an dem Fluss verwickelt, der zwischen ihren Häusern floss. Schon oft hatten sie an der Fleetmündung eine der Themsebarken nach Westminster genommen, um ihre Sache vor einem Richter oder einem Königlichen Rechtsvertreter durchzusetzen. Bisher leider ohne endgültige Entscheidung. Das Boot koste zwei Pence, hatte der Meier zu Agnes gesagt, während das Gesetz einen Menschen um alles bringe. Die Priorin hatte versucht zu vermitteln, aber neben vielen anderen hatte ihr auch die Zellerarin erklärt, genauso gut könne sie Honig zwischen Dornen ausgießen.

Der Essensgeruch, der durch den Kreuzgang aus der Küche herüberdrang, stieg ihr in die Nase, sie hörte die Blechteller scheppern, die für Brot und Fleisch nach der Prim gespült wurden. Würde sich die Welt bis zum Jüngsten Tage immer so weiterdrehen? Regentropfen gleichen wir, die schräg zur Erde fallen. Ihr Äffchen spürte ihre Melancholie. Es kletterte auf ihre Schulter und begann, mit dem goldenen Ring zu spielen, der an einem Seidenfaden zwischen ihren Brüsten hing. Sie sang ihm ein neues französisches Lied vor: «Jay tout perdu mon temps et mon labour.» Danach ließ sie es raten, in welcher Hand sie eine Haselnuss versteckt hielt.

Schon als junges Mädchen war sie ins Marienkloster eingetreten und hatte sich seither eine kindliche Scheu und Schüchternheit bewahrt. Allerdings konnte sie im Hochgefühl eines fast kindischen Stolzes auf ihre hohe Stellung auch aufbrausend und jähzornig sein. Sie sollte sich am Tag der Unschuldigen Kinder mit dem Kinderbischof paaren, flüsterten einige der jüngeren Nonnen. Ihr Gemach war mit grünem Tuch ausgeschlagen, die Vorhänge waren aus grünem Samt. Von der grünen Farbe hieß es, sie stimme die Geister der Unterwelt freundlich. Es sei klug, hatte sie gesagt, den Quell nicht zu wecken. Besagter Pfaffenquell lag unmittelbar hinter der steinernen Klostermauer, nur wenige Fuß vom Infirmarium entfernt, und galt als heilige Stätte.[1]

[1] Für sämtliche Anmerkungen vgl. Kapitel XXIII «Der Dichter spricht».

Zu dieser Morgenstunde nahm sie entweder einen mit Zimt und Heliotrop gewürzten Trank oder hellen Bordeaux zu sich. Der Süßwein beruhigte ihren empfindlichen Magen, den sie jenen Prüfungen verdankte, die sie jüngst erduldet hatte. Gerüchte über die seltsamen Vorfälle im Kloster waren bereits bis zu den Garküchen an der East Cheap und den Fischständen in der Friday Street gedrungen. Obwohl man Agnes diese leicht verworrenen Geschichten nicht berichtet hatte, war sie sich einer merkwürdigen Unruhe in der Nachbarschaft bewusst und verspürte Unbehagen. Sie tauchte ihren Finger in Wein und Honig und ließ dann das Äffchen daran saugen. «Der erste Finger ist der kleine Mann», murmelte sie ihm mit einer kindlichen Stimme zu, die ihr in Gesellschaft peinlich gewesen wäre. «Das ist der Baderfinger, denn den benützt der Medikus. Der nächste heißt der lange Mann. Das ist der Zeiger oder auch Topfschlecker genannt. Siehst du? Damit berühre ich deine Nase.» An der Türe klopfte es laut. Rasch erhob sie sich von der Fensterbank. «Wer ist da?»

«Idonea, ma dame.»

«In Gottes Namen, Idonea, tritt ein.»

Die Subpriorin, eine ältliche Nonne mit einem Gesicht so wund und zerklüftet wie zu stark gesalzenes Pökelfleisch, konnte die Aufforderung kaum abwarten. Trotz ihrer hastig angedeuteten Verbeugung war klar, dass sie vor Aufregung schier platzte. «Sie hat einen Anfall. Sie spricht mit fremder Zunge und nicht mit ihrer eigenen.»

Wie immer betrachtete Agnes mitleidig Idoneas unschöne Gesichtszüge. «Sie kämpft mit Gott.»

Es bedurfte keiner Erklärung, wer mit «sie» gemeint war. Schwester Clarissa, die verrückte Nonne von Clerkenwell, war in den unterirdischen Gängen des Klosters empfangen und geboren worden.

«Wo ist sie jetzt?»

«Im bunten Gemach.»

Schon früher war über das Marienkloster Unglück gekommen. Gewisse Nonnen hatten während der Amtszeit von Agnes' Tante einen großen Skandal ausgelöst. Allseits bekannte Gebrechen hinderten Joyeuse de Mordaunt daran, ihre Herde im Zaum zu halten.

Zweihundert Meter vom Kloster entfernt stand die wesentlich berühmtere Priorei St. Johannes von Jerusalem, der Sitz der Tempelritter. Ein mächtiges Gebilde aus steinernen Bauwerken, Kapellen, Obst- und Blumengärten, Fischweihern, Holzkaten und Nebengebäuden, das sich südlich bis Smithfield und nach Westen bis zum Fleet erstreckte. Den Grundstein dafür hatte man in uralten Zeiten gelegt. Reliquiengeschenke verschiedener Päpste hatten die Stätte noch mehr geheiligt, darunter eine Phiole mit Milch von den Brüsten der Jungfrau Maria, ein Stück Segeltuch vom Boot des heiligen Petrus, eine Feder von Gabriels Flügeln sowie winzige Teile der Brote und Fische, die einst Jesus vermehrt hatte. Erst jüngst hatte ein von Geburt an stummer Blinder durch einen Tropfen jener heiligen Muttermilch Sehkraft und Redegabe zurückerhalten. Die Priorei bestand nicht nur aus einer Kirche und einer Herberge für Reisende, sondern auch aus einem Hospital und einem großen Gutshof. Leider war sie vor zwanzig Jahren in den Ruf der Lasterhaftigkeit geraten. Wie hatte der Kardinallegat gesagt, den der Papst zur Untersuchung der Angelegenheit gesandt hatte? Man habe sich dort «unheilvollem und dämonischem Ergötzen» in Verbindung mit «Tanz und lüsternem Spiel» hingegeben.

Alle waren sich einig, dass in erster Linie die jungen Nonnen die Schuld daran trugen. Es fiel auf, wie gern sie den Anger von Clerkenwell überquerten, um bei den der Priorei zugewiesenen Priestern zu beichten, und schon bald wurde klar, dass ihr Hauptziel nicht die Beichte war. Der Zellerar der Priorei hatte der Küchenschwester des Klosters erzählt, man habe die Nonnen bei Tanz und Lautenspiel beobachtet. «Der Teufel hat auf ihren Köpfen getanzt», so seine Worte. Einige Nonnen hatten sich kleine Schellenbänder um den Hals gehängt, woraufhin sie die Küchenschwester sofort als «Teufelskühe» bezeichnete. Angeblich hatte die Novizinnenmeisterin mitfühlend die Zuchtrute weggeworfen und sich in der allgemeinen Liederlichkeit ihren Schützlingen zugesellt. Obendrein nahmen mehrere der jüngeren Nonnen nicht an der Vesper oder am Komplet teil. Dame Joyeuse de Mordaunt litt am Schlagfluss. Man konnte ihr in keinster Weise begreiflich machen, wie ernst diese Berichte waren.

Doch die Ausschweifungen hatten dermaßen zugenommen, dass es der Prior von St. Johannes als seine Pflicht empfand, *secreto* um Audienz beim Bischof von London zu ersuchen. Wie erwartet kam der Bischof zu einem offiziellen Besuch und führte höchstpersönlich mit jeder Nonne des Marienklosters ein Gespräch, was dem Prior das Sprichwort ins Gedächtnis rief: «Wer Wind sät, wird Sturm ernten.» Im Bericht über diesen Vorgang trat zu Tage, dass sich zwischen Mönchen und Nonnen in der Tat einiges ereignet hatte. Von viel Gerenne und Gehüpfe und Herumgeflatter war die Rede, von so manchem Geheimnis, das gelüftet und aufgedeckt wurde. Doch da waren noch andere Ungeheuerlichkeiten. Manche Nonnen gestanden, dass sie sich insgeheim mit den männlichen Bediensteten des Klosters im Wagenunterstand und im Backhaus getroffen hatten. Sogar die Kirche hatte man zum Stelldichein missbraucht. Bei den Stadtbewohnern hieß es oft, Nonnen seien scharf wie Pfefferkuchen. Nun hatte sich dieses gängige Sprichwort unwiderleglich bewahrheitet. Zu guter Letzt wurden ein Koch, ein Gärtner und ein Kuhhirte entlassen, während die sündigen Nonnen schmachvoll in andere Klöster verbannt wurden. Durch diese Maßnahme erhoffte man sich, laut Aussage des Bischofs, eine Abkühlung ihrer hitzigen Gemüter.

Dennoch kam die am meisten schockierende Enthüllung erst ganz am Schluss. Die Krankenschwester, Schwester Eglantine, verriet die Existenz mehrerer unterirdischer Gänge zwischen Priorei und Kloster. Diese Anlage, deren ursprünglicher Zweck im Dunkeln blieb, war lange vor der Gründung beider christlicher Häuser errichtet worden. In jüngster Zeit hatten sie jedoch all jene, die oberirdisch nicht gesehen werden wollten, als praktischen Durchgang benützt. Ferner wurde im bischöflichen Geheimbericht, den man versiegelt nach Rom schickte, enthüllt, dass man in diesen unterirdischen Gängen gewisse Kinder als Früchte jener verbotenen Verbindung von Mönch und Nonne hielt, bis sie alt genug waren, um sich ohne Skandal in das Leben der jeweiligen religiösen Institution einzufügen. Ein solches Kind war Clarissa, deren Betragen nunmehr Agnes de Mordaunt derart aus der Ruhe brachte.

Gottes Rache war rasch erfolgt. 1381, im Geburtsjahr von Clarissa, hatte die Lumpenarmee von Wat Tyler die Priorei St. Johannes erstürmt und gebrandschatzt. Den Prior selbst hatte man auf dem Anger von Clerkenwell enthauptet. Während der Feuersbrunst schleppten die Nonnen vom Hause Mariä Joyeuse de Mordaunt als Sinnbild ihrer Schwäche und Hilflosigkeit vor die Rebellen. «Die Heilige Jungfrau beschützt uns», hatten sie Tyler zugerufen.

Lachend hatte der zum Gruß den Hut gezogen, dessen Federn er bereits mit dem Blut des Priors benetzt hatte. Obwohl die Nonnen mit Vergewaltigung gerechnet hatten, mussten sie sich lediglich einige laute und obszöne Sprüche anhören. Das Kloster blieb verschont. Allerdings starb drei Monate später die ältliche Priorin am Schlagfluss. Ihre letzten Worte waren: «Sein Kopf war ab, ehe er den Hut aufhatte.»

Agnes de Mordaunt rückte Schleier und Wimpel zurecht, um sicherzustellen, dass ihre Stirn bedeckt war, ehe sie vor Schwester Idonea das Gemach verließ. Mit einem langen Band machte sie das Äffchen am Fuß ihres Nachtstuhls fest und schritt dann, den Krummstab in der Rechten, die Steintreppe zum Refektorium hinab. Vor der Begegnung mit Schwester Clarissa wollte sie sich vergewissern, dass die anderen Stille bewahrten. Sie traf sie bei den letzten Bissen Fleisch und Brot an. Schwester Bona, die zweite Vorsängerin, las gerade laut aus der *Vitis Mystica* vor und erläuterte die fünf Sinne: Hören, Sehen, Riechen, Fühlen und Schmecken. Bei Agnes' Eintritt hielt sie inne, die übrigen erhoben sich vom Tisch.

Selbstverständlich beachteten die Nonnen die Schweigepflicht und bedienten sich der Zeichensprache, um Salz oder Bier zu bekommen. Bei der Bitte um Salz war es beispielsweise nötig, den rechten Daumen auf den linken zu legen. Trotzdem hegte Agnes den Verdacht, dass vor ihrem Eintreffen leises Gemurmel zu hören gewesen war, ein rasch dahingeflüstertes «sic» oder «non», während Schwester Bona langsam und gleichmäßig weiter aus der Abhandlung gelesen hatte. Hätte man eine Nonne ertappt, hätte sie mit den Siechen und Schwachsinnigen im Klosterkeller essen müssen. Jedoch unter den Blicken von Dame Agnes wahrte eine jede schickliches Benehmen. Die Priorin schritt durch den Raum, wobei sie die ehrerbietigen Grüße mit einem winzigen Kopfnicken erwiderte. Allerdings konnte sie sich nicht verkneifen, Schwester Beryl, die sie strahlend anlächelte, aus dem Augenwinkel heraus einen Blick zuzuwerfen. Lächeln war keine Sünde, zumal uns alle, gemäß der Lehre der Heiligen Schrift, die himmlische Seligkeit erwartet. Trotzdem ärgerte sich Agnes über Beryls Miene. Es war der Ärger eines Kindes, das man nicht mitspielen lässt.

Schwester Idonea ging leise hinter ihr drein. Kaum verließen die beiden das Refektorium durch die Seitentüre, rutschte Idonea auf dem Pflaster aus. «Du solltest nicht mit nassen Füßen herumlaufen.» Nur mit Mühe gelang es Agnes, Haltung zu bewahren und nicht loszulachen. «Die Steine sind tückisch.»

Sie gingen durch den Kreuzgang zum bunten Gemach, einem kleinen Raum neben dem Kapitelsaal, den die Schatzmeisterin als Schreibstube nutzte.

In der einen Ecke stand Schwester Clarissa, die Hände über der Brust gefaltet.

«Wo sind die farbenfrohen Gewänder und die weichen Decken und das Äffchen, das mit einem Ring spielt?» Die Priorin schwieg. «Agnes, du wirst einen Heiligen empfangen und den fünften Evangelisten gebären.» Obwohl Clarissa ganze achtzehn Jahre zählte, besaß ihre Stimme bereits unerbittliche Autorität.

Agnes spürte, wie sie zu zittern anfing. «Höre, Basilisk, zur Buße will ich dich zu den Aussätzigen von St. Giles senden.»

«Und ich werde sie die Worte Jesu, des Blumenschöpfers, lehren.»

«Gewiss nicht. Du bist die Geschichtenerzählerin des Teufels.»

«Ist es der Teufel, der mir vom König erzählt? Ist es der Teufel, der seinen Ruin prophezeit?»

«Ave Genetrix! Mutter der Lügen!»

Alles hatte mit einem Traum, einer Vision, begonnen. Vor drei Monaten war Clarissa vom Fieber befallen worden. Noch als Bettlägerige hatte sie der Krankenschwester im Vertrauen mitgeteilt, sie habe gesehen, wie ein Dämon in Gestalt eines verhutzelten uralten Zwerges seine Runde durchs Dormitorium gemacht und dabei das Bett jeder Nonne berührt habe. Anschließend habe er sich umgedreht und zu Clarissa gesagt: «Merke dir gut jede Stelle, kleine Schwester, denn sie werden gewisslich Besuch von mir erhalten.» In einer anderen Traumvision war Clarissa über den Dämon hergefallen und hatte ihn mit bloßen Fäusten verprügelt. Er aber lachte nur und entzog sich ihren Händen mit den Worten: «Gestern habe ich deine Mitschwester Vorsängerin viel mehr verwirrt, doch sie hat mich nicht geschlagen.» Als der Vorsängerin dieses merkwürdige Gespräch zu Ohren kam, forderte sie zutiefst empört, Agnes möge Clarissa im Kapitelsaal vor der ganzen Klostergemeinschaft zurechtweisen.

Stattdessen hatte Agnes die junge Nonne zu sich ins Gemach

gebeten. «Du weißt», hob sie an, «dass es drei Arten von Träumen gibt. Erstens das *somnium coeleste*, den Traum himmlischen Ursprungs. Aus dieser Ecke weht dein Wind nicht.»

Clarissa lachte laut auf. «Läutert mich mit Wiesenraute, ma dame.»

«Dann gibt es den Traum, der dem *somnium naturale* und den körpereigenen Säften entspringt. Der dritte entstammt dem *somnium animale*, einem niedergeschlagenen Gemüt. Clarissa, kannst du mir erklären, welcher Art dein Traum ist?» Die Nonne schüttelte den Kopf. «Weißt du, dass du nur Eulen und Affen im Kopf hast?» Noch immer sagte Clarissa nichts. «Träumst du von König Richard?»

«Ja, ich träume von dem Verdammten.»

Agnes überging die gefährliche Antwort. «Manchmal bezeichnet man einen Traum als Begegnung. Also, was kommt da zu dir?»

«Mit Tag und Nacht bin ich verschwistert. Den Wäldern bin ich anverwandt. Sie kommen zu mir.»

«Du plapperst wie ein Kind.»

«Nun, dann sollte ich mich wohl besser an einen dunklen Ort unter dem Nonnenkloster begeben.»

Dame Agnes ging durchs Gemach zu ihr und schlug ihr ins Gesicht. Das Äffchen begann zu schreien und zu schnattern, und plötzlich verspürte sie den unwiderstehlichen Drang zu schlafen. «Ich bete, dass Gott mir ausreichend Weisheit schenkt, um zu einem wahrhaften Urteil zu gelangen. Geh jetzt.»

In jener Nacht erhob sich Schwester Clarissa vom Bett und weinte, als würde eine unsichtbare Macht sie heftig schelten. Trotz äußersten Widerstrebens schien etwas sie förmlich aus dem Dormitorium zu stoßen, hinein in den Chorraum der Kirche. Sie legte sich in einen der Gebetsstühle und begann, mit leiser Stimme zu sprechen. Mittlerweile waren viele Nonnen beunruhigt zusammengelaufen, darunter auch die Krankenschwester und die Subpriorin, die am anderen Morgen vor Dame Agnes folgende Worte wiederholte: «Den Taugenichts wird er mit Wasser wecken. Noch ehe fünf Jahre ins Land gehen, werden Überschwemmungen und abscheuliches Wetter so viel Hungersnot bringen, dass die Leibesfrucht abstirbt. Und so hat er mich gewarnt: Wenn du die Sonne am falschen Ort siehst und zwei Mönchsköpfe, wenn eine Jungfrau regiert und wenn das alles acht Mal genommen wird, dann naht der Tod, dann wird Davy, der Gräber, vor Verzweiflung sterben.» Erst vor neun Jahren war die Pest, auch «der schwarze Tod» genannt, ausgebrochen. Deshalb wirkte Clarissas Prophezeiung so beunruhigend, dass zwei Nonnen einen Weinkrampf bekamen. Die restlichen sahen weiter entsetzt zu, wie Clarissa ihr Obergewand schürzte, vor aller Augen die Hand in ihr Schatzkästlein steckte und rief: «Das erste Haus am Sonntag regiert die Sonne, das zweite Venus.» Danach fiel sie in Ohnmacht und wurde ins Infirmarium getragen, woraus sie erst nach sechs Tagen wieder auftauchte.

Das Kloster war in Aufruhr. Die Priorin warf sich vor dem Hochaltar zu Boden und verharrte mehrere Stunden in stummem Gebet. Ihre Schutzbefohlenen schlichen in den Kapitelsaal, wo sie leise beratschlagten, ob die Sünden der Klostergemeinschaft diese Heimsuchung herabgerufen hätten. Im Flüsterton fielen Worte wie Hirngespinst, Einbildung, absurd, Trugbild. Andere hingegen deuteten an, Schwester Clarissa sei tatsächlich vom göttlichen Geist inspiriert und ihre Worte wahrhaft Prophezeiungen.

Zwei Abende nach jenem Vorfall im Chorgestühl zog die Priorin den Nonnenpriester zu Rate, einen jungen Benediktiner namens Johannes Duckling, der mit der Wundarzneikunst vertraut war. Nach seiner eigenen Aussage war er mit jedweder Kunst vertraut. «Gegen Raserei könnten wir ihr eine Ader auf der Stirn ritzen», erläuterte er Dame Agnes.

«Nicht an den Schläfen?»

«Das hilft nur gegen Migräne. Seht Ihr, hier befindet sich die vorderste Hirnkammer.» Er tippte sich an die Stirn, die so glatt war wie die einer Nonne. «Sie ist der eigentliche Sitz der Einbildungskraft, welche alle Dinge aufnimmt, die mit Hirngespinsten zu tun haben. Wusstet Ihr, dass das Gehirn so weiß ist wie eine Malerleinwand? Seine Farbe gestattet ihm, dass es sich unter Vernunft und Einsicht einfärbt.»

«Ist es denn nicht wahr, dass sämtliche Adern von der Leber ausgehen?»

«Ja, selbstverständlich.» Einen Augenblick schien er verwirrt. «Aber dort dürfen wir nicht schneiden. Dort befindet sich zu viel Fleisch, ma dame. Zu viel Fleisch.»

Dame Agnes lächelte. «Allerdings werden wir in ihrem Gehirn nicht viel Substanz vorfinden, Johannes.»

«Nein, gewiss nicht. Gebt der armen Schwester vor dem Aderlass etwas geröstetes Brot und Wein. Dann ritzt die Ader mit einem goldenen Instrument. So lautet die Vorschrift. Wickelt sie nach dem Aderlass in ein Stück blaues Tuch, und achtet darauf, dass auch an ihrem Bett alles blau ist. Vergewissert Euch, dass sie auf der rechten Seite schläft und ihre Nachthaube ein Loch hat, durch das die Hysterie entweichen kann.» Anstatt den Kopf gesenkt zu halten und die Hände in den Ärmeln zu verbergen, lief er mit großen Schritten durch das Gemach der Priorin.

Angesichts der Dringlichkeit der Lage war Agnes trotzdem entschlossen, seine Unhöflichkeit zu übersehen. «Und was ist», fragte sie ihn, «wenn ihre Säfte dagegen aufbegehren?»

«Salbei ist gut gegen Krämpfe. Daher das Sprichwort: Warum sollte ein Mensch sterben, solange im Garten Salbei wächst? Gebt ihr Salbei, gemischt mit den Exkrementen eines Spatzen, eines Kindes und eines Hundes, der nur Knochen frisst.»

«Zu ihrer Reinigung dachte ich an Nieswurz.»

«O nein, Nieswurz ist ein heftiges Bitterkraut und so heiß und trocken, dass man es nur vorsichtig einsetzen sollte. Also, ich habe erlebt, wie Menschen von der Nieswurz so gelähmt waren, dass man sie für tot hätte halten mögen.»

Diese Fragen stellte Dame Agnes aus Furcht, Schwester Clarissa werde den Aderlass verweigern und müsse dann gebändigt werden. Jede Gewaltanwendung hätte bei den jüngeren Nonnen Geschrei und Erregung ausgelöst. Aber tatsächlich erhob Clarissa nicht den leisesten Einwand. Sie gab sich ganz und gar einverstanden, als würde sie es genießen, Gegenstand medizinischer Fürsorge zu sein. Da es keinem Angehörigen des geistlichen Standes erlaubt war, Blut zu vergießen, rief man den Ortsbader Hubert Jonkyns ins Kloster. Er war in sämtlichen Künsten des Blutes ausgebildet und setzte Clarissa rittlings auf einen beweglichen Nachtstuhl. Erst dann vollführte er sachte den Aderschnitt. Als er ihr die Phiole an die Stirn hielt, regte und rührte sie sich nicht, sondern lächelte nur. Vorsichtig drückte er auf die Ader. Sie aber schaute ihn zärtlich an und ließ dabei einen Furz fahren, dass es im ganzen Gemach nur so stank. Nach Beendigung seiner Tätigkeit tätschelte er ihren Kopf.

«Möglicherweise verlierst du mit deinem Blut einen Teil des Erinnerungsvermögens», erklärte er ihr. «Kämme deine Haare allmorgendlich mit einem Elfenbeinkamm, denn nichts frischt das Gedächtnis mehr auf. Walnüsse tun dem Gedächtnis weh, genau wie Zwiebeln. Meide beides. Verweile nicht im Hause einer Person mit roten Haaren oder rotem Gesicht.»

«Schwester Idonea ist unumgänglich», sagte sie.

Der Bader begriff die Bedeutung ihrer Worte nicht und wandte sich an den Nonnenpriester, der in der Ecke stand. «Ihr weißer Nacken ist ein Zeichen von Unzucht», flüsterte er. «Habt Ihr den Furz gerochen?»

Dennoch schlief Clarissa in jener Nacht trotz aller vorbeugenden Maßnahmen von Hubert Jonkyns nicht gut. Zur Zeit der Laudes erhob sie sich aus ihrem Bett und begann unter den Augen aller im Chor Versammelten das Kirchenschiff auszufegen. Dabei prophezeite sie dem Kloster Schändung und Untergang. Außerdem rief sie laut, man werde sämtliche Kirchen Englands zerstören und auslöschen.

Schon bald begannen sich die Gerüchte über ihre Prophezeiungen jenseits der Klostermauern bis in die Stadt hinein zu verbreiten, wo man ihren Warnungen in den Zeiten eines schwachen und kläglichen Königs Glauben schenkte. Einige nannten sie die verrückte Nonne von Clerkenwell, viele andere hingegen verehrten sie als die gesegnete Jungfrau von Clerkenwell. Nach mehrfacher Befragung befand der bischöfliche Exorzist, sie sei eine verwirrte, in Widersprüche verwickelte Seele. «Die Sanftheit von Christi Mutter hat mein Herz durchbohrt», erklärte sie ihm einmal. «Sie erschien und gebot mir, singe ‹O Alma Redemptoris mater›.»

«Aber Dame Agnes berichtet, du würdest nur vom Verdammten träumen. Wenigstens habest du es ihr so erzählt.»

«Ich kann diese Sache nicht weiter ausführen. Ich lerne mein Lied, kenne aber nur wenig Grammatik.»

Dann rief sie laut nach dem Erlöser.

Während einer anderen Zusammenkunft sah sie Feuer und Schwert herniederkommen, und im nächsten Augenblick heulte sie auf bei der Aussicht auf himmlische Seligkeit. Der Exorzist konnte ihre Worte nicht ausloten. Sein einziges Heilmittel bestand darin, sie im Kloster einzusperren und ihr jeden Schritt nach draußen strikt zu untersagen.

Drei Wochen nach dem Ausfegen der Kirche machte in den Straßen ein weiterer außerordentlicher Vorfall die Runde. Man hatte die Vorsängerin mehrmals laut aufschreien hören. Daraufhin rannten mehrere Klosterbewohner in den Kapitelsaal, wo sie gerade stand. Hier fanden sie mehrere Nonnen mit kreuzförmig ausgestreckten Armen auf dem Steinboden liegend. Ringsherum kleine Holz- und Steinfiguren der Heiligen Jungfrau, zwischen denen jeweils eine Kerze brannte. Leise hatten die Nonnen die Antiphon ‹Media vita in morte sumus› angestimmt. Die Vorsängerin hingegen bildete sich ein, sie würden ‹Revelabunt coeli iniquitatem ludi› singen, was gemeinhin als Zauberspruch verwendet wurde. Deshalb hatte sie geschrien. Daraufhin erhob sich eine der Nonnen und schleuderte ihren zwischen Neugierde und Entsetzen schwankenden Mitschwestern eine Kerze entgegen. Eine andere biss wie unter einem Fluch dreimal in eine Binsenmatte. Man befürchtete, das ganze Kloster könnte von dieser Besessenheit angesteckt werden, und die Priorin befahl, sämtliche Nonnen, die zum Stein des Anstoßes geworden waren, in den Kellergewölben einzusperren.

Genau am Morgen nach diesem unglücklichen Vorfall hatte Dame Agnes de Mordaunt zusammen mit Schwester Idonea das bunte Gemach betreten und Clarissa als Mutter der Lügen bezeichnet.

«Du hast hier große Not verursacht», fuhr sie fort. «Als wären Schweine mitten zwischen uns gefahren.»

Clarissa betrachtete aufmerksam Agnes' Brüste. «Ein Ring an einer Nonne wirkt wie ein Ring durch die Schnauze einer Sau.»

Die Priorin bezwang sich. Fast hätte sie dem Mädchen einen Hieb auf den Kopf versetzt. «Clarissa, du strauchelst über deine Worte. Du fällst hin.»

«Nein, ich befinde mich auf steinigem Boden.»

«Dann, Tochter, bete um Erlösung.»

Daraufhin fiel Clarissa auf die Knie. «Ich bete zu Maria, der Heiligen Mutter Gottes, dass die fünf Wunden ihres einzigen Sohnes wieder erscheinen mögen.»

Voll Abscheu musterte Agnes sie. Sie hegte den Verdacht, dass sich hinter dem Gebaren der jungen Nonne ein gerüttelt Maß an subtiler Heimtücke verbarg, aber beweisen konnte sie es nicht.

«Sie werden in den fünf Wunden der Stadt erscheinen, wenn sie zur Seligkeit erhoben wird.»

«Du sprichst von einem dunklen Ort.»

«Fünf Feuer und fünf Todesfälle wird es in London geben.» Dann begann Clarissa, die immer noch kniete, zu singen:

> Als im Hause Mariä sie stellte sich ein,
> wo die Nonnen stets folgten dem Gebot,
> war gesungen die Vesper, fort war der Schrein,
> und alle Nonnen mausetot.[2]

Auf inständiges Flehen von Dame Agnes beorderte Robert Braybroke, der Bischof von London, Clarissa in seinen Palast in Aldermanbury. Robert war ein Kleriker, der durch Pfründen reich geworden war, ein kerniger Mann mit blühender Gesichtsfarbe, der für seine urplötzlichen gewalttätigen Zornesausbrüche berüchtigt war. Er ließ die Nonne in einem steinernen Kämmerchen neben der großen Halle warten. Erst nach einer Stunde brachte man sie zur Privataudienz mit ihm hinein. Er tauchte gerade die Finger in eine Schüssel Rosenwasser. «Hier ist das Nönnchen, das über große Worte gebietet. Ach, ma dame, il faut initier le peuple aux mystères de Dieu. Ist das nicht Euer Lied? Verlasst uns.» Rasch gingen die beiden Kanoniker, die sie hereingebracht hatten, aus dem Raum. Draußen im Gang blieben sie dicht bei der Türe stehen, konnten aber trotzdem nicht hören, was gesprochen wurde. Nur einmal drang Gelächter heraus.

Als sie nach dieser Unterredung erschienen, lag Robert Braybrokes Hand auf Clarissas Nacken. «Ein weises Kind wartet», sagte er zu ihr.

«Ein weises Kind kennt seinen eigenen Vater», erwiderte sie.

«Denke daran, Clarissa, von nun an bin ich dein Vater.»

II

Der Pater

An einem stürmischen Morgen, zwei Wochen nach Schwester Clarissas Audienz bei Robert Braybroke, dem Bischof von London, hätte man zwei Gestalten beobachten können, wie sie mit großen Schritten den Kreuzgang von St. Bartholomäus dem Älteren durchmaßen, der Prioratskirche zu Smithfield. Sie waren in ein ernstes Gespräch vertieft und gingen rasch von Säule zu Säule. Einer trug den schwarzen Kapuzenumhang eines Augustinerpaters, der andere ein lose fallendes Gewand aus Lederflicken; zum Zeichen seines Handwerks hingen eine Ahle und eine Handsäge an seinem Gürtel. Da war auch noch ein Dritter, ein jüngerer Mann, der ihnen mit gesenktem Kopf folgte. Einen Beobachter hätte es verwirren können, dass sie ihn scheinbar ignorierten, obwohl er sich dicht hinter ihnen befand. Er hieß Hamo Fulberd.

Hamo lauschte ihnen aufmerksam.

«Wir müssen handeln», sagte der Pater.

«Warum sich an der heißen Kost den Mund verbrennen?», erwiderte der Zimmermann. «Unsere Arbeit erledigt doch die Nonne.»

«Wohl wahr, sie entflammt die Stadt.» Einen Augenblick schwieg der Pater. «Süß duftet der Weihrauch, der aus diesem Feuer aufsteigt. Und doch, Marrow, musst du handeln. Du weißt, was du zu tun hast.»

Mächtige Regenschauer umhüllten den Kreuzgang. Plötzlich donnerte und blitzte es am dunklen Himmel. Instinktiv warf Hamo einen Blick hinauf zum Dachgewölbe, dessen Rippen und Bögen von einem mächtigen Schlussstein gehalten wurden. In der feuchten Luft lagen die sauren Ausdünstungen vergessener Zeiten, der bittere Geruch ihrer Empörung über den Verlust der Macht. Der Junge hatte den Eindruck, als wären Pater und Zimmermann vom Stein umfangen und eingeschlossen, als breiteten sich unendliche Steinäonen über ihre Köpfe und sie könnten sich nur mit gedämpften Stimmen und müden Gesten ihren Weg darunter bahnen. So duckten sie sich unter den Stein, doch genauso gut hätten sie in andächtiger Anbetung auf die Knie sinken können.[3] Hochauf stieg der Stein und spottete Regen und Wind, band in einem Akt göttlicher Huld Himmel und Erde untrennbar zusammen. Was bedeuteten da ihre Worte? Ich habe nicht den Wunsch, Gras oder Blumen zu schauen, sagte Hamo im Stillen, nur eines möchte ich sehen: Steine. Sie sind meine Heimat. Wenn ich doch nur zu Stein werden könnte. Und wer mich dann verspottet oder auslacht, dem werde ich einfach mein steinernes Gesicht zukehren.

«Marrow, ich habe dir alles im Zusammenhang mit den fünf Kreisen der Erlösung erklärt.» Bei diesen Worten entblößte Pater Wilhelm Exmewe sein Haupt mit der Tonsur. Früher hatte er eine üppige rote Haarpracht besessen. «Fünf Wege, und auf jedem Weg fünf Mal.»

«Turnagain Lane.»

«In der Stadt Gottes. Fünf Sinne. Fünf Wundmale.»

Eine Weile schritten sie stumm die Seiten des Innenhofes ab, in dessen Mitte ein Brunnen stand, der die ganze Priorei mit Wasser versorgte. Auf dem Metalldeckel erhob sich eine Statue des heiligen Chrysostomus, in immer währender Segensgeste erstarrt.

«Fünf Buchstaben birgt der Name Jesus. Ein Knoten ohne Anfang und Ende.»

Der Zimmermann Richard Marrow gab keine Antwort. Als hätte er vor dem Sprechen Angst oder als wäre es ihm zuwider. Als hätte er sich ausgerechnet, wie viele Wörter ihn durch dieses Leben brächten, und daraufhin beschlossen, diese Zahl nicht zu überschreiten. Er war ein großer Mann von jener schlanken Statur, wie sie nur Asketen mit äußerster Willensanstrengung erzielen.

Der Pater deutete auf das Licht, das erneut den Kreuzgang in Schatten und gleißende Helligkeit tauchte. «Doch siehe, jetzt hat Gott uns seinen Odem eingehaucht. Er ist immer noch hier.»

Der Regen war genauso plötzlich verschwunden, wie er gekommen war, und Hamo verspürte eine überwältigende Sehnsucht nach einem Spaziergang durch Smithfield. Er war in der Priorei aufgewachsen. Man hatte das Findelkind nur wenige Schritte von hier in der Cock Lane entdeckt und es für die unerwünschte Frucht einer jener Dirnen gehalten, die in dieser schmalen Durchgangsstraße ihrem Gewerbe nachgingen. An der Pforte von St. Bartholomäus hatte man ihn abgelegt, wo ihn der ältliche Pförtner, der die Pferde versorgte, gefunden hatte. Seit jenem Tag hatte er kein anderes Leben als das der Bettelmönche gekannt. Als sich herausstellte, dass er geschickte Hände besaß, bildete man ihn im Skriptorium zum Buchmaler aus. Er bereitete die Tinten und Farben zu, glättete die Pergamente und zog mit Hilfe von Lineal und Kohlestift Linien darauf. Er lernte Schwarz und Rot und Weiß und Gelb zu mischen. Später lehrte man ihn die Kunst, mit einem Pinsel aus Eichhörnchenhaaren Umrisse zu zeichnen. Man brachte ihm bei, wie man zur Vorbereitung von Fresken die Kirchenwände stuckiert. Dazu musste er einen Kalkputz auftragen, der zum besseren Aufnehmen der Farben feucht gehalten wurde. Anfänglich hatte er an kleineren Wandbildern gearbeitet, die bei den Patres als Biblia pauperum – als Armenbibel – bekannt waren. Im Chor hatte er beispielsweise die Umrisse von Longinus gezeichnet, wie er den Körper des gekreuzigten Christus mit einer Lanze durchbohrt. Die linke Hand von Longinus deutete auf sein Gesicht, zum Zeichen, dass er auf wundersame Weise sein Augenlicht wiedererhalten hatte. Im Laufe der Jahre hatte Hamo die Geheimnisse seiner Kunst gelernt. Die offene Handfläche verkündete ein Urteil, der erhobene Zeigefinger war das Symbol der Verdammnis. Ein gekrümmter Finger signalisierte das Sprechen, während erhobene Hände für Auseinandersetzung oder Erklärung standen. Ausgebreitete Hände und Arme konnte man als Geste der Verwunderung oder der Anbetung deuten. Überkreuzte Beine waren ein Zeichen von Unnatürlichkeit. Deshalb ließ man bei den Mysterienspielen auch Herodes in dieser Position auftreten. Die Seele wurde stets als kleine und nackte Gestalt wiedergegeben, die manchmal eine Krone oder eine Mitra trug. Dies alles malte Hamo mit rotem und gelbem Ocker, mit Kalkweiß und Lampenruß, mit Grün und Lapislazuli.

Die anderen kannten ihn nur als «den einfältigen Hamo» oder als «Hamo, den Stummen». Aus purer Gewohnheit und ohne jegliche innere Überzeugung nahm er an den Ritualen der Klostergemeinschaft teil. Er betrachtete sich weder als Teil des täglichen Lebens der Klosterbrüder noch als glühenden Gläubigen. Seit frühester Kindheit war er von Natur aus ein Verbannter gewesen. Wenn ihn Sorge oder Angst bedrückten, dachte er nicht darüber nach. So war eben der Lauf der Welt. Vielleicht hätte ein Außenstehender ihn bemitleidet, aber Hamo kannte kein Mitleid mit sich selbst. Einsamkeit war ihm vertraut. An langes Erdulden war er gewöhnt. Hätte er je ein starkes Gefühl erlebt, wäre er darüber hinweggegangen, da er niemanden hatte, mit dem er es hätte teilen können. Und doch hatte er sich im Laufe der Jahre Wilhelm Exmewe angeschlossen. Anfänglich war er dem jungen Pater in sicherem Abstand gefolgt, so dass man ihn gerade nicht sehen konnte, aber Exmewe hatte ihn doch ertappt. Als er eines Abends aus dem Refektorium trat, sprach er Hamo laut an. Der Junge hatte ihn an der Ecke des Gebäudes abgepasst.

«Was soll das sein? Ein Spiel? Fang mich doch?» Stumm und aufmerksam blickte Hamo zu ihm auf. «Wie nennst du dich?» Selbstverständlich kannte Exmewe seinen Namen, wollte ihn aber unbedingt zum Reden bringen. Er packte ihn an den Schultern und schüttelte ihn grob. «Hast du eine Zunge zum Reden? Sollte das Hamo Fulberd sein?» Der Junge nickte. «Fulberd – und doch bartlos. Verstehe.» Noch immer sagte der Junge nichts. «Du bist wie Holz. Gott verhüte, dass du aus einem üblen Stamm geschnitzt seist.» Doch dann gab Exmewe nach. Vielleicht erinnerte er sich wieder an die Umstände von Hamos Adoption. «Na schön, Fulberd, dann bewege dich von nun an auf offenen Wegen, wo ich dich sehen kann.»

Also leistete Hamo Exmewe Gesellschaft. Die anderen Patres debattierten untereinander über die Natur seines Temperaments und die genaue Mischung seiner Säfte. Einige hielten den Jungen für melancholisch und damit für einen langsamen und ernsthaften Menschen, während andere in ihm die klägliche Keuschheit und Traurigkeit des Phlegmatikers zu erkennen glaubten. Das verbindende Glied zwischen beiden Temperamenten ließ sich unmöglich ausloten. Nur eines stand fest: Hamo Fulberd hatte auf merkwürdige Weise einen Vater gefunden.

Da sich das Wetter inzwischen wieder aufgeheitert hatte, öffnete Exmewe das Seitentürchen der Priorei und betrat Smithfield. Obwohl heute kein Markttag war, wimmelte es auf dem offenen Platz nur so von Pferden, Karren und Wagen jeglicher Art. Schweine durchwühlten den Abfall, und zwischen weggeworfenen Knochen stolzierten schwarze Milane herum, als trügen sie um Londons willen Trauer. Dies alles umgab der Name Gottes: «Gott schütze dich», «Gott befohlen», «Gott sei dir gnädig» – so murmelte man beiläufig vor sich hin oder rief es laut zur Begrüßung. Es erinnerte an ein gütiges Gemurmel aus der göttlichen Welt. In den Geruch von Schlachtvieh, der von den Fleischbänken herüberdrang, mischten sich menschliche Ausdünstungen, als sie am «Zerbrochenen Schild», an der «Glocke im Reifen», am «Mohrenkopf» und am «Kardinalshut» vorbeigingen.

«Voller Priester», stellte Exmewe fest, als er in den Keller des «Huts» hineinspähte. «Die verwandeln den Wein in Nichts.» Über dem Erdgeschoss des Gasthofs hing ein einladendes Schild, ein grellbunt bemaltes Holzpaneel. Darauf war ein Mann abgebildet, der gerade in ein Bett klettert, in dem bereits jemand schläft. «Angeblich ist der März der Beerdigungsmonat. Mit diesen Romrennern und Pfründetauschern könnte ich einen Friedhof füllen.»

«Sie sind die Rosenkranzperlen des Teufels.» Richard Marrow kannte die Litanei der Verachtung in- und auswendig.

«Sie sind die Nachfahren Kains, die Judaskinder, die aus dem Gebetbuch der Hölle singen.»

Genau in dem Augenblick brach ein lautstarker Streit aus. In Schreie wie «Schlag zu!» und «Kopf ab! Kopf ab!» mischten sich Laute von Tieren, die man in einem matschigen Innenhof unter Flüchen und Hieben zusammengebunden und gefesselt hatte. Hamo konnte es nicht ertragen, wenn Pferde und Rinder unter Peitschenhieben und Faustschlägen aufbrüllten, wenn lachende Kinder sie mit Riemen verdroschen. Damit zerbrach für ihn jegliches Gefühl der Ordnung. Lieber hätte er sich als Opfer splitternackt ausgezogen und mitten aufs Smithfield gestellt. Stattdessen hielt er sich die Ohren zu und stöhnte laut und durchdringend auf. Alles Leid der Welt schien in ihn zu fahren.

Exmewe gab ihm einen Schlag auf den Kopf. «Du wirst uns noch allen schaden. Verlass dich drauf.»

Exmewe wollte unter keinen Umständen auffallen. Rasch führte er sie in die Duck Lane, einen schmalen und beengten Durchgang, der mit Katzenköpfen und Austernschalen gepflastert war. An der Westseite befand sich eine Reihe offener Gewölbebogen, unter denen je eine Bank stand, auf der sich Berge von verschiedenfarbigen Tuchballen und Wandteppichen türmten. Missbilligend betrachtete Richard Marrow die prächtigen Farben und Gewebe. «Wenn das Feuer fällt», meinte er mürrisch zu Exmewe, «wird das alles zu blauer Asche verbrennen.»

«Sei heiter. Es ist der Schleier.»

Als Zimmermannslehrling hatte Marrow die Kunde, dass Christus selbst Zimmermann gewesen war, tief beeindruckt. Er neigte von Natur aus zum Frommsein. Nachdem er an der freien Schule der örtlichen Äbtissin sein ABC gelernt hatte, eignete er sich jedes

Fitzelchen Wissen in englischer Sprache an, dessen er habhaft werden konnte. Er war ein nachdenklicher Mensch, der nicht sonderlich zum Sprechen neigte. Trotzdem tauschte er sich mit Wilhelm Exmewe über geistige Angelegenheiten aus. Zu ihrer Begegnung kam es, während Marrow im Refektorium von St. Bartholomäus zwei Beistelltische reparierte. Exmewe war vor seiner Wahl zum Subprior Küchenmeister gewesen. Rasch waren sie einer Meinung, was es mit dem Beispiel Christi in Wahrheit auf sich hatte.

Jetzt traten sie in der Nähe vom Aldersgate, wo man den Stadtgraben als Abort missbrauchte, aus der Duck Lane heraus. Dies widersprach dem geltenden Stadtrecht, das von den Bürgern eindringlich die Einhaltung strikter Sauberkeitsregeln forderte. Doch wie sagte der Bürgermeister so schön, der Goldschmied Drew Barrantyne? «Durch Unflat und Narretei tastet sich des Menschen Wesen voran.» Dieser Spruch hatte so lange die Runde durch die Straßen gemacht, bis er zu einem geflügelten Wort geworden war. Schließlich kam er sogar in einem jener «Londoner Lieder» vor, die tage- und wochenlang überall herumschwirrten, ehe sie wieder verschwanden. Zwischen Graben und Mauer hatte man einige hölzerne Hütten und Buden errichtet, die man über wackelige Bretterbrücken erreichen konnte. Exmewe deutete auf einen kleinen Schuppen, der neapelgrün angestrichen war. «Dort wirst du es finden», sagte er zu Marrow. «Dort wird dein Feuer sein. Du wirst es zur Kapelle bringen. Dort hinüber. In die St. John's Street.» Unten, genau vor den Toren des Aldersgate, standen ein Blinder und eine Blinde mit weißen Weidenstäben in den Händen und sangen einstimmig: «Ora! Ora! Ora! Pro nobis!»

Exmewe starrte Marrow an. «Warum sagst du nichts?» Plötzlich war er zornig geworden. «Zögerst du angesichts dieses hehren Ziels? Höre, Marrow, unser Werk wird eine Höllenarbeit sein. Weißt du das? Wirklich?»

Schweigend gingen sie durch das Tor und betraten die Stadt. Sie befanden sich in der Straße, die nach dem heiligen Martin benannt war. Zu beiden Seiten stand eine Reihe vierstöckiger Häuser, vor denen in einem Kessel über einem Kohlebecken ein Eintopf brodelte. Eine uralte Frau schöpfte mit einem durchlöcherten Löffel das Fett ab. Ein Zahnreißer, der sich einen Kranz Zähne über die Schultern drapiert hatte, ging an ihnen vorbei. Später schaute er mit begeisterter Miene zurück, während er sich zwischen den Straßenständen herumtrieb, auf denen sich Knoblauch und Weizen, Käse und Geflügel türmten. Nach dem Abklingen des späten Regens stank es auf der Straße nach Gemüse vom Vortag und Pisse. Noch immer brodelte in Exmewe jener geheimnisvolle und unerwartete Zorn. Genauso gut hätte es der Zorn Gottes sein können. Völlig unergründlich. «Vernimmst du dieses Menschengeplapper?», schrie er Marrow über die herandrängende Menge aus Leuten und Pferden zu. «Gott ist taub geworden!»

Er stieß gegen einen langen Karren, den man durch die Straße zog, und der Kärrner brüllte ihn an: «Mensch, mach doch die Augen auf! Siehst du denn nicht?»

Ja, er sah tatsächlich, sah, wie der Zahnreißer wieder auf sie zukam und an Marrow herantrat. Der Zimmermann schaute gerade in den Laden mit Musikinstrumenten.

«Mein Herr, dürfte ich Ihr Gesicht sehen?»

«Warum das?», wollte Marrow von ihm wissen.

«Aus Neugierde. Ich liebe Zähne.»

Marrow hob seine Lederkapuze, und der Zahnreißer seufzte. «Ja, ich kenne dich. Ich habe dich bei den Lollharden in der Coleman Street gesehen.» Suchend schaute sich der Barbier nach Zeugen um. Marrow trat rasch in den Schatten des Ladenschilds. *«Murmler!»* Der Barbier deutete auf ihn. *«Falscher Murmler!»*

In dem Augenblick warf sich jemand auf den Barbier, rammte ihm mit voller Wucht den Arm ins Gesicht. Hamo Fulberd war zu Marrows Rettung geeilt.

Betäubt kippte der Zahnreißer nach hinten und sackte zwischen den von der Ladendecke hängenden Zithern und Fiedeln, Trompeten und Handtrommeln zusammen. Als Hamo dem am Boden liegenden Mann gegen den Kopf trat, zirpten und schepperten die Instrumente durcheinander. Die Menge, stets begierig, selbst Hand anzulegen, rannte beim ersten Anzeichen von Gewalt eilfertig über die Straße, aber Marrow blieb ruhig.

«Lauf, Hamo», flüsterte er und rief dann mit lauter Stimme: «Gott sei mein Zeuge!» Er deutete auf den Zahnreißer. «Dieser Mann ist ein Murmler.»

Sofort machten sich Rufe breit. «An den Pranger mit ihm! An den Pranger!»

Wilhelm Exmewe war bereits verschwunden, nun bahnte sich auch Hamo rasch einen Weg die Bladder Street hinunter. Ein Kind mit Lederkappe und langem Mantel starrte ihn an und rannte dann über eine Außentreppe zu einer Kammer im ersten Stock hinauf. Exmewe hatte Hamo oft erklärt, London sei lediglich ein Schleier, ein heidnisches Tuch, das man entzweireißen müsse, um das Gesicht Christi aufglänzen zu sehen. Doch an Tagen wie diesem wirkte die Stadt überaus real. Das Kind rief nach jemandem. An der Paternoster Row bog Hamo ab, hinein in die Straße der Buchmaler und Pergamentmacher, deren Arbeiten rings um ihn zur Schau gestellt wurden. Flüchtig erblickte er einen Heiligen, der in Ekstase die Arme erhoben hielt, während am Fuß des Blattes ein Affe zwischen Weinreben herumkletterte. Hier sah man ein Bild der Heiligen Jungfrau, doch an den Rändern tummelten sich Gänse, Hunde und Füchse. Dort hing ein Liederblatt mit dem Titel *Mysteria tremenda.*

Exmewe war die St. Anne Lane entlanggegangen und nach rechts in die Forster Lane eingebogen. Nach diesem ereignisreichen Morgen verspürte er plötzlich Lust auf Fleisch. Sein Zorn, der teilweise von Selbstverachtung herrührte, hatte seinen Heißhunger gesteigert. Wie lautete das Sprichwort? Man kann nicht zwei Herren dienen. Immer stärker sehnte er sich nach Drosseln, Pasteten, Schweinsfüßen. Einfach nach allem. Und doch musste er achtsam sein. Immerzu achtsam sein. Da er sich seiner Neigung zur Melancholie bewusst war, verzichtete er auf Braten und Pökelfleisch. Natürlich war für melancholische Menschen Gesottenes besser als Gebratenes. Insbesondere mied er den Geschmack von Wildbret. Der Hirsch ist ein Wildtier, das in Furcht lebt, und Furcht vermehrt noch den Saft der Melancholie. Nach dem Genuss von Wildbret hätte er vor Aldersgate Fersengeld gegeben. In der Nähe war eine Garküche, wo Gesellen und Taglöhner ihre ausgekochten Hammelknochen und Pfennigbier verzehrten. Dort wurde viel geredet und viel gefurzt. Die Luft wäre mächtig verdorben.

Zu gewissen Gelegenheiten genoss er derart dumpf-brütende Gesellschaft, ebenso wie er gerne den Sünden der Armen lauschte. Dies waren die Ausdünstungen der Menschheit, an die sich alle, die in der Stadt lebten, gewöhnt hatten. Ja, es gab sogar Leute, die in Menschengeruch vernarrt waren und an zwielichtigen Orten danach suchten. Sie waren unter dem Namen «Schnüffler» bekannt und verkehrten zu ihrem Vergnügen an Aborten oder offenen Abtritten. Sie folgten allen Bürgern, die einen eigenwilligen oder stechenden Körpergeruch hatten, bis sie von dem Gestank ganz durchdrungen waren. Exmewe trat an die Garküchentüre, aber der Lärm und das Durcheinander drinnen trieben ihn zurück. Das klapperte wie eine Mühle. Einer sang gerade «Mein Lieb ist gezogen ins Land». In dieser Gesellschaft konnte er nicht essen. Stattdessen blieb er an einem Bratstand stehen und kaufte sich für einen Penny zwei Finken. Ihre zerbrechlichen Knöchelchen warf er mitten auf die Straße, während er nach Westen ging, Richtung Newgate.

Richard Marrow überließ den Zahnreißer auf Gedeih und Verderb der Menge und schaffte es, sich über St. Martin einen Weg nach Old Change zu bahnen. Dort, in der näheren Umgebung der St.-Pauls-Kathedrale, wurde derzeit viel gebaut. «Hü!» und «Hott!» und «Brrr!» gellte es durch die Straße. Die Baukarren wurden von Pferden oder englischen Doggen gezogen, die Gesellen spielten während ihrer kurzen, wenn auch häufigen Arbeitspausen Fußball oder sangen bei einem kräftigen Schluck. So ging es in London damals zu.

Als Marrow den Rufen und dem Geschrei den Rücken kehrte und in die Maidenhead Lane einbog, befand er sich in seinem vertrauten Stadtviertel. Hier kannte man ihn als «Langen Richard» oder «Lange Latte». Obwohl niemand von seiner Verbindung zu Wilhelm Exmewe wusste, galt er allgemein als einer, der von einem überirdischen Geist «ergriffen» oder «gesegnet» war. Beispielsweise zeigte er den Reichen und Hochgeborenen gegenüber keinen Respekt und murmelte nie «Gott schütze Euch», wenn er ihnen begegnete. Weder verbeugte er sich vor ihnen, noch steckte er die Hände in die Ärmel oder nahm die Kappe ab, bevor er sprach. Oft schalten ihn seine Nachbarn, die sich um den guten Ruf ihres Sprengels sorgten, wegen seines Benehmens, woraufhin er mehr als einmal erwidert hatte: «Eher fresse ich im Wald Würmer, als mich vor diesen Gottlosen zu verbeugen.» Auf die Frage nach seiner abgerissenen Kleidung erzählte er die Geschichte vom Pfau. Der hatte bei finsterster Nacht, als er sich selbst nicht sehen konnte, aufgeschrien, weil er glaubte, er hätte seine Schönheit verloren. Wenn man ihn fragte, ob er nicht wisse, dass sein Betragen die Ordnung der Stadt gefährde, antwortete er: «Kann es das Meer stören, wenn ein Spatz hineinpisst? Außerdem», gab er zu verstehen, «bin ich zu lang, um mich tief zu beugen.» Die frömmeren Sprengelbewohner verglichen ihn mit einem Kreuz, das auf der Straße steht und den Menschen den Weg weist.

Gegen Abend war Hamo Fulberd wieder zurück in St. Bartholomäus. Er wohnte in einer kleinen Steinscheuer, die man in einer Ecke des Kirchhofs errichtet hatte, gleich neben der Außenmauer. Hier schlief er auf einer mit Stroh bedeckten Bohle. Auf einem niedrigen Tisch unter dem Fenster lag sein Handwerkszeug ordentlich in Reih und Glied. Die stumme Gegenwart dieser vertrauten Gegenstände tröstete ihn. Die Haarpinsel, die Stifte, die irdenen Schüsseln und die Glasphiolen. Hier gab es weder Wolldecken noch Wandteppiche oder Kissen. Alles war so schlicht wie die Scheuer. Und der Boden bestand wie der Kirchhof, auf dem sie sich erhob, aus gestampfter Erde. Er setzte sich auf seinen Schemel und begann mit der Arbeit an einem Pergament, das ihm sein Lehrer, Pater Matthäus, zur Belohnung für seinen Fleiß geschenkt hatte. Er zeichnete ein Bild mit den Drei Lebenden und den Drei Toten. Die Lebenden hielten Schriftrollen, auf denen ihre Eide standen. «Bei Gottes Gebein, das Bier war fein», «Bei Christi Blut, der Würfel fällt mir gut» und dazu noch «Bei Gottes Gebot, die Stadt tut mir jetzt Not». Hamo schabte gerade mit Stockfischhaut eine schlecht gezeichnete Figur teilweise ab, da betrat Exmewe leise die Scheuer. «Dies ist eine zerbrechliche Welt, Hamo.» Er stand hinter der Schulter des Jungen und schaute auf dessen Arbeit hinunter. «Eine kalte Welt.»

«Die Nacht ist kalt.»

«Es gibt eine Stadt der Schwätzer und eine Stadt Gottes. Dieser Mann gehörte zu den Schwätzern.»

«Der Zahnreißer?»

«Seine Heimstatt ist jetzt in der Hölle.»

«Wollt Ihr mir damit sagen, dass er tot ist?»

Exmewe legte Hamo die Hände auf die Schultern. «Einen kürzeren Weg gibt es nicht.» Nie hätte Hamo vermutet oder geargwöhnt, dass Exmewe ihn anlog. Der Zahnreißer lebte und wiederholte soeben in einer Taverne namens «Zum fahrenden Pastetenbäcker» die Geschichte seines Überfalls. «Man hat seine Leiche sichergestellt. Nun liegt sie zum höheren Ruhme seines Gewerbes in der Zunfthalle der Bader und Wundärzte. Wir müssen dich unter Verschluss halten, bis er beerdigt ist.»

Hamo schaukelte auf seinem Schemel hin und her. «Warum? Warum gehöre ich nicht zum Spiel der guten Menschen?»

«Welche guten Menschen? Die Welt wimmelt von Dieben.» Exmewe verspürte ein höchst merkwürdiges Empfinden – Mitleid. «Verliere nicht den Mut. Dein bester Freund lebt noch.»

«Wer?»

«Du.»

Bei diesem Wort begann Hamo zu weinen und lachte gleich danach laut auf. «Dann bin ich also genauso allein wie bei meiner Geburt.»

«Du bist nicht allein. Du gehörst zum Königreich der Seligen.»

Hamo hatte gelauscht, während Exmewe Marrow die geheime Religion ausgelegt hatte. Ungläubig hatte er gehört, wie der Pater dem Zimmermann erklärte, Christus habe sich nicht freiwillig dem Kreuzesopfer unterzogen, sondern sei Opfer eines «Geheimbundes» oder einer Verschwörung zwischen den beiden anderen Gliedern der Dreieinigkeit gewesen. Außerdem hatte er ihre Disputationen über das Wesen von Schicksal und Vorsehung verfolgt. «Demnach lenkt das Schicksal alles, was da kommt», hatte Marrow gesagt.

Daran erinnerte sich Hamo jetzt wieder, während er mit der Stockfischhaut in der Hand auf seinem Schemel saß und Exmewe fragte: «Demnach ist alles durch die Vorsehung vorherbestimmt?» Dies war Teil einer vergleichsweise neuen Disputation, die von den Oxforder Theologen ausgelöst worden war. In den letzten Jahren hatte die Vorstellung, alles sei vorherbestimmt und nichts auf der Welt könne das Schicksal abwenden, das den Einzelnen erwarte, viele Menschen zur Verzweiflung getrieben. Einige geißelten sich selbst zur Vorbereitung auf künftige Strafen. Die Sache hatte sich beispielsweise unter dem Klerus zu einem derart ernsten Problem entwickelt, dass man eine päpstliche Enzyklika gegen die Sünde der Hoffnungslosigkeit erlassen hatte. Die Vorstellung einer göttlichen Vorsehung und der ewigen Wesenheit

Gottes rief ein Gefühl der Hilflosigkeit und Ermattung hervor. Und doch galt anderen dieselbe Doktrin als Grund zum Feiern. Sie fühlten sich für ihr Handeln nicht verantwortlich und konnten aus diesem Grund ohne Gewissensbisse sündigen. Die Wahl zwischen Himmel und Erde lag außerhalb ihrer Reichweite, war gänzlich ihren Händen entrissen. Deshalb konnten sie ungestraft handeln, oder – sich jeder Handlung enthalten.

«Habe ich den Zahnreißer nach dem Gesetz der Vorsehung vernichtet oder durch Zufall?»

«Alles wird gut.»

«Wird es das?»

«Bewege dich nicht ohne meinen ausdrücklichen Befehl außerhalb von Bartholomäus, weder zu Fuß noch zu Pferde.»

Damit verließ Exmewe ihn, und Hamo Fulberd arbeitete weiter an dem Pergament. Dann legte er ganz plötzlich den Kopf darauf, begann zu weinen und rief die unbeschreibliche Gnade Gottes an.

III
Der Kaufmann

Leise hatte sich die Stunde vor Tagesanbruch in die St. John's Street gestohlen. Ein Schwein, das der Aufmerksamkeit der Nachtwächter entgangen war, trottete die Pissing Alley hinunter, und aus einem der vielen kleinen Wohnhäuser entlang der Straße drang das Weinen eines Wickelkindes. Der Putzmacher Radulf Strago wollte gerade das Bett verlassen, in dem seine Frau immer noch schlief. Ein Alptraum hatte ihn gequält; darin hatte er zu seiner Mutter gesagt: «Ich werde dir zwei Ellen Leintuch geben, damit kannst du deinen Körper umhüllen, wenn man dich hängt.» Gleichzeitig wusste er jedoch, dass sie vor gut drei Jahren nach einem übermäßigen Erdbeergenuss friedlich gestorben war. In seinem Traum hatte es anschließend zu schneien begonnen, Flocken so groß wie Wollbüschel. Er hatte versucht, sie mit dem als Fliegenklatsche gebrauchten Wedel abzuwehren, worauf die Wolle sich in Fetzen aus gekräuseltem und feinem Tuch verwandelt hatte. Schweißgebadet war er erwacht. Als praktischer Mensch, dessen Gedanken bereits um das Tagesgeschäft kreisten, tat er diese Visionen als Hirngespinste ab. Der Krampf, oder vielmehr die Wallung, in seinem Magen war jedoch immer noch da. Er hoffte, dass er ihn gleich würde ausscheißen können, aber es saß wie ein harter Knoten in seinem Körper.

Er bekreuzigte sich und stieg aus dem Bett. Stöhnend kroch er zu einem Holztischchen hinüber, wo er sich kämmte und dann in einem Wasserbecken Gesicht und Hände wusch. Noch immer war er nackt. Ehe er sich für sein Vaterunser und das Glaubensbekenntnis auf den Boden kniete, warf er ein Leinenhemd über. Anschließend setzte er sich seitlich aufs Bett und zog ein Paar kurze Wollsocken sowie blau und senfgelb gestreifte Beinlinge an. Da an diesem Frühlingsmorgen ein Wams überflüssig war, begnügte er sich mit einer schlichten Jacke aus blauem Serge. Um seine Frau nicht zu stören, sprach er die Anrufung «Memento, Domine» nur im Flüsterton und legte dabei seine grüne Tunika und die scharlachrote Gugel an. Ich habe gläubig gebetet, sagte er insgeheim, also möge mir der Herr auch guten Gewinn schicken. Er schlüpfte in seine spitzen roten Schuhe, die aus feinstem Leder gefertigt waren, und schnürte sie sorgfältig, bevor er die Holztreppe zum darunter liegenden Söller hinunterstieg. Sein Lehrling schlief noch auf einer Pritsche. Er weckte ihn mit dem Ruf: «Johotero, Janekin, in der Welt herrscht Frühlingszeit.»

Im Alter von siebenundfünfzig Jahren hätte Radulf Strago eigentlich als ein Mann gelten können, der seine beste Zeit hinter sich hat. Er jedoch hatte vor zwei Jahren eine wesentlich jüngere Frau geheiratet und damit allen Grund, sich als gesegnet zu betrachten. Wohl wahr, in den letzten Wochen war ihm kreuzelend gewesen. Jeden Tag musste er sich erbrechen, und sein Stuhlgang war flüssig wie ein Sturzbach. Obwohl er manchmal befürchtete, er habe Krebs oder ein Geschwür, versuchte er, diese Symptome als Teil seines sanguinischen Temperaments herunterzuspielen. Eine veränderte Planetenstellung würde auch alles andere verändern. Sein Geschäft jedenfalls florierte weiterhin dank der Lage zwischen Priorei und Stadt. Die St. John's Street führte direkt zu den Toren der Priorei St. Johannes von Jerusalem, und viele Besucher gingen an Stragos Türe vorbei. Außerdem kamen sämtliche Reisende nach Smithfield hierher, um nach Hüten und Schuhbändern, Kämmen und Leinenzwirn zu suchen.

Der Laden selbst lag im Erdgeschoss, mit Blick auf die Straße. Ohne auf Janekin zu warten, stieg er hinunter, entriegelte die Holzläden und klappte den Ladentisch auf. Zusätzlich öffnete er die Türe und atmete die Morgenluft ein. Sonnenstrahlen berührten die bemalten Tücher und die Kinderbörsen, die Pfeifen und Holzschatullen, die Perlen und Pergamenthäute, die am frühen Morgen noch in feierlicher Ruhe dalagen. Dann begannen die Glocken zu läuten. Jetzt schien selbst die Straße zu wissen, dass sie aufwachen musste.

Oben an der Treppe hustete und spuckte Janekin vor sich hin und stieß einen unverständlichen Fluch aus, den Radulf mit einem «Gott schenke dir einen guten Tag!» erwiderte.

Am Abend zuvor war Janekin in ein Wortgefecht mit jungen Bürgern verwickelt worden, die Heinrich, den Herzog von Lancaster, in seinem Ringen mit König Richard unterstützten. Janekin stand aufseiten des Königs und trug an seinem hohen Filzhut eine Zinnbrosche mit dem weißen Hirsch. Johann von Gaunt, Heinrichs Vater, war vor sieben Wochen gestorben. Jetzt hatte König Richard Heinrichs Erbe an sich gerissen, indem er das Legat der Lancasters eigennützig einbehielt und Heinrich zu ewiger Verbannung verurteilte. Daraufhin hatten einige Lancaster-Anhänger in den Straßen für Aufruhr gesorgt, indem sie Fässer umwarfen und Schilder herunterrissen.

Janekin hatte sie von der Ecke der Ave Maria Lane aus beobachtet und zum Zeichen seiner Verachtung laut «Trantüten! Trantüten!» gerufen. Das hörten zwei von ihnen und hetzten hinter Janekin her, der auf der Stelle kehrtmachte und die Gasse hinunter floh. In der Ecke eines kleinen Platzes befand sich ein Fischstand, den Janekin umstieß, worauf seinen Verfolgern die Ware vor die Füße fiel. Während sie auf Hering und Aal ausrutschten, lachte er in einer Mischung aus Panik und freudiger Erregung schallend los, ehe er in der Vorhalle von St. Agnes der Lahmen Zuflucht suchte. Dort bot ihm eine alte Frau eine Kerze an. Er nahm sie und betrat ehrfürchtig das Kirchenschiff. Er bekreuzigte sich, zündete die Kerze an und ließ sie beim Schrein der heiligen Agnes mit der Bitte, er möge seinen Verfolgern entkommen.

Die heilige Agnes musste tatsächlich auf London heruntergeblickt und Janekin ihren Segen gespendet haben, denn er gelangte unversehrt in die St. John's Street.

Die letzten drei Jahre war er Radulfs Lehrling gewesen. Ehe er in die Dienste des Kaufmanns trat, hatte er im Gildehaus der Putzmacher und Tuchhändler geschworen, sich nicht zu paaren oder irgendwelche Unzucht zu treiben und sich des Würfel- und Glücksspiels zu enthalten. Allerdings war er diesbezüglich seinem Eid nicht gänzlich treu geblieben. Außerdem hatte er zugestimmt, dass «er künftig Gehorsam zeige gegenüber den Vorstehern dieser Gemeinschaft und der ihr angemessenen Bekleidung» – eine Bedingung, die er gleichfalls missachtet hatte. Er bevorzugte die kurzen Haare und die kurzen Überröcke der modebewussten Jugend, und seine schlanken Beine kamen in scharlachroten Beinlingen am besten zur Geltung. Radulf war kein strenger Meister und schrieb diese Schwächen dem Lauf der Welt zu. Auch Anna Strago, seine Frau, hatte sich für den Lehrling eingesetzt. «Kann ein junger Mann», fragte sie ihren Gatten, «unter einem derart traurigen und abgeklärten Gewand glücklich sein? Kann er in West Chepe ein geschlitztes Wams tragen? Selbst die Hunde würden ihn anbellen.»

Anna hatte an der Zeremonie in der Zunfthalle teilgenommen. Als man ihren Mann, wie es Sitte war, gefragt hatte, ob sein Lehrling gut gewachsen und gebaut oder körperlich irgendwie missgebildet sei, hatte sie Janekin neugierig betrachtet. Der war alles andere als missgebildet. Schlank und anmutig war er und schon jetzt größer als ihr Ehemann. Seit zwei Jahren war sie mit Radulf verheiratet, eine Verbindung, die man aus geschäftlichen Zwecken als geziemend erachtet hatte. Auch ihr Vater war Putzmacher gewesen, mit einem soliden Laden in der Old Jewry. Sie war ein Einzelkind und hatte bei seinem Tod das gesamte Geschäft geerbt. Mittlerweile gehörte es Radulf Strago als Leihgabe auf Lebenszeit. Sobald seine Seele die Wohnstatt wechselte, wäre sie in der Tat eine reiche Witwe. Bis es so weit war, ekelten sie all die Pflichten an, die mit dem Gemächt des Kaufmanns zu tun hatten. Seine Knödel, seine Eier, seine Hoden, seine Latte – egal, welchen Ausdruck sie voller Abscheu benutzte. Sie flehte zu Gott um ein baldiges Ende und wünschte ihrem Gatten inbrünstig den Tod herbei.

Janekin war Radulfs einziger Lehrling. Trotz der Bitte der Zunft, er möge wenigstens noch einen einstellen, hatte der Kaufmann beharrlich darauf verwiesen, dass ihn das Leben geschwächt und er nicht die Kraft habe, zwei auszubilden. Anna Strago unterstützte seine Bitte, indem sie hinzufügte, zwei junge Männer würden nie unter ein Dach passen. «Von drei Dingen weiß man nie mit Gewissheit, welchen Weg sie nehmen werden», hatte sie gesagt. «Erstens ein Vogel, der auf einem Ast sitzt, zweitens ein Schiff auf hoher See und drittens die Art und Weise eines jungen Mannes.» Mit solchen Bemerkungen hatte sie sich unter ihren Nachbarn bereits den Ruf einer weisen Frau erworben.

So lebte also Janekin in einem Haushalt, wo es nur wenig Einschränkungen gab. Im Gegensatz zu seinem Eid spielte er mit anderen Lehrlingen im Sprengel Glücksspiele und ließ sich auch auf ein gewalttätiges Spiel ein, das unter ihnen als «Mit-dem-Kopf-durch-die-Tür-Rennen» bekannt war. Obendrein mischte er bei den häufigen Prügeleien zwischen konkurrierenden Gruppen von Handwerkern und Kaufleuten mit. Zum Beispiel stritten Flickschuster und Schuster miteinander um das Recht, Schuhe zu flicken; Spezereihändler und Fischhändler fochten gegeneinander ununterbrochen Straßenkämpfe aus. Nach einem solchen Kampf kam Janekin einmal mit einer Platzwunde am Schädel heim. Anna wusch ihm die Wunde aus und trug eine Salbe aus Spatzenfett auf. «Welcher scharfe Pfeilregen hat denn dich gestreift, du Narr?», fragte sie ihn.

«Von den Metzgern aus der Chepe. Die haben ordentlich geprahlt.»

«Und du nicht? Welche Frau würde einen solchen Tropf wie dich lieben?»

«Man sagt, Meisterin, dass in einem sanften Herzen am schnellsten Mitleid aufkeimt.»

«Aber ich habe kein sanftes Herz. Ich habe gar kein Herz.»

«Dann ist Fortuna mein Feind.»

«Und warum das?»

«Ich hatte auf Eure – Eure Huld gebaut.»

«Auf Huld, du Tropf? Oder auf Gunst?»

«Habgierig sind die Gottlosen. Ich möchte alles haben.»

«Wer hat dich Höflichkeit gelehrt?»

«Ein Leuchtturmwächter.»

Daraufhin lachte sie, und schon bald waren sie zu einer Übereinkunft gekommen. In Anwesenheit des kleinen Putzmachers waren ihnen die Hände gebunden, sobald er aber einen Tag oder auch nur eine Stunde fort war, spielten sie das Teufelsspiel.

Nach ihrem ersten Liebesreigen hatte sich Anna Strago seufzend darüber beklagt, Radulf würde sie nicht ordentlich ausstatten. «Andere Frauen», sagte sie, «laufen schöner herausgeputzt herum als ich.»

«Dir werden noch feine Gewänder zukommen.»

«Etwa von dir? Du hast nicht mehr Geld als ein Pater Haare.»

«Wo ein Wille, ist auch ein Weg.»

Damit war Radulf Stragos Schicksal besiegelt.

Janekin hatte seine Schuhe zugeschnallt und kam nun an diesem Frühlingsmorgen mit einer Elfenbeinschatulle in der Hand die Treppe herunter. «Was ist das?», fragte er. «Lag zwischen den Wollkappen im Söller.»

«Was denkst du denn? Ein Schönheitskästchen.» Radulf Strago trat zu seinem Lehrling und öffnete die Schatulle. «Hier sind Zahnstocher, Scheren, Ohrputzer und all die anderen Sächelchen.»

Plötzlich gab es einen lauten Knall, der Radulf und Janekin

über den offenen Ladentisch warf. Er kam von der anderen Straßenseite, wo eine Klausnerkapelle stand. Der Klausner selbst war vor gut drei Monaten gestorben, und noch immer stritten die umliegenden Pfarreien um die Ernennung seines Nachfolgers. Trotzdem war die Kapelle auch weiterhin als Ort des Gebets für alle bekannt, die ins Fegefeuer eingegangen waren. Die heftige Explosion ließ die Leute schreiend auf die Straße rennen. Die Wände der Kapelle waren zerborsten, das strohgedeckte Dach zerstört. Radulf konnte nicht aufstehen, und so lag er zwischen den Hüten und Börsen da, während Strohfetzen durch die Luft schwebten.

Janekin hatte sich aufgerappelt und bürstete sich gerade den Staub von seiner Taftjacke, als er sich einbildete, er sähe eine lange Gestalt Richtung Stadt rennen. Er war zu sehr erschüttert, um Zeter und Mordio zu schreien. Stattdessen unterstützte er Radulf, der sich nur mühsam aufrichtete und dabei murmelte: «Christus, dein Stamm rette uns!» Ringsherum brüllten alle nur «Feuer!» Einige hatten Umhänge übergeworfen, einige rasch Beinlinge und Jacke angezogen, während andere bereits für die Tagesarbeit gekleidet waren. In Grüppchen drängten sie sich um die qualmende Kapelle, wo zwischen den geschwärzten Steinen die Bruchstücke einer Holzstatue der Heiligen Jungfrau lagen. Die Luft stank nach Schwefel, als wäre der Höllenrauch geradewegs in die äußere Welt aufgestiegen. Auf unsicheren Beinen stakste Radulf zur Ruine hinüber und entdeckte auf dem gestampften Erdboden dunkle Pulverspuren. «Man hat Griechisches Feuer verwendet», sagte er zu jedem, der es hören wollte.

Doch wer sollte einen Ort des Gebets zerstören wollen, eine Ecke von London, wo man den Seelen im Fegefeuer ein ewiges Gedenken weihte? Dies war ein Ort für die Lebenden und die Toten. Der Priester für die Seelenmessen in St. Dionysius Märtyrer, einer kleinen Kirche in einer nahe gelegenen Seitenstraße, hatte behauptet, jedem, der eine ganze Nacht in der Kapelle betete, würden zur Belohnung zehn Jahre Fegefeuer erlassen. Wer möchte einen solchen Ort durch Feuer und Schwarzpulver entehren?

Von der Pforte von St. Johannes kamen zwei Barmherzige Brüder angerannt und erhoben lauthals Klage, die Nonne von Clerkenwell habe dies prophezeit. Der Kaufmann warf ihnen einen verächtlichen Blick zu. Im selben Moment entdeckte er auf einer Wand neben der Kapelle eine mit weißer Bleipaste wüst dahingekrakelte Schmiererei. Als er sie näher in Augenschein nahm, sah er miteinander verbundene Kreise. Er bekam Kopfschmerzen und spürte, wie er nach vorne fiel.

Stechender Essiggeruch in den Nasenlöchern weckte ihn. Er öffnete die Augen und merkte, dass er seine Frau ansah. «Hast du den Laden geschlossen?», fragte er sie.

«Janekin hat ihn verriegelt und versperrt. Alles ist den Umständen entsprechend in Sicherheit.»

«Hast du den Lärm gehört? Die Kapelle ist weg.» Sie nickte. «Heute ist Freitag. Freitag ist ein harter Tag. Ein Unglückstag. Ein Tag wie die ägyptischen Plagen. An einem Freitag habe ich dieses falsche Silber gekauft.»

«Psst. Ruh dich aus.»

«Donnert's am Montag, heißt's Weibersterben. Donnert's am Freitag, ist's ein übles Vorzeichen für ein Blutbad an einem Mächtigen. Wen werden wir dieses Mal verlieren? Vielleicht sogar den König? Die Füchse der Zwietracht sind unter uns.» Seine Frau hatte ihn ausgezogen. Er lag unter einer weißen Decke, die mit goldenen Lämmern, Mondsicheln und Sternen verziert war. «Ich muss auf den Thron», sagte er. «Hilf mir.»

Schon vor einigen Wochen hatte er seiner Frau erzählt, er verspüre im Magen ein «Aufstoßen», aber nichts hatte dagegen geholfen. Außerdem hatte er sich im Kopf und an den Fersen so leicht gefühlt, als liefe er auf Moos. Er führte diese Symptome auf frisch verdorbenes Blut zurück und hatte sich mehrfach schröpfen lassen, doch der Aderlass schwächte ihn nur noch mehr. Dann hatte das Erbrechen eingesetzt. Seine Frau ermutigte ihn, jede Arznei auszuprobieren, obwohl sie genau wusste, dass nichts ihn retten würde.

Sie war zum Apotheker in der Dutch Lane gegangen, ein gutes Stück weit weg von ihrem Sprengel, und hatte ihn gefragt, welches Gift man zum Töten von Ratten benötige. Außerdem hatte sie ihm erzählt, ein Wiesel komme in ihren Hof und fresse die Hennen. Auch dieses gelte es zu vernichten. Nebst einigen Arsenkörnern in einem Leinensäckchen hatte sie sorgfältige Anweisungen für den Einsatz derselben mit auf den Weg genommen. Von jenem Abend an hatte sie diese nach und nach in die Fleischsuppe gemischt, die Radulf stets als Nachtmahl zu sich nahm. Aus Angst, Janekin könnte ihr Geheimnis ausplaudern, hatte sie ihm nichts erzählt.

«Hilf mir», sagte Radulf erneut, während er ungeduldig aus dem Bett aufstand.

«Hier, nimm diesen Umhang. Und tritt auf die Kissen. Du solltest nicht mit nackten Füßen auf die Fliesen treten.»

Das Häuschen für die Notdurft lag hinter dem Laden in einem Innenhof, direkt neben der Küche und den Stallungen. Radulf stieg langsam, auf Annas Arm gestützt, die Treppe hinunter und fühlte sich überaus schwach. Auf dem Treppenabsatz blieb er unter einem wollenen Wandteppich mit dem Bild von Judith und Holofernes stehen. Er verspürte heftige Magenschmerzen und setzte sich auf eine große Holztruhe. «Der Freitag ist der Tag der Vertreibung aus dem Paradies und der Sintflut, des Verrats und der Kreuzigung. Bring mich in den Hof.»

Sie half ihm die letzten Stufen hinunter und sah ihm nach, wie er langsam zum Abort hinüberging. «Möge der Freitag auch dein Jüngster Tag sein, mein lieber Ehemann. Möge er für dich zum Tag der Vertreibung und des Verrats werden.» Und dann fielen ihr die Worte der Heiligen Schrift wieder ein. Lass ab von allem Alten.

Vorsichtig setzte sich Radulf Strago auf das Loch im Abtritt.[4] Er konnte spüren, wie sich ihm qualvoll der Magen umdrehte. Das brannte wie Feuer. In der Ecke führte eine Holzröhre zu einer unterirdischen, mit Steinen ausgemauerten Latrinengrube. Einen Augenblick schien die Röhre sich wie ein lebendiges Wesen zu winden. Er war schweißgebadet. «Was schadet's der Sonne», sagte er, «wenn sie über einem Misthaufen scheint? Also mag sie auch mir scheinen.» Draußen hinter der Tür tröpfelte Wasser in die Bleizisterne, doch in Radulfs Ohren dröhnte es wie ein Sturm. Gesegnet ist der Leichnam, auf den der Regen rinnt. Aber wenn ich den Sitz beschmiere, wird sich keiner mehr daraufsetzen. Er streckte die Hand nach den Arschläppchen aus, den Heupäckchen und geschnittenen Tuchstücken, die sich neben dem Abtritt stapelten.

Anna Strago fand ihn mit einem Stück Kattun in der Hand zusammengekrümmt auf dem Lehmboden. Noch immer ergoss sich ein Strom aus seinen Pobacken.[5] Sie hatte keine Lust, den Körper zu berühren. Diese Tage waren vorbei. Also rannte sie auf die Straße hinaus und schrie: «Ein Todesfall! Ein Todesfall!» Dann kam sie wieder ins Haus, umarmte Janekin und erklärte ihm: «Der Lehrling hat keinen Meister mehr, sondern eine Meisterin.»

Bei der darauf folgenden Untersuchung befand der Leichenbeschauer, Radulf Strago habe nach dem Feuerausbruch in der Kapelle der Schlag getroffen, und er sei ausschließlich eines natürlichen Todes gestorben. Sein Gutachten stellte die fünf Sprengelvorsteher zufrieden, die ihrerseits dreißig Seelenmessen als Fürsprache für Radulfs Seelenheil bezahlten. Und was war natürlicher und angemessener, als dass Anna Strago nach einer gewissen Trauerzeit Janekin ehelichte? Ihren Nachbarn erklärte sie, unter übermäßiger Trauer würde nur die Seele des Verschiedenen leiden. Ein kluges Wort, wie man befand. Daraufhin vertrat man übereinstimmend die Meinung, dass es dem Geschäft gut tun werde, was es auch tatsächlich tat. Wie hatte Anna Strago Janekin erklärt? «Freitag ist ein guter Tag.» Dennoch glaubte man seit alters, dass man in London keinen Mord verheimlichen könne und er zu gegebener Zeit stets ans Tageslicht komme.

IV

Der Scholar

Fünf Tage nach Radulf Stragos Tod konnte man Pater Wilhelm Exmewe einen Buchhändlerladen in der Paternoster Row betreten sehen. In dieser Straße waren Patres ein vertrauter Anblick, da die Buchläden neben Psalmen- und Stundenbüchern auch Kirchengesetze und Lehrbücher verkauften. Besagter Buchhändler hatte sich besonders auf kunstvolle Gesangbücher mit Kyries und Sequenzen verlegt. Obwohl ein Großteil seines Vorrats in der Karwoche verkauft worden war, hoffte er, die Sieben Schmerzen Unserer Lieben Frau würden das Interesse an Hallelujas wieder aufflammen lassen. Außerdem war der April der Monat, in dem es das einfache Volk nach Wallfahrten gelüstete. So oder so machte er ein gutes Geschäft und verdingte sich obendrein als öffentlicher Schreiber, der neue Festtage in die heiligen Bücher eintrug.

Trotzdem war er nicht zur Stelle, als Wilhelm Exmewe mit wehendem schwarzem Umhang zur Tür hereinkam. Wenige Augenblicke später trat Emnot Hallyng ein, ein Scholar. Unter seiner Kapuze trug er einen Hut, mit dem er gegen die Oberkante des Türstocks stieß. Verwundert trat er einen Schritt zurück. Im Laden befand sich außer Exmewe bereits ein Stiftsverwalter. Robert Rafu prüfte gerade die Festigkeit der Ketten, mit denen man die Bücher zu ihrem Schutz verschloss, indem er kräftig daran riss. Schließlich trat noch ein Bürger ein, dessen Gewand ihn als Besitzer eines reichen Gutes auswies. Garret Barton gehörte Land jenseits des Flusses in Southwark, und er besaß viele Gasthäuser in diesem Viertel, die für Pilger und andere Reisende sorgten.

Da rief eine laute Stimme: «Kommt herunter! Kommt herunter!» Die vier Männer begrüßten sich im Flüsterton mit dem Spruch

«Gott ist hier». Erst dann stiegen sie eine Steintreppe zum Gewölbe unter dem Buchladen hinab.

Sie kamen in einen achteckigen Raum, an dessen Wänden ringsherum eine Steinbank lief. In die Ostwand war ein hoher Steinthron eingelassen, in der Mitte des Gemachs stand ein hölzernes Pult. Hier waren bereits weitere Männer und Frauen versammelt, aber als Wilhelm Exmewe zu dem östlich gelegenen Sitz hinüberging, verstummte das leise Stimmengemurmel. Seine Zuhörer nahmen auf der niedrigen Steinbank Platz.

«Das war ein guter Anfang, Richard Marrow», sagte er ohne jegliche Vorrede.

Der Zimmermann, der zwischen den anderen stand, senkte den Kopf. «Dazu brauchte es nur eine Kerze und ein wenig Schwarzpulver.»

«Gut ausgedrückt, Marrow, gut ausgedrückt. ‹Wir werden Jerusalem mit Kerzen ergründen.› Kennst du diesen Vers nicht?»

Jetzt ergriff der Gutsbesitzer Garret Barton das Wort. «Die Kapelle war nur eine Pastetenhülle, die zerbrochen werden musste. Wie auch sämtliche Versprechen der falschen Bettelmönche. All ihre Ablässe und Gebete und Seelenmessen sind Vorspiegelungen des Teufels, die der Vater aller Lügen persönlich ersonnen hat.»

Robert Rafu drängte es zu reden. «Gebete können den Toten genauso wenig helfen, wie ein einzelner Mann mit seinem Atem ein großes Schiff in Fahrt bringen kann.»

Dieses Thema griff Wilhelm Exmewe auf. «Die protzigen Prälaten und Kuraten verbringen ihr ganzes Leben in finsterer Nacht. Dunkelheit und Rauch füllen ihre Augen, deshalb sind sie voller Tränen. Was ist ein Bischof ohne Reichtum? Episcopus Nullatensis – ein Bischof von nirgendwo. Was tun sie denn jetzt, außer vor der verrückten Nonne von Clerkenwell zu erbeben?» Darüber lachten sie. Alle hatten gehört, wie man Schwester Clarissa mit der Begründung, sie habe falsche Prophezeiungen ausgestoßen, vor das Konsistorialgericht gebracht, aber auf Drängen der Bürger, die sich fluchend und randalierend ums Gerichtsgebäude versammelten, umgehend wieder freigelassen hatte. «Diese Prälaten sind tumbe Toren im Reich der Hölle, tumbe Hunde, die in Zeiten der Not nicht bellen.»

Eine Frau rief laut: «Sie beten zu Unserer Lieben Frau von Falsingham. Sie verehren Thomas von Canterbury!»

«Gut möglich, dass ihre Heiligenbilder menschlichen Seelen weder nützen noch schaden», sagte Exmewe, «aber vielleicht wärmen sie einen kalten Menschenleib, wenn man sie ins Feuer wirft. Das Wachs, das für ihre Kerzen verschwendet wird, könnte armen Menschen und Geschöpfen gut bei der Arbeit leuchten.»

Das waren die Wahren Menschen, auch bekannt als die Rechtgläubigen, die Wissenden oder die Vorherbestimmten. Obwohl es nur wenige waren, kannte man sie unter vielen Namen. In Paris hießen sie *apostoli* oder *innocentes*, in Köln die Verständigen und in Reims die *humiliati*. Sie glaubten, ihre Sekte gäbe es seit den Zeiten Christi und der Bruder Christi sei ihr erster Anführer gewesen. Sie waren felsenfest davon überzeugt, dass sie die wahren Jünger des Erlösers waren und die unsichtbare Kirche oder Gemeinschaft der Geretteten bildeten, die als *congregatio solum salvandorum* bekannt war. Sämtliche Zeremonien und Überzeugungen der etablierten Kirche lehnten sie ab und verdammten sie als Sattelschmuck des Fürsten der irdischen Welt, der da Luzifer heißt. Der Papst war eine Satansbrut, die in ihrer Sünde vor sich hin stank wie ein Tier in seinem Mist. Auch Prälaten und Bischöfe waren ewiger Nachschub für den Höllenbrand. Kirchen waren die Burgen Kains.

Innocentes oder die Unschuldigen hießen sie, weil sie als wahre Jünger Christi von jeglicher Sünde freigesprochen waren. Jeder von ihnen hatte teil an der Herrlichkeit des Erlösers, und ihr Handeln entsprang einzig und allein dem Geiste Gottes. Ohne Gewissensbisse konnten sie lügen, Ehebruch begehen oder töten.

Wenn einer von ihnen einen Bettler beraubte oder jemanden durch Erhängen zu Tode brachte, hatte er oder sie nichts zu fürchten. Die ihres körperlichen Lebens beraubte Seele würde zu ihrem Ursprung zurückkehren. Die Vorherbestimmten konnten Sodomie treiben oder jeglichem Mann oder Weibe beiwohnen. Sie waren gehalten, die Einflüsterungen ihrer Natur frei zu befriedigen, sonst würden sie die Freiheit des Geistes verlieren. Mit Fug und Recht konnten sie jedes Kind töten, das ihrem Treiben entsprang, und es ohne Beichte wie einen Wurm ins Wasser werfen. Auch dieses Kind begab sich wieder an seinen Ursprung.

Da man sie unter allen Ketzern als die gefährlichsten einstufte, trafen sie sich insgeheim in kleinen Versammlungen. Erst vor sechs Monaten hatte das bischöfliche Gericht eine Verordnung erlassen, wonach «Versammlungen, Geheimtreffen, Verbindungen, Verschwägerungen, Bündnisse und Verschwörungen» gegen die Heilige Kirche verboten waren.

Nur sie selbst kannten ihre Namen und gingen auf der Straße oft grußlos aneinander vorbei. Die Vorherbestimmten waren so von ihrer Heiligkeit überzeugt, dass sie geradezu gierig den Tag des Jüngsten Gerichts erwarteten. Exmewe hatte ihnen erklärt, der große Antichrist sei ein abgefallener Franziskanerpater. Mittlerweile sei er zwanzig Jahre alt, und er werde im kommenden Jahr in Jerusalem erscheinen. Der Gesalbte, der zweite Christus am Tage des Gerichts, sei ein Wissender wie sie. Er sei jener in der Apokalypse vorhergesagte Menschensohn. Er habe bereits Christi Blut getrunken und werde bei dessen Wiederkunft Gott von seinem Leid um die Schöpfung der Welt befreien. Man werde ihn als *Christus Imperator et Deus* kennen.

Vor wenigen Monaten hatte ihnen Exmewe im Gewölbe des Buchladens einen Vortrag über die einzelnen Zeichen gehalten. «Es gibt viele unterschiedliche Zeugnisse, die jenem Tag vorausgehen werden», hatte er ihnen erklärt. «Durch sie werden wir völlige Gewissheit erlangen, dass dieser Tag nahe ist und nicht mehr in weiter Ferne. Darunter auch Zeichen oder Zeugnisse, die Christus im Evangelium verkündet, wenn er sagt: ‹Und es werden Zeichen geschehen an Sonne und Mond und Sternen.› Ihr müsst begreifen, dass Christus nicht nur von Wundern spricht, derer man auf diesen sichtbaren Planeten vor unseren Augen ansichtig wird, sondern auch von geisthaften Zeugnissen, deren Bedeutung für die Ankunft jenes Jüngsten Tages viel schwerer zu entziffern ist.»

Und so sprach er in den darauf folgenden Wochen über die ineinander verschlungenen Kreise und die fünf Wundmale Londons. Genau wie das Blut eines ermordeten Kindes so lange zum Himmel schreie, bis man es bedecke, so werde das Blut Christi erst sichtbar, wenn das bemalte Tuch von der Welt fällt. «Wir müssen Ihn erneut an den Kreuzesstamm schlagen, damit Sein Bildnis auf alle Schöpfung fällt. Fünf Wundmale musste Christus in Seinem Todeskampf erleiden. Wir müssen jener Kirche der Fleischeslust, dieser weltlichen Kirche, fünf tödliche Schläge an fünf verschiedenen Orten versetzen. Weshalb fünf? Diese Zahl ist das Abbild allen Lebens. Die fünf Freuden. Die fünf Sinne. Wir haben das dreifache Universum, den Dreierzirkel aus Erde, Luft und Wasser, den wir um Zeit und Raum ergänzen müssen, denn das sind die Engel Gottes. Deshalb – fünf. Dies wurde mir in Worten enthüllt, die vor Gott ein auserwähltes Lied sind, ein Licht für unser Leben, Honig für eine bittere Seele. Sobald London mit Feuerkreisen bemalt ist, wird das ein sicheres Zeichen sein, dass sich der Tod innerhalb der Stadttore aufhält. Dass es bis zum Jüngsten Gericht nicht mehr lange währt.»

Er hatte sie überzeugt, dass aus diesem Grund fünf Londoner Kirchen oder heilige Stätten von Feuer und Tod heimgesucht werden müssten. Nur dadurch könnte sich der Jüngste Tag erfüllen.

Der Scholar Emnot Hallyng hatte das Geheimtreffen verlassen und spazierte nun die Bladder Street zu seiner Wohnung in Bevis

Marks hinunter. Es war kurz vor Feierabend. Die letzten Straßenhändler packten ihre Truhen und Kisten, während Obsthändler und Waffelbäcker allen nach Hause Eilenden ihre Ware aufdrängten. Er kam an einem Gasthaus vorbei, das als «Die Ringer» bekannt war, und hörte die Worte «Krone» und «Friede». Die Betrunkenen stritten über König Richards Entscheidung, nach Irland zu segeln, obwohl ihm der nach Frankreich verbannte Heinrich Bolingbroke mit Feindseligkeiten drohte. Doch mit derartigen Angelegenheiten gab sich Emnot nicht ab. Er betrachtete die Ereignisse dieser Welt mit einer Langeweile, die an Abscheu grenzte. Was bedeutete ihm der König? Weniger als ein Strohhalm.

Er hatte sich für einen Heller eine Waffel gekauft und stellte sich, noch während er in die knusprig gebackene Oberfläche biss, eine Frage: Welches Zeitmaß hat die Nacht? Er brachte sich selbst Geometrie beziehungsweise Arithmetik bei. Am heutigen Tag stand die Sonne einundzwanzig Grad und sechs Minuten im Stier – ein guter Tag für Herz und Nerven. Es war wohlbekannt, dass die Welt im Frühling erschaffen worden war, zur Tag- und Nachtgleiche, und dass Gott den ersten Menschen im Monat April ins Leben gerufen hatte. Deshalb war diese Jahreszeit voll magischer Eigenschaften. Doch war das auch eine gute Nacht für Experimente? In den Stunden vor dem Mitternachtsläuten übte sich Emnot in Alchemie, wobei er sicherstellte, dass sämtliche Fenster seiner Behausung mit schwarzem Tuch verhängt waren. So konnte man die brennenden Kohlen nicht sehen. Er war es gewesen, der das Schwarzpulver hergestellt hatte, er hatte es zu Richard Marrow in die grüne Hütte vor den Stadtmauern gebracht.

«Das ist gutes Pulver», hatte er zu ihm gesagt. «Man nehme zwei Unzen rohen Salpeter und eine halbe Unze Schwefel und rühre sie mit rotem Essig in einem Mörser zusammen. Riechst du den Schwefel? Dann gibt man Salmiak und mit Holzkohlestücken gemischten Salpeter dazu. Das erklärt die schwärzliche Farbe. Diese Mischung trocknet man über kleiner Flamme in einer irdenen

Pfanne. Wenn sie gut trocken ist, mahlt man sie, bis man dieses feine Pulver erhält. Es ist so fein, dass man es durch ein Sieb schütten kann! Dazu eignet sich keine Holzkohle besser als die aus Lindenholz.»

Diese Holzkohle verwendete er auch bei seiner Suche nach Alchemistengold. Er war kein Geizhals. Eifrig war er und neugierig, aber nicht habgierig. Weltliche Dinge lagen außerhalb seiner Vorstellung, er lebte wie jener legendäre Salamander ganz im Feuer seiner Einbildungskraft. Als Zeitpunkt seiner Geburt hatte er eine Konstellation errechnet, in der die Sonne in den Zwillingen stand, kurz vor Eintritt in den Krebs. Da in dieser Periode Jupiter im Zenit stand, fühlte sich Emnot bestätigt, dass er sein Leben mit Studieren und Lernen zubringen sollte. Deshalb war ihm der Wert des Goldes egal; die Suche an und für sich bereitete ihm Vergnügen. Als einer der Vorherbestimmten glaubte er, dass auf all seinen Unternehmungen ein besonderer Segen ruhe, und zweifelte nicht an seiner Fähigkeit, Gold aus minderwertigeren Substanzen erschaffen zu können. Dies war lediglich eine Frage von Nachdenken und Berechnungen, hier galt es, alle Kräfte der Welt zu einer einzigen Formel zusammenzufügen. Wenn die Sonne altert und auf ihrem heißen Abstieg ins Zeichen Steinbock tritt und nur noch matt scheint, dann beginnt die Arbeit. Wenn die Sphären mit seinen eigenen Körpersäften übereinstimmten, wenn die Elemente der Urmaterie im Verhältnis zu den achtundzwanzig Häusern, die dem Mond zugeordnet sind, durchglüht und erneuert waren, dann würde seinem Destillierkolben die strahlende Stunde schlagen.

Emnot liebte Zahlen und Formeln. Er hatte versucht, aus den Bewegungen der Tauben im Hof unterhalb seiner Wohnung ein geometrisches Muster herauszulesen. Er berechnete, wie hoch die Chance stand, denselben Fremden mehr als einmal in einer ganz bestimmten Straße zu sehen. Er schaute in den Nachthimmel und versuchte, die Distanz zwischen allen neun Sphären zu erahnen.

Deshalb hatte ihn auch Wilhelm Exmewes Bild der Kreise so tief überzeugt, die ihrerseits einem größeren Kreis angehörten. Es bestätigte all seine Gedanken und Überzeugungen. Emnot Hallyng war immer eifrig, immer in Bewegung. Er schleckte sich Eier und Käse von den Fingern, dann rannte er die Treppe hinauf.

In einer Ecke erwartete ihn ein zusammengekauertes Etwas.

«He da! Wer bist du? Was machst du hier im Dunkeln?»

«Ich bin's, Gabriel.»

Gabriel Hilton, Juwelenhändler von Beruf, war Emnots Cousin. Sie waren zusammen zur Schule gegangen, in St. Antonius in der Threadneedle Street. Danach war Gabriel ins väterliche Geschäft eingetreten, während sich Emnot in Oxford eingeschrieben hatte. Emnots Förderer war der verstorbene Bischof von Ely gewesen, der es sich auf Grund verschiedener Zeichen in den Kopf gesetzt hatte, Emnot sei einer der Vorherbestimmten, und ihn demgemäß geschult hatte. Emnot wurde innerhalb der Familie als «der Scholar von Oxenforde» bekannt. Oft neckte man ihn ein bisschen wegen seines blassen Gesichts und seiner schmalen Gestalt. Der ist dürrer als sein Pferd, hieß es allgemein. Und doch war er schlau und scharfsinnig. Er war es gewesen, der Gabriel Hilton über die Eigenschaften der Steine belehrte, die er verkaufte. Beispielsweise erklärte er ihm, einen Diamanten müsse man immer auf der linken Seite tragen; seine Kraft wachse stets nach Norden, der als linke Seite der Welt anzusehen sei. Wenn man einen Smaragd zusammen mit kleinen Felsbrocken aufbewahre und mit Maientau tränke, werde er größer. Ein Amethyst schenke Härte und Mannhaftigkeit. Ein Saphir halte die Gliedmaßen heil. Achat schütze seinen Träger vor Alpträumen sowie vor den Verzauberungen und Gaukeleien boshafter Geister. Wenn man Gift, das äußerlich oder innerlich wirken könne, in die Nähe des Rubins bringe, werde dieser feucht und fange zu schwitzen an. Außerdem wies er Gabriel darauf hin, dass all diese Steine ihre Tugenden durch die Sünde und Unkeuschheit ihrer Träger verlieren konnten.

«Welcher Wind hat dich denn hierher getrieben, Cousin? Ich habe dich schon lange nicht mehr gesehen.» Emnot nahm seinen Cousin an der Schulter. «Rasch, komm herein. Zieh deinen Oberrock aus. Setz dich.» Dann fiel ihm Gabriels Miene auf. «Ist dir ein Leid geschehen?»

«Ja. Mich erwartet Leid. Da bin ich mir sicher.»

«Setz dich.»

«Emnot, kennst du dich in den Geheimkünsten aus?» Er machte rasche Handbewegungen, als würde er unsichtbare Würfelbecher schütteln. «Weißt du über Traumdeuter und Geomantiker Bescheid?»

«Gabriel, ich bin Scholar, kein Zauberer. Setz dich doch.»

«Und doch hast du mir erzählt, dass der Tod jedes Menschen in den Sternen geschrieben steht, klarer als jedes Glas.»

«So ist es.» Er zögerte. «Plagt dich eine Krankheit?»

«Keine, die ein Blutegel kurieren könnte.» Gabriel setzte sich auf einen kleinen Holzschemel, stand aber sofort wieder auf und trat ans Spitzbogenfenster. «Ich sehe keine Hoffnung mehr.»

«Sag so etwas nie, Gabriel. Schon wer diese Worte ausspricht, begeht eine schwere Sünde.»

«Aber meine Mühsal ist groß.» Er sah auf die Straße hinunter. «Ich bin gebrandmarkt.»

Dann fing er mit seiner Geschichte an. Er hatte sich in seinem Quartier in der Camomile Street ausgeruht, als er aus dem darüber liegenden Zimmer Geräusche hörte. Er vernahm die Schritte verschiedener Leute und Stimmen, die ins Gespräch vertieft waren. Trotzdem waren die Worte so dahingemurmelt und verworren, dass er sie nicht verstehen konnte. Sie ergaben ein tiefes, undeutliches Geräusch, das ihn an den Stadtlärm erinnerte, wie man ihn draußen auf den Feldern hört. Ganz still hatte er auf seiner Matratze gelegen, doch plötzlich musste er heftig niesen. Die Unterhaltung über ihm verstummte. Einen Augenblick herrschte völlige Stille. Dann waren laute Schritte zu hören, oben im Zimmer flog die Tür auf. Gabriel konnte hören, wie zwei von ihnen blitzschnell die Treppe herunterrannten. Zu seinem Entsetzen donnerte es wie wild an seine Tür, unablässig, bis Gabriel es nicht mehr ertragen konnte. Er schlich zur Tür und legte ein Ohr dagegen. Erst jetzt hörte er etwas schwer atmen, ganz laut und heftig. Langsam sperrte er die Tür auf, hob den Riegel und schaute hinaus. Draußen war niemand.

Unwillkürlich platzte Emnot dazwischen. «Demnach standen hinter der Tür Wesen ohne Blut und Knochen?»

Gabriel erkundigte sich bei seinen Nachbarn, jedoch keiner hatte an jenem Abend etwas gehört oder gesehen. Der Raum selbst war nicht vermietet und Würmern und Spinnen überlassen. Eigentlich wollte Gabriel die Sache gleich wieder vergessen, denn – wie er zu Emnot sagte – «Menschen können auch an Einbildung sterben». Doch dann war er zwei Tage später durch die Camomile Street zu seinem Laden in der Forster Lane gegangen. Dabei befiel ihn ein äußerst merkwürdiges Gefühl. Er wurde verfolgt. Er sah sich um, konnte aber außer den Händlern und dem sich herumtreibenden Pöbel niemanden entdecken. Er bildete sich ein, er habe jemanden lauthals «Tod ihm! Tod ihm!» rufen hören, aber in dem allgemeinen Tumult hätte es sich genauso gut um den Ruf des Bäckers handeln können: «Brot!» Außerdem erinnerte er sich noch, dass sich im selben Augenblick ein Pferd aufbäumte und seinen Reiter in die nasse Unratrinne mitten in der Straße warf.

Am nächsten Morgen bildete er sich auf dem Weg zur Arbeit auf demselben Straßenabschnitt erneut ein, man stelle ihm nach. Dann legte ihm jemand eine Hand auf die Schulter, aber als er sich erschrocken umdrehte, war keiner da. Seither hatte ihn in jener Straße viele Male die Angst gepackt. «Sie ist entsetzlicher als alle Ungeheuer», erklärte er Emnot.

«Wann bedrängt sie dich denn?»

«Bei Sonnenaufgang. Und dann wieder ungefähr um Mitternacht. Manchmal höre ich auch im Raum über mir Schritte.»

«Hast du vielleicht eine Ahnung, worum es sich handelt?»

«Nein, habe ich nicht.»

«Angeblich sollen die Seelen aller, die Freunde oder Gäste verraten, zur Hölle fahren, während ihre Körper weiterleben.»

«Aber da sind keine Körper. Sie haben weder Gestalt noch Form.»

«Das erscheint mir wundersam und merkwürdig. Anscheinend sind sie von dieser Erde, obwohl man sie hier nicht sehen kann.»

«Und doch sind sie bedrohlicher als grausame Mäuler.»

Emnot erhob sich von seinem Stuhl und gesellte sich im schwindenden Tageslicht zu Gabriel ans Fenster. «Lass mich nachdenken. Wenn ihre Wut bei dir derart heftiges Erbeben auslöst, dann haben sie den gleichen Einfluss wie unerträgliche Hitze oder Kälte. Nun heißt es ja, dass an Orten, an denen lange Zeit ein mächtiges Feuer gebrannt hat, stets ein Hauch von Wärme zurückbleibt. Könnte das bei dir der Fall sein?»

«Wie das?»

«Es könnte sich um Kreaturen aus einer Zeit vor aller Menschengedenken handeln.» Die Geschichte seines Cousins beunruhigte Emnot auf ganz andere Weise: Diese unsichtbaren Treffen wirkten wie gespenstische Abbilder der Vorherbestimmten, die sich an geheimen Orten trafen. In Gabriels Leben spukte es, und das rief bei Emnot unmäßige Angst vor Verfolgung und Verhaftung wach. «Wie der Nebel, der aus sich auflösenden Wolken besteht, könnte es sich bei ihnen um eine Erinnerungsspur an vergangene Dinge handeln.»

«Wenn das so ist, Emnot, dann trachten sie danach, mir unendliches Leid zuzufügen.»

«Oder diese Leute könnten sich auf einem ganz anderen Pfad bewegen. Was, wenn sie uns voraus wären?»

«Und noch nicht geboren sind? Warum sollten sie in die Camomile Street kommen?»

«Ja, wohl wahr. Also müssen sie die traurige Spur von etwas

Vergangenem sein.» Emnot wurde vom Gedanken an Wilhelm Exmewes Vision der miteinander verbundenen Kreise abgelenkt, Kreise, die in die jeweils andere Form übergingen, so dass unklar war, wo einer anfing und der andere aufhörte. Er dachte an runde Regen-, Nebel- oder Tautropfen, die ineinander liefen. Wenn man tief genug in diese Kreise blickte, würde alles heil.

«Egal, auf welchen Pfaden sie wandeln, mich quälen sie schändlich.»

«Gabriel, sie sind doch tot.»

«Emnot, einer hat mich berührt.»

Emnot ging zu einem Schränkchen, holte einen glasierten Krug heraus und goss zwei Becher Wein ein. Auf der Oberfläche schwammen ein paar Brotkrumen. Er tupfte sie mit dem Finger auf. «Wie tief mögen diese Dunkelheiten sein. Und deshalb sagt David: Abissus abissum invocat. Die Tiefe gebiert Tiefe.»

Mitleidig musterte Gabriel ihn. «Ich sehe, du bist immer noch ein Mann der Lehre. Ein höchst vollkommener, liebenswürdiger Scholar.»

«Und als Scholar werde ich dir meinen Rat erteilen.»

«Geh zur Nonne?»

«Triff dich unter keinen Umständen mit dieser Hexe. Zieh aus deinem Quartier aus, und meide die Camomile Street.»

Gabriel Hilton hielt sich tatsächlich an den Rat seines Cousins. Er mietete drei Räume in der Duck Lane und wagte sich nie wieder die Camomile Street entlang. Sie wurde zu einem «gemiedenen Ort», wie er es nannte.[6] Und doch befolgte er Emnots Ratschlag nicht ganz. Er hatte gehört, Schwester Clarissa werde die weiblichen Gefangenen in der direkt neben dem Londoner Tower gelegenen Münze besuchen. Am vereinbarten Tag wartete er dort neben der Hintertür. Als sie näher kam, streckte er ihr mit der üblichen Geste des Bittstellers die Hände entgegen. «Erlöst mich», sagte er, «erlöst mich, liebe Schwester, von einer Welt der Pein.»

Clarissa bemerkte sein hübsches Gesicht mit den dunklen Augen, die von Trübsal noch mehr überschattet waren. «Was plagt dich denn?» Bis auf eine zweite Nonne, Schwester Birgitta, war sie allein. Sie bedeutete ihr, beiseite zu treten.

Nun erzählte ihr Gabriel Hilton von den Geistern, die ihn verfolgten. Sie biss sich auf die Unterlippe und schüttelte, offensichtlich entsetzt, den Kopf. «Es liegen noch mehr solche Geschichten in der Luft. In London herrscht große Verwirrung in den Gemütern. Man sieht einen bösen Tag heraufziehen.» Dann küsste sie ihren Finger und berührte damit seine Wange. Verblüfft wich er zurück, aber sie lächelte ihn an. «Hast du Angst vor mir oder vor meinem Geschlecht? Du erkennst doch an meinem Gewand, dass ich Gott geweiht bin. Warum fürchtest du mich dann?»

Er hatte den Verdacht, die Nonne mache sich über ihn lustig. «Ich habe weder vor Euch noch vor irgendeiner anderen Frau auf der Welt Angst.»

Sie legte ihm den Finger auf die Stirn. «Dein Cousin wird große Freude und Trost erfahren.»

«Emnot?»

«Er wird zum Licht geführt. Andere Menschen stehen hinter ihm und beschleunigen seinen Weg in die Glückseligkeit.»

«Emnot ist ein Einzelgänger. Ein hochgelehrter Scholar.»

«Höre auf meine Worte. Er muss seinen eingeschlagenen Weg ohne Furcht weitergehen. Exmewe ist sein enger Freund. Sage ihm, dass er nicht zaudern noch zagen darf. Wirst du ihm das ausrichten?»

«Selbstverständlich. Wenn Ihr das wünscht.»

«Ich wünsche es.» Damit ließ sie ihn stehen und ging durch die kleine Gefängnispforte.

Gemeinsam mit vielen anderen Bürgern schaute Gabriel zu, als sie im Innenhof auf einen steinernen Richtblock stieg, wie der gekreuzigte Christus die Arme ausbreitete und zu den schmalen Gittern sprach, hinter denen sich die weiblichen Gefangenen verbargen. Der Wind blies so stark vom Fluss herüber, dass er lediglich einzelne Wortfetzen verstand. «Ich liege in Ketten. In Fesseln liege ich. Dieser Leib ist mein Gefängnis. Meine Augen sind meine vergitterten Fenster.» Dann sprach sie von einem Tag, an dem sich alle Türen öffnen und alle Riegel zerbrochen würden.

Aus dem Gefängnis selbst drang kein Laut heraus, doch plötzlich erschien an einem der Gitter ein bleiches Gesicht. «Falsche Höllenhexe! Reif für den Scheiterhaufen! Wenn eine verfaulte Frucht zu Boden fällt, schmähen sie sogar die Hunde!»

Schwester Clarissa drehte sich um, stieg vom Steinblock und rief Schwester Birgitta zu sich. Dann verließen sie gemeinsam das Gefängnis in der Münze. Dabei kam sie an Gabriel Hilton vorbei, ohne ihn eines Blickes zu würdigen. Er bemerkte, wie sie ihrer Begleiterin etwas zuflüsterte und laut auflachte. Wer so fröhlich war wie Clarissa, musste doch unter Gottes Segen stehen, oder? Noch während ihm dieser Gedanke durch den Kopf ging, beschloss er, ihren Rat nicht an seinen Cousin weiterzugeben. Wie hatte ihn sein Vater gelehrt? Himmel und Erde soll man möglichst nicht mischen.

V
Der Bedienstete des Kanonikus

In der Woche nach der Explosion in der St. John's Street hatte der Untervogt am Kreuz in Cheapside öffentlich bekannt machen lassen, diese Verwüstung durch Feuer sei «niederträchtig, gemein und ein abscheuliches Beispiel für das ganze Menschengeschlecht». Wenn man den Täter fände, brächte man ihn unter Pfeifen und Trompeten zum Pranger am Marktplatz, wo er einen Tag und eine Nacht bleiben müsste. Sollte er dann noch am Leben sein, würde man ihn von dort fortbringen und neben den Ulmen in Smithfield aufhängen. Man würde ihn exkommunizieren und seinen Körper draußen vor der Stadtmauer in eine Kalkgrube werfen.

Über die Identität des Übeltäters wurde viel spekuliert, wobei man in der Stadt zur Ansicht neigte, die Lollharden seien für die Tat verantwortlich. Dabei handelte es sich um eine locker miteinander verbundene Gruppe christlicher Männer und Frauen, die sich ihrem Glauben mit einem glühenden Gleichheitsgedanken näherten. Sie bezweifelten die Wirksamkeit bestimmter kirchlicher Riten und wandten sich mit heiligem Zorn gegen den Reichtum und die gesellschaftliche Macht der allumfassenden Kirche. Eine Beichte konnte nur dann wirksam sein, wenn der Priester im vollen Stand der Gnade war, aber so einer hatte sich bisher noch nicht finden lassen. Brot konnte man nicht heiliger machen, indem Priester Sprüche darüber murmelten. Die Verehrung von Heiligenbildern war eine Sünde. Pilger nach Canterbury setzten sich der Gefahr ewiger Verdammnis aus, denn der heilige Thomas hatte sich durch seine Stiftung von weltlichen Gütern an die Kirche der Hölle übereignet. Außerhalb dieses Lebens gab es kein Fegefeuer, also waren sämtliche Totenmessen und alle dafür zuständigen Priester wertlos. Die Lollharden vertraten die Ansicht, der Besitz von weltlichen Gütern in Priesterhand widerspreche der Heiligen Schrift. Und Bettelmönche seien verpflichtet, sich ihren Lebensunterhalt mit ihrer Hände Arbeit zu verdienen, statt auf den Straßen zu betteln. Sie protestierten gegen Kirchenlieder und Glockengeläut, Heiligenfeste und kostbare Messgewänder, Eide und Feiertage, Fastenzeiten und Wallfahrten.[7]

Einige Tage nach der öffentlichen Verlautbarung durch den Untervogt trafen sich die Mitglieder der Gilde der Jungfrau Maria zu einem Festessen in der Zunfthalle der Seidenhändler an der Ironmonger Lane. Zu dieser Gilde gehörten die Honoratioren Londons, die reicheren Kaufleute, Äbte und Priore städtischer Stiftungen sowie angesehenere Landbesitzer und Kleriker. Darunter befand sich auch ein gewisser Kanonikus namens Wilhelm Swinderby. Er kam in Begleitung seines Bediensteten Drago, der ihm stets in respektvollem Abstand folgte. Swinderby lebte im Kapitelhaus der St.-Pauls-Kathedrale und war als Prediger auf der Volkskanzel an Paul's Cross berühmt geworden. Jüngst hatten seine Predigten gegen die Lollharden die Londoner massenweise begeistert.[8] Den seit fünfzehn Jahren toten Johannes Wycliffe hatte er als «Erzvater dieser moralisch verwerflichen Ketzerei» angegriffen. Zum Schluss hatte er die Lollharden als «bartlose Knaben und Schwätzer» abgetan, «die es verdienen, dass man sie ordentlich mit der Rute züchtigt, jawohl, glaubt mir». Nach dieser beiläufigen Bemerkung warf ihm Drago einen merkwürdigen Blick zu.

Bevor sich Drago um seinen Herrn kümmerte, übergab er dem Türsteher der Seidenhändlerhalle seinen Dolch. Swinderby reichte ihm an der Saaltüre Umhang und Handschuhe und blieb vor der Schutzmauer stehen, bis ihn der Aufwärter zu seinem Tisch brachte. Oft fragten sich die Leute verwundert, wie eine derart machtvolle Stimme aus einem so abgezehrten Körper kommen konnte. Swinderby war kurz und ein wenig krumm gewachsen und hatte ein so bleiches Gesicht, dass es manchmal aussah, als ginge er dem Tod entgegen. Oft stand ihm der Schweiß auf der Stirn, und sein Gewand roch nach Muskatnuss und Tinte.

Unter der mächtigen Trumpfbalkendecke hallte es wie immer von Schalmeien und Handtrommeln, während die Gäste ihre Tischnachbarn begrüßten. Links von Swinderby saß der Londoner Ritter Geoffrey de Calis, auf der anderen Seite der Knappe Oliver Boteler.

«Nun, Sir», wollte de Calis von Swinderby wissen, «was gibt es Neues?»

«König Richard ist ehrlich geworden.» Ein Diener brachte eine Wasserschale. Swinderby wusch sich die Finger, ehe er seinen Mund bekreuzigte. Brot und Schneidebrett lagen bereits vor ihm.

«Ehrlichkeit wird ihn jetzt auch nicht retten.» Geoffrey de Calis musterte genüsslich das Tafelgeschirr wie einer, der Appetit auf Fleisch hat. «Seine Gefolgsleute wird man jagen wie die Wölfe.»

«Ach, so weit ist es noch nicht.» Swinderby verzog das Gesicht, als hätte er plötzlich Schmerzen. «Er kann immer noch alles gewinnen.» Auf dem Tisch stand ein silbernes Salzfass in Form eines Streitwagens mit Rädern, das man die Tafel entlangrollen lassen konnte. Beim nächsten Satz zog Swinderby es zu sich her. «Die Gefolgschaft von Heinrich Bolingbroke irrlichtert herum wie der Mond. Und hat genauso wenig Geld.»

Beim Glockenschlag erschien der Marschall an der Spitze einer Prozession von Dienern, die das Essen hereinbrachten. Der Reihe nach kamen der Mundbäcker, die Pagen und die Valets. Alle trugen die jeweils für sie typischen Speisen und stellten sie ehrerbietig auf die Tische, während sich auf der Fleischplatte gebackener Fasan, Gans, Rebhuhn, Stubenküken und Schweinefleisch türmten. Am Ehrentisch saßen der Erzbischof Roger Walden und der Bürgermeister von London, umrahmt von Lords und Bischöfen; alle anderen waren ihrem Stand und Rang nach platziert. Für gewöhnlich ging man davon aus, dass sich die Essensgäste paarweise zusammentaten. Der Grafschaftsvogt saß beispielsweise neben dem Prior von Bermondsey. Während der Erzbischof das Tischgebet sprach, standen alle auf. Danach machte sich überall jene Mischung aus Essensgeräuschen und Gesprächen breit, die den Lateinkundigen als *taratantarum* bekannt war.

Stumm stand Drago hinter Swinderby. Seit sechs Jahren befand er sich im Dienst des Kanonikus und war in sämtlichen Künsten der Höflichkeit geschult. Man hatte ihm beigebracht, er solle aufpassen, wohin er spucke, und zuvor die Hand vor den Mund legen. Sobald ihn ein Höhergestellter ansprach, zog er den Hut. Danach schaute er nicht zu Boden, sondern seinem Gegenüber unverwandt ins Gesicht, ohne mit Händen und Füßen herumzuzappeln. Man hatte ihn gelehrt, sich nicht am Kopf zu kratzen und darauf zu achten, dass seine Fingernägel stets sauber waren. Er lernte, Swinderbys Gewand zu reinigen, sein Bett zu machen und ihm die Schuhe zu binden. Außerdem hatte man ihm noch gewisse andere Lektionen erteilt.

Auf den Tischen standen Schüsseln mit Pfau in Pfeffersoße neben gebratenen Rebhühnern mit Ingwer; auf in Wein gesottene Schweinsohren folgte Fisch, der mit einer grünen Soße aus verschiedenen Kräutern serviert wurde; eine Schüssel Hummer in Essig stand direkt neben einigen kleinen Wildvögeln, die mit Federn bedeckt waren, so dass sie wie lebendig wirkten. Sämtliche Speisen der Welt schienen hier zu liegen.

Der Knappe Oliver Boteler war gut gelaunt. «Wisst Ihr», fragte er, «was mir der Anwalt beim Obersten Geistlichen Gerichtshof heute Morgen erzählt hat? Dass er jung verheiratet ist, ist Euch bekannt. Nun, ich habe ihn gefragt, warum er sich eine so winzige Frau ausgesucht hat. Sie reicht mir gerade bis an die Hüfte, müsst ihr wissen. Darauf erwiderte er: Ex duobus malis minimum eligendum est. Was auf Englisch heißen will, dass man sich bei der Wahl zwischen zwei Übeln für das geringere entscheiden sollte. War das nicht eine gute Antwort?» Vor ihm stand eine Kanne, die wie ein Ritter zu Pferd geformt war. Er goss sich etwas Wein in seinen Becher. Während er trank, unterbrachen alle, wie es Sitte war, das Gespräch. «Und doch», sagte er, während er sich mit dem Ärmel die Lippen abwischte, «wie spießt er sie auf?»

Am Ende des Fleischgangs trug man ein raffiniertes Gebilde auf. Es handelte sich um eine Männerfigur in Trauerkleidung, die aus Zuckermasse gebildet war und eine Sichel in der Hand hielt. Sie war nicht zum Essen gedacht, sondern als «Vorwärmer» bekannt und sollte den nächsten Gang ankündigen: Mandelcreme, gebackene Quitten, Salbeiküchlein und kandierte Datteln.

Als man das Grünzeug auf den Tisch stellte, war das Gespräch erneut beim Thema König angelangt. «Das sind harte Zeiten», sagte der Ritter. «Steinige Zeiten.» Er zupfte an Petersilie, Fenchel und Salbei herum, als würde er die Kräuter auswählen, die seinem angeborenen Temperament am ehesten entsprachen.

«Kein Stand bleibt ungeschoren.» Der Knappe hatte eine Hand voll Knoblauch und Frühlingszwiebeln genommen. «Das ist das Rad des Schicksals. Und ich bin darauf geflochten.»

Nur allzu gut kannten sie den Grund seiner Klage. Um seinen Feldzug nach Irland zu bezahlen, hatte der König bei seinen Gegnern unter den Mitgliedern des Ober- und des Unterhauses riesige Steuern erhoben. Obwohl er ein Zahlungssystem für legale «Begnadigungen» eingerichtet hatte, war er zu aller Gier auch noch grausam geworden. Wie hieß es in dem Gassenhauer?

> Die Axt war scharf, der Pranger hart,
> im Jahr einundzwanzig von König Richard.

«Das Volk ist aufgewühlt.» Swinderby neigte noch immer dazu, den König zu unterstützen. «Ich kenne London gut. Ich kenne seine Bürger. Sie sind genauso unbedacht und wendisch wie eine Wetterfahne. Sie begeistern sich für jedes neue Gerücht. Jetzt heißt es, Heinrich Bolingbroke schmiede irgendein Komplott gegen den König. Dann wird alles als Lug und Trug abgestritten. Sie wachsen und schwinden wie der Mond. Sie schwätzen und tratschen den lieben Tag. Einen Augenblick heißt es, der gute König Richard, Gott bewahre seinen Hals vor dem Eisen. Und dann gleich wieder, Richard der Ruchlose, der Unbeständige.»

«Jaja.» Der Knappe seufzte. «Was dauert schon ewig?» Bei diesem abgedroschenen Spruch lachten die drei Männer schallend los.

»Mir ist zu Ohren gekommen, Heinrich Bolingbroke könnte zu Benedikt neigen. Also schreibt Bonifaz dem König: ‹Age igitur.› Was nichts anderes heißen soll als ‹Tu was.›» Dies war eine Anspielung von Geoffrey de Calis auf die Große Kirchenspaltung der letzten Zeit, bei der Gruppen von miteinander rivalisierenden Kardinälen zwei Päpste gewählt hatten.[9] Während Richard II. die Ansprüche von Papst Bonifaz in Rom unterstützte, munkelte man, Heinrich Bolingbroke möchte sich gegenüber Benedikt XIII. von Avignon loyal zeigen.

«Angeblich», warf Swinderby da ein, «trägt Benedikt das härene Büßerkleid.»

«Er ist doch nur ein Dorfpfaffe. Eine Wolke ohne Wasser.» In religiösen Dingen unterstütze Oliver Boteler strikt die orthodoxe Haltung. «Benedikts Bullen taugen lediglich zum Abdecken von Senftöpfen.»

«Aber Bonifaz ist hinter unserem Gold her.» Geoffrey de Calis war weniger orthodox. «Es heißt, er sei ein blinder Maulwurf, der im irdischen Schlamm herumwühlt. Die Priester – Anwesende ausgenommen, Wilhelm – schaffen des Königs Gold zum Land hinaus und bringen mattes Blei zurück.»

Gnädig ignorierte Swinderby die Anspielungen des Ritters auf die Priesterschaft. «Diesbezüglich hat schon die verrückte Nonne ein Hohes Lied gesungen.»

«Ach?» Der Ritter stopfte sich Minze in den Mund. «Weshalb?»

«Da müsst Ihr Dame Agnes fragen. Meines Wissens bekam

Clarissa zur Vesperzeit einen Anfall und erblickte in einer Vision ein Untier mit zwei Köpfen. Laut ihrer Prophezeiung soll die Kirche auseinander fallen und Richards Krone verwirkt sein.»

Erneut stieß Oliver Boteler einen ungläubigen Zischlaut aus. «Diese Nonne ist die linke Hand des Teufels. Kann man sie nicht aus Clerkenwell fortschaffen und einmauern?»

Über die Vorstellung ewigen Gewahrsams musste Swinderby lächeln. «Während der eine sie für eine Hure hält, meint der andere, sie sei heilig.»

«Eine Schwätzerin ist sie. Ohne Sinn und Verstand.»

«Ich kann nicht sagen, ob es so ist oder anders. Und doch bewegt sie die Bürger auf wundersame Weise.»

Apfel-Safran-Kuchen kamen auf den Tisch, zusammen mit gebrannten Nüssen und Spezereien. In großen Krügen wurde der Mawmenee herumgereicht, ein Süßwein für ein süßes Ende. Dann erhob sich der Erzbischof von seinem Platz in der Mitte, begrüßte sie der Reihe nach – «mit hoher Ehrerbietung und ebensolchem Gehorsam», wie er es ausdrückte – und spielte auf seine Unfähigkeit an. «Verzeiht meine schlichte Sprache», erklärte er ihnen. «Ich habe die Redekunst nie gelernt, so dass all meine Worte zwangsläufig dürftig und schlicht sind.» Eine derartige Selbstverleugnung war üblich und spiegelte in keiner Weise seine Fähigkeit wider, Stimme und Mimik den Anforderungen der rhetorischen Vorbilder anzupassen. «Wir haben uns hier aus einem äußerst schwerwiegenden und wichtigen Grund versammelt: wegen jener gottlosen Untat. Außerdem sind wir besorgt, dass in Zukunft eben daraus noch größerer Schaden erwachsen könnte. Betrachtet nun jene bösen Menschen, diese Murmler oder Lollharden. Augenscheinlich unwissende Toren, die der Blindheit anheim gefallen sind –» Trotz der bekannten Tatsache, dass die Lollhardensekte in gewissen Stadtteilen prächtig gedieh, machte sich unter den versammelten Londonern zustimmendes Gemurmel breit. «Diese armseligen Prediger des Lollhardentums handeln eindeutig gegen das Evangelium Christi. Ich kann sie schon gegen den Wind riechen. Heuchler sind sie und Häretiker, die an die kostbaren Orte der Erlösung Feuer gelegt haben. Ihr gottloses Begehren muss restlos erstickt werden. Diese schwarzen Dinge erwecken in uns abgrundtiefes Entsetzen. Ihr wisst sehr wohl, dass vor zwei Jahren die hochwürdigen Bischöfe beider Provinzen im Parlament eine Petition für eine Parlamentsakte bezüglich des Scheiterhaufens eingebracht haben.» Erneut ließen die Londoner Honoratioren Zustimmung erkennen. «Dieses verdammenswerte Blendwerk der Antichristen, das sich gegen alle Rechtgläubigen richtet, muss in den Flammen ein Ende finden. Diese Teufelsgaukler, die das geistliche Auge der Menschen verletzen und Griechisches Feuer an die Altäre legen, müssen den Tod erleiden. Jetzt komme ich zu einer anderen wichtigen Sache.» Anschließend enthüllte Erzbischof Walden der überraschten Festgesellschaft, dass «besagte Nonne von Clerkenwell» derzeit von einer Gruppe gelehrter Scholaren peinlichst befragt werde, um endgültig festzustellen, ob auf ihren Heimsuchungen Segen oder Fluch ruhe. Er bete zum allmächtigen Gott, diesen Scholaren Weisheit zu verleihen. «Mehr sage ich nicht, sondern überlasse Euch Eurem Mahl.»

Danach ging die Mahlzeit mit Käse und Weißbrotwürfeln, die man auf die Schneidebretter legte, rasch zu Ende. Gemeinsam erhoben sich die Bürger, verbeugten sich vor dem Erzbischof und gingen nacheinander davon. Anschließend brachen die übrigen Honoratioren gemäß ihrem Stand auf. Was an Brot, Käse und Fleisch noch übrig war, wanderte in Tischkörbe, um es an die Bettler zu verteilen, die im Schneidersitz auf dem Boden der steinernen Kammer neben der Halle saßen. Mit einer Grimasse ging Wilhelm Swinderby an ihnen vorbei. «Hast du Pfeffer in der Nase?», schrie einer von ihnen hinter ihm her.

Drago folgte seinem Herrn in die Londoner Stadtluft hinaus. Er war ein großer junger Mann mit weizenblonden Haaren und sanften blauen Augen, als hätte er den ganzen Himmel im Kopf.

Während er einen Schritt hinter Swinderby ging, redete er leise mit ihm. «Du hast mit den Armen so viel Mitleid wie Hausierer mit Katzen. Sie würden sie wegen ihres Fells umbringen, wenn sie sie fangen könnten.»

«Mea culpa.» Das blasse Gesicht des Klerikers war schweißgebadet.

«Protzig bist du. Ein Scheißprotz.»

«Mea culpa.»

«Ein Affe unter einer Menschenkapuze bist du.»

«Mea maxima culpa.»

«Ich werde dich in Schweinekot betten.»

«Benedicte fili mi Domine.» Er drehte den Kopf nach hinten und sah seinen Bediensteten flehend an. «Confiteor tibi.»

«Fesseln sollte man dich und in die Grube werfen.»

«Ab omni malo, libera me.»

Unterdessen gingen sie die Cheapside hinunter, auf die Kathedrale zu. Ein Vorübergehender hätte lediglich vermutet, dass der Kanonikus sein Brevier murmelte. «A flagello, libera me.»

Dragos gesetzte Miene ließ erkennen, dass es sich um ein eingespieltes Ritual handelte. In Wahrheit hatte ihm der Kanonikus höchstpersönlich diese Sätze beigebracht. Sie gingen durch das kleine Tor in der nordöstlichen Ecke des Kirchhofs von St. Paul und folgten dem vertrauten Sandpfad zu den Häusern, die man dort für die dreißig bedeutenderen Kanoniker errichtet hatte. Kaum hatten sie Swinderbys Quartier betreten, zog der Kanonikus seinen Umhang aus und legte sich im Hauptraum mit weit ausgebreiteten Armen und Beinen auf den Boden.

Drago versperrte und verriegelte die Tür. «Zeig mir deine Kehrseite wie eine Äffin bei Vollmond.» Er kniete sich hin und zog dem Priester Hemd und Strümpfe herunter. «Pfui! Du hast deine Beinkleider besudelt.»

«Agnus Dei, qui tollis peccata mundi, miserere nobis.»

«Du bist ein verlorener Mensch.» Drago ging zu einer Holztruhe hinüber und holte eine Peitsche mit Bleigewichten heraus. Wieder sah der Kleriker flehentlich zu ihm auf, dann schloss er die Augen. «Du bist ein Sack voller Scheiße.» Er hob die Peitsche.

«Peccavi.»

Er ließ sie fallen. «Du bist ein Packen Dreck unter einer Kleiderhülle.»

«Clamavi.»

Wenige Minuten später verließ Drago pfeifend das Gemach seines Herrn und ging zum Bogenschießen aufs Feld hinaus.

Am Freitag darauf predigte der Kanonikus an Paul's Cross über die Dringlichkeit einer Parlamentsakte *de heretico comburendo*, damit man die Lollharden in Smithfield verbrennen könne. Unter der vor der Kanzel versammelten Menge befanden sich Wilhelm Exmewe und Emnot Hallyng. Sie vermieden jeden Augenkontakt.

VI
Der Gutsbesitzer

Garret Barton, Gutsbesitzer und Vorherbestimmter, ging durch das Große Tor zur Südseite der St.-Pauls-Kathedrale. Unweigerlich musste er daran denken, wie viele Pilger auf diesem Pflasterweg ihrer Verdammnis entgegengegangen waren. Die Luft schien verpestet von ihrem schrillen Geschrei. Sie erinnerte an den Verwesungsgeruch, der gleichfalls mit dem Kirchhof verbunden war, wenn auch auf andere Weise. Garret war einer der glühendsten Angehörigen der Wissenden. Auf Exmewes Drängen hatte er «Die achtzehn Thesen» auf ein Pergament geschrieben, es sorgfältig zusammengerollt und in seine Manteltasche gesteckt. Wie üblich fand auf einem offenen Platz direkt hinter den Gräbern der Eltern des heiligen Thomas Becket gerade unter den lauten Lob- und Buhrufen der Zuschauer ein Ringkampf statt. Vor dem Beinhaus hatte ein Schreiber seinen Stand aufgebaut. Auf das darüber hängende Brett hatte man eine Hand mit einer Schreibfeder gemalt. Ernst starrte er den Gutsbesitzer an, als wollte er den Zweck seines Besuchs erraten.

Die Uhr am Glockenturm stand auf zwei, als Garret Barton durch das Westportal die Kathedrale betrat. Es roch nach Stall. Unter dem hohen Gewölbe vermischten sich die Geräusche von Händlern und Hökern. Es erinnerte an das merkwürdige Brummen und Summen von tausenden Bienen, war leises Brüllen und lautes Flüstern zugleich, ein wahres Stimmen- und Schrittemeer. Nur mühsam konnte Barton den gedehnten Gesang der Pilger unterscheiden, die sich um den glänzenden Schrein des heiligen Erkenwald scharten. Diese Welt war doch nur ein billiger Jahrmarkt! Die Rechtsgelehrten standen in Erwartung von Kundschaft an den ihnen zugewiesenen Säulen. Ihre scharlachroten Kapuzen ließen sich in der hereindrängenden Masse von Trägern, Standbesitzern und Priestern kaum ausmachen. Im Kirchenschiff hatte man Heu auf den kalten, dämmrigen Steinboden gestreut. Kerzen und Fackeln tauchten die Heiligenbilder und die bemalten Wände in flackerndes Licht, sonst wäre es hier drinnen sogar am helllichten Tag dunkel gewesen. Quer durchs Kirchenschiff lief ein breiter Sonnenstrahl, aber vor dem Hintergrund der glitzernden Säulen wirkte er blass.

Der Gutsbesitzer trat an den Schrein und betrachtete voller Abscheu die kleinen, aus Ton oder Blei modellierten Gliedmaßen, die dort als Votivgaben hingen. Neben einem verkrüppelten Bein bewegte sich ein tönerner Penis im kühlen Luftzug, der vom Atem der Leute herrührte, die murmelnd zu der Goldfigur des Heiligen beteten, dessen Alba und Mitra mit leuchtenden Juwelen übersät waren. Er konnte die Mönche sehen, wie sie aus ihrem hölzernen Guckkasten, in dem sie die heiligen Schätze bewachten, verstohlen die Pilger musterten. Einer von ihnen war eingeschlafen. Ein leichter Uringestank lag in der Luft, in den sich der Geruch nach alten Steinen und die vertrauten Ausdünstungen menschlicher Körper mischten. In einer Ecke des Querschiffs fummelte ein Mann an seinen ledernen Beinlingen herum. Was ist der Unterschied, ob man betet oder an die Wand pinkelt, schoss es Garret durch den Kopf. Zwischen Hunden und Hökern ging er durch den Mittelgang zurück. Drei Kerzen für einen Penny. Zwei spanische Zwiebeln für einen Penny. Fünf Zuckerbrote für zwei Pence.

Ja, am Hochaltar wurde tatsächlich gesungen. Dieser Choralgesang war zur Erbauung gedacht, weil er die Sphärenmusik nachahmte. Er verlief nach präzisen arithmetischen oder geometrischen Mustern und erkundete alle Klangdimensionen: Länge und Breite, Tiefe und Höhe. Die Stimmen umkreisten einander wie die Himmelssphären und stiegen so lieblich übereinander empor, als wären sie bereits Teil des Empyreums. Das Verschmelzen ihrer erstaunlichen Bewegungen und wundersamen Wendungen kannte nur ein Ziel: Harmonie. Dann erhob sich in dem Psalm «Quam dilecta tabernacula tua» eine Knabenstimme. Auf Garret Barton wirkte sie wie die Stimme des Einzelnen, der sich gegen die Vielen erhebt. So klang die Seele außerhalb der allumfassenden Kirche. Seine Stimme war das, hell und wohlklingend, bis sie erneut im allgemeinen Himmelslärm unterging. Der Chor hatte geantwortet: «Domine virtutum!»

Er lehnte die Stirn gegen den steinernen Lettner, der sich unterhalb der Darstellung des gekreuzigten Erlösers erstreckte. Angeblich übertraf der Rosmarinbusch an Höhe nie die Gestalt Christi. Er schaute zu dem bemalten Abbild von Marter und Pein hinauf. Konnte es wahr sein, dass der neugeborene Christus unter dem Einfluss von Planeten und Konstellationen gestanden hatte, wie die Astrologen behaupteten? Dass sein Tod bereits in den Sternen geschrieben war? Es wäre doch wirklich befremdlich, wenn die Schöpfung Macht über ihren Schöpfer haben könnte. Und doch auch wiederum nicht merkwürdiger als das, was William Exmewe die Vorherbestimmten gelehrt hatte: Manchmal müsse Gott dem Teufel gehorchen. Es war Zeit.

Garret Barton betrat durchs Nordportal den Kreuzgang, der unter dem Namen Ablassgärtchen bekannt war. Rings um die Wände lief der Totentanz.[10] Der Blick des Gutsbesitzers fiel auf den Papst, der neben einem Skelett herumsprang. Ach du, führst du den Klagetanz an? Er ließ den Kreuzgang hinter sich und blieb vor der *Si-quis?*-Türe stehen, die nach den Anschlägen benannt war, die Geistliche auf der Suche nach Pfründen dort anbrachten. Er zog das Pergament mit den Achtzehn Thesen hervor und holte aus seiner anderen Tasche den Stein und die Nägel, die er dort versteckt hatte. Mit ein paar kräftigen Schlägen befestigte er das Pergament an der Tür.[11]

«Was machst du da?» Hinter ihm stand der Schreiber. Er war ihm durch die Kathedrale bis in den Kreuzgang hinaus gefolgt.

«Was ich da mache? Ich führe dich zum Himmelstor.» Noch immer hielt er den Stein in der Hand. Mit einem heftigen Hieb streckte er den Schreiber zu Boden.

Dann eilte er zurück durch den Kreuzgang, immer am Totentanz entlang. Kaum hatte er das nördliche Querschiff betreten und war am Fresko mit den Wundern der Heiligen Jungfrau vorbei, hörte er seinen Namen. Zuerst schaute er zu den Wandfiguren hoch, die im künstlichen Licht glänzten, dann leckte er sich das Blut von der rechten Faust. Er hatte Angst, bis er neben einer Säule den Stiftsverwalter Robert Rafu stehen sah. «Schnell, Barton. Gott ist hier. Komm mit mir.» Rafu kannte den kürzesten Weg und brachte Barton ins neu erbaute südliche Querschiff, wo bereits einige Kürschner ihre Läden aufgebaut hatten. «Hast du die Thesen angeschlagen?»

«Jemand hat mich dabei beobachtet.»

«Beobachtet?»

«Anscheinend wollte er mir drohen. Da ich den Stein in der Hand hatte, konnte ich auf meinen Dolch verzichten.»

«Du hast ihn getötet?»

«Gott hat ihn getötet.»

«Und man hat dich nicht gesehen?»

«Nur die Engel. Ihre Flügel haben mich geschützt.»

Sie verließen das südliche Querschiff, durchquerten den Kirchhof und betraten durch das südliche Tor jenen Wirrwarr aus baufälligen Häusern und Hütten, der sich stets im Schatten großer Kirchen anzusammeln pflegt.

«Hast du je darüber nachgedacht», sagte Garret Barton, «dass jedes Fresko sein eigenes Licht hat? Tugenden erstrahlen auf ihnen stärker. Wie ein Gobelin.» Er wusste kaum, was er da sagte. Alles war ein Traum. An der Ecke von Paul's Chain und Knightrider Street waren sie stehen geblieben, direkt neben dem «Kardinalshut».

Unter lautem Rufen drängte sich eine Gruppe Lehrlinge an ihnen vorbei: «Bonjour!» und «Dieu vous sauve!» und «Bevis, à tout!» Drinnen im Gasthaus saß ein Harfner spielbereit im Schneidersitz auf einem Tisch. Gutsbesitzer und Stiftsverwalter durchquerten den Raum und traten durch eine andere Tür wieder auf die Straße hinaus. Im «Hut» war es für ihr leises Gespräch zu unruhig. Deshalb gingen sie die Farthing Alley hinunter, wo die Irrenhäusler bettelten.

«Ein Schreiber war es», sagte Barton. «Er hat mich gefragt, was ich da mache.»

«Du hast ihm einen Gefallen getan. Er ist an seinem Ursprung.»

«Wo ihn nichts mehr plagen wird, weder Schreibfedern noch Bestätigungen.»

«Garret, das war eine gute Tat. Er hat sich in der Zeit aufgelöst. Hier ist der von mir gesuchte Platz.»

Obwohl das Gebäude wie ein Wohnhaus wirkte, handelte es sich um eine Taverne. Draußen auf einer Bank spielten ein paar Männer Dame. Rafu und Barton traten über die Schwelle in einen Raum, der von Gelächter und lauten Stimmen erfüllt war. «Nehmen wir mal an», sagte einer zu Rafus Rechten, «nehmen wir mal an, das Tuch sei nicht gut gewesen, die Farbe hätte nicht gehalten. Bin ich daran schuld?» Direkt hinter Barton stritt ein Mann mit einer Frau. «Für dich ist das alles ja ausgezeichnet, gnädige Frau Geduld. Ich versichere dir, Geduld ist eine hohe Tugend, aber nicht jedermann ist perfekt. Ich bin nicht perfekt.» Mit einem Satz sprang eine Katze vom Tisch auf den Boden. Ein junger Mann starrte in einen Humpen Bier und unterhielt sich langsam und zögernd mit seinem Gefährten. «Der arme Mann bekommt von allen Seiten Druck. Wenn er nicht um sein Fleisch bittet, verhungert er. Wenn er darum bittet, stirbt er vor lauter Scham. Ich würde gerne eines besseren Todes sterben. Mehr, bitte. Schenk nach.»

Rafu und Barton fanden einen kleinen Tisch mit zwei runden Hockern. Als der Schankwirt herüberkam, um das verschüttete

Bier und den Wein aufzuputzen, erkundigten sie sich bei ihm, was am besten schmecke. «Fragt Eure Geldbörsen, meine Herren.» Er war ein Sauertopf, der den Umgang mit Gästen gewohnt war, die in ihrer Trunkenheit auch zu Gewalttätigkeiten neigten. «Von meinem besten Bier kostet die Gallone vier Pence. Eine Gallone Gascogner Wein ebenfalls. Der Rheinische kostet acht Pence. Wenn ihr Süßwein wollte, müsst ihr woanders hingehen.» Und wie gut sei der Rheinische? «Gegen den Durst hilft er.»

Schweigend saßen sie über ihrem Trunk. Die Unterhaltung zwischen einem Hausierer und einer alten Frau war deutlich zu verstehen. «Der Papagei ist wollüstig und liebt Wein über alles», sagte diese gerade. «Der Erpel ist munter und der Kormoran gefräßig.»

«Und wie steht's mit dem Raben?»

«Ach, mein Herr, der Rabe ist weise. Der Storch dagegen, seht Ihr, ist eifersüchtig.»

«Und eine betrunkene Alte», murmelte Barton, «wälzt sich im Dreck wie eine Sau und ist so närrisch wie eine Äffin.»

«Von einem betrunkenen Mann heißt es», flüsterte Rafu, «er habe den Teufel gesehen.»

«Und wenn schon, uns kann nicht einmal Luzifer selbst etwas anhaben.»

«Demnach können wir nie betrunken sein? Können nie einen in der Krone haben oder einen zu viel heben?»

An einem anderen Tisch bat ein Mann um die Rechnung, obwohl seine Zechkumpane lautstark dagegen protestierten und meinten, er solle das doch bleiben und lieber den Becher kreisen lassen. Einer von ihnen fiel von seinem Hocker. Als ihn der Schankwirt hochzog, begann er in seine Beinkleider zu pinkeln. «Als ich sagte, du sollst mal abdrücken, hab ich deine Pence gemeint und nicht deinen Penis.»

Überall wurde herzhaft gelacht. Garret Barton beugte sich zum

Stiftsverwalter. «Für die da gibt es weder Himmel noch Hölle, sondern nur die Erde.»

«Kellermeister, füll den Becher!»

«Gott hat sie ohne Seelen erschaffen.»

«Freunde, zählt erst mal eure Mäuse. Jeder einen Sixpence.»

«Sie werden wieder zu Erde, Luft, Feuer und Wasser, ohne je zu wissen, dass sie gelebt haben.»

«Noch einen Humpen!»

Vorsichtig schaute ein Höker, der Spitzen verkaufte, in die Taverne. Obwohl der Schankwirt den Kopf schüttelte und warnend die Hand ausstreckte, trat er ein. «Habt Ihr gehört, gute Herren? Ein Mord in der Kathedrale! Und ein öffentlicher Anschlag durch die Lollharden! Alles geht drunter und drüber.» Zur Belohnung bat er um einen Krug Wein, der blitzschnell gekauft war. Garret Barton und Robert Rafu sagten nichts und schauten den Höker auch nicht an, während er seine Geschichte erzählte. «Der Schreiber Jakob war es. Ihr kennt ihn ja, der mit den Glotzaugen und dem Knoten in der Zunge. Der wurde niedergeschlagen und starb auf der Stelle. Frau Kello hat ihn gefunden und ist in Ohnmacht gefallen.»

«Weiß man denn, wer's getan hat?»

«Nein, kein Sterbenswörtchen. Und doch steht ein Lollharde in dringendem Verdacht. Über Jakob hing ein Zettel, auf dem die Geistlichen und die Patres verdammt wurden.»

«Wird wohl was Wahres dran sein.» Es war die alte Frau, die sich über den Charakter der Vögel ausgelassen hatte. «Jakob ist zu Gott eingegangen, ganz gewiss. Das wird noch jedem von uns blühen.» Sie bekreuzigte sich. «Dann werden wir wissen, wer die heiligen Männer sind.»

Jetzt rappelte sich der Betrunkene auf. «Sitzt denn hier keiner mehr, der nicht Trübsal bläst? Der morgige Tag ist noch ganz jungfräulich.»

Nach einer hitzigen Bürgerversammlung[12] riefen die Ältesten jedes Stadtviertels die bedeutenderen und wohlhabenderen Bürger zusammen. Sie trafen sich an unterschiedlichen Plätzen – an einer Tränke, einem Brunnen, an einer Straßenecke –, aber immer zum gleichen Zweck. Sie sollten jeden Gasthof aufsuchen und über alle dort abgestiegenen Fremden oder Reisenden Erkundigungen einziehen. Man hielt es für wahrscheinlich, dass die Ärmeren über alle Fremden wie zornige Bienen herfallen könnten, die auf einen Eindringling losgehen. Daher galt es dringendst zu handeln. «Ihr müsst für jede Person bürgen, die Ihr beherbergt», erklärte der Ratsherr Scogan der Dame Magga in der St. Lawrence Lane.

«Ich soll für Leute schwören, die ich nicht kenne? Gott behüte.»

«Ihr müsst. Man wird Euch für all ihre Taten und Vergehen zur Rechenschaft ziehen.»

«Ach, Herr im Himmel, das ist zu viel für ein verwitwet Weib. Was kommt als Nächstes? Wollt Ihr, dass ich ihnen über Stock und Stein folge?»

«Magga, beantwortet mir nur diese Frage: Habt Ihr irgendwelche Fremden bei Euch?»

«Wie Ihr wisst, Ralph Scogan, sind sie für mich alle Fremde. Habe ich dieses Haus nicht seit zwanzig Jahren geführt, ohne einem auch nur ein Haar zu krümmen? Wirklich, hier sind selbst die Mäuse besser gemästet als in den meisten Häusern. Es ist ein trauriger Tag, wenn man einer Witwe unterstellt, sie würde Lollharden unter ihrem Dach beherbergen!»

«Nichts dergleichen, Magga, wir möchten nur, dass Ihr die Augen offen haltet. Und auf jede Person achtet, die sich versteckt hält.»

«Angesteckt? So etwas gibt es bei mir nicht. Könnt Ihr Eure Zunge ein bisschen im Zaum halten? Demnächst lasst Ihr mich noch in meine Kammer einsperren und stellt eine Essigschale vor meine Tür. Dann malt man mir ein rotes Kreuz auf, damit es ja alle sehen können. Ach, so weit sind wir schon?» Sie hielt ihr blaues Sergetuch von sich. «Das ist kein Totenhemd, nicht wahr? Oder irre ich mich?»

«Ihr habt völlig Recht, Magga, aber niemand …»

«Wie Diebe stört Ihr meinen Frieden.» Verächtlich musterte sie die kleine Gruppe Bürger, die den Ratsherrn begleitete. «Soll ich in meiner eigenen Straße, wo ich alles auf Heller und Pfennig bezahlt habe, zum Gespött werden? Teilt mir mit, Ralph Scogan, falls ich nicht bezahlt habe.» Sie war eine dünne, knochige Frau mit einem Wust falscher Haare auf dem Kopf, von dem sie glaubte, die ganze Welt hielte sie für echt. Allerdings wuchsen auf ihrer Oberlippe tatsächlich Haare, die sie jeden Morgen mit einem Bimsstein abrubbelte. «Jetzt wird sich jede ehrbare Frau hinter meinem Rücken über mich den Mund zerreißen, da bin ich mir sicher.»

«Beruhigt Euch, Magga. Ihr habt nichts getan.»

«Also setzt man mich für nichts und wieder nichts auf den Tauchschemel, ja? Das also ist königliche Gerechtigkeit, ja? Nun, was für ein harter Tag für London.» Sie wollte schon die Türe schließen, da riss sie sie erneut auf. «Und was euch andere betrifft – ihr taugt doch höchstens dazu, arme Teufel in der Hölle zu braten. Guten Tag!» Sie warf die Türe zu.

Pfeifend warf der Ratsherr Scogan einen Blick zum Himmel. «Nun», bemerkte er ganz allgemein, «das Rad wird weiterrollen.»

Das Pergament mit den Achtzehn Thesen wurde von Wilhelm Swinderby feierlich verbrannt, während er rechts neben dem Untervogt an Paul's Cross stand. Interessiert schaute ihm Drago zu, wie er es hoch in die Luft hielt und dann in ein glühendes Kohlebecken fallen ließ.

VII
Der Nonnenpriester

«Was ist Wahrheit und was Schein?» Diese Frage hatte Dame Agnes de Mordaunt gerade dem Nonnenpriester Johannes Duckling gestellt, der sich eben ein Stück Dreck unter dem Fingernagel entfernte. «Der Bürgermeister ist von ihrer Redlichkeit so überzeugt wie von einem Stein in der Mauer, aber selbstverständlich nützt sie seinen Zwecken, wenn sie das Volk gegen Ketzer aufhetzt. Der König ist nach Irland gefahren, und der Bürgermeister wähnt sich allein. Also trübt ihm Clarissa den Blick.» An diesem Tag der Himmelfahrt Unseres Herrn schmückten Blumengirlanden die Kerzen der Klosterkirche. Nach gutem Brauch trug auch Johannes Duckling einen Blumenkranz auf dem Kopf. «Sie weint viel zu schnell.»

«Das liegt an ihrem Temperament», sagte er.

Eindringlich betrachtete der Nonnenpriester das Bild einer Pilgerreise am Rand eines Psalmenbuchs, das die Priorin aufgeschlagen hatte. Inmitten einer Wolke aus Wörtern schritten ein Ritter und ein Knappe voran. Eine Nonne ritt durch den Satz «Ascendit Deus in jubilatione», dicht gefolgt von einer zweiten Nonne.

«Davon bin ich nicht ganz überzeugt.» Agnes war tiefernst. «Unter all dem Mummenschanz steckt eine ausgelassene Stute.»

«Natürlich halten einige sie für verrückt.»

«Oh, nein.» Dame Agnes wandte sich vom Fenster ab und starrte ihn an. «Clarissa bedient sich einer doppeldeutigen Sprache, aber verrückt ist sie nicht.»

«Dann möge Gott ihr bessere Wörter eingeben.» Vor zwei Abenden war Johannes Duckling Augenzeuge einer Befragung von Schwester Clarissa durch den bischöflichen Kaplan gewesen.

«Ich bin nicht wie ein Falke», hatte Clarissa dem Kaplan erklärt. «Mich lockt man nicht mit einem Bissen unter dem Daumen an.»

«Schwester, ich biete dir keine Geschenke an, sondern lediglich einen sicheren Weg zur Reue.»

«Was soll ich denn bereuen? Dass ich das Wort Gottes gehört habe? Ihr sitzt vor dem Thron, ich jedoch sitze zwischen seinen Füßen. Er berührt meinen Kopf. Er berührt meine Ohren. Er berührt meine Augen. Er berührt meinen Mund.» Sie zeichnete mit ihrem Finger die Umrisse ihrer Lippen nach.

Johannes Duckling hatte weggeschaut.

«Und doch verstreust du mehr Gift als Zucker, Clarissa.» Der Kaplan flüsterte mit ihr, als führten sie eine gefährliche Unterhaltung. «Warum sprichst du von Brand und Gemetzel in der Stadt?»

«Weil ich Feuer und Pulverdampf sehe. Weil ich unter Fremden und freien Stadtbürgern Gefährten mit Masken vor den wahren Gesichtern sehe. Weil ich mannigfache Gefahr heraufziehen sehe.»

«Gut gemacht! Gut gemacht! Du wirst London zur Raserei bringen.»

«Nun, werter Herr Priester, es ist besser, vorgewarnt zu werden, als ahnungslos zu sein. Innerhalb dieser Stadtmauern gibt es hundert Kirchen. Nicht eine von diesen hundert wird sicher sein. Glaubt Ihr mir das, Johannes Duckling?» Sie wandte sich dem Nonnenpriester zu, hob ihren Schleier und bot ihm zum Zeichen von Treu und Glauben die Stirn dar. Aber er hatte den Kopf geschüttelt.

Erst nach einigem Zögern hob er jetzt den Blick vom Psalmenbuch und sah Agnes de Mordaunt an. «Noch gibt es keinen Beweis dafür, dass sie lügt oder verdächtig ist. Üben Sie sich in Geduld, ma dame. Wie das Kettenhemd mit jedem Ring an Länge gewinnt, so werden die Dinge Stück für Stück ans Licht kommen.»

«Beobachtet sie. Folgt ihr. Belauscht sie. Bleibt ihr auf den Fersen wie ein Jagdhund seiner Beute.»

«Nicht dass ich sie zuletzt noch beiße!»

«Ach, sie wird zurückbeißen. Gebt Acht, Johannes Duckling. Seht zu, dass sie sich in ihrer eigenen Schlinge fängt und erwürgt.»

Auf Anweisung des Bischofs von London, Robert Braybroke, hatte man Schwester Clarissa eine Kammer im Gästehaus des Klosters gegeben und ihr einen Mönch als ständigen Wächter und Beschützer zugewiesen. Er hatte die Kammer direkt neben ihr bekommen, durfte aber mit ihr gemeinsam zu den heiligen Stunden beten. Dieser geweihte Mann – Brank Mongorray – war früher in der Heilig-Grab-Pfarre Beichtvater und Fürbitter gewesen und galt als erfahrener Geistlicher in allen Angelegenheiten «jenseits des Irdischen». Trotzdem war nicht klar, ob man ihn Clarissa als Spion oder als Begleiter zur Seite gestellt hatte. Insgeheim war er vielleicht mit beiden Rollen einverstanden. Die Priorin befürchtete, Clarissa würde ihn sowieso verhexen.

Brank Mongorray öffnete in der Nonnenkammer das Fenster, um die Mailuft zu genießen. Er stand im ersten Stock über einer bleiernen Wasserzisterne, in der häufig die Vögel badeten. Seitlich davon kauerte stumm Johannes Duckling, damit er nur ja jedes Wort hören konnte, das gesprochen wurde.

«Brank, hast du heute früh die Drossel gehört?» Es war die helle Stimme der Nonne, die inzwischen so viele kannten. «Angeblich soll ein an Gelbsucht Erkrankter beim Anblick einer gelben Drossel gesund werden und der Vogel sterben. Ist das nicht zu grausam?»

«Ein Mensch hat eine unsterbliche Seele, ein Vogel nicht.»

«Wer kann das mit Sicherheit wissen? Dieu est notre chef, il nous garde et guide.»

Duckling hatte sie noch nie zuvor Französisch sprechen gehört. Aus irgendeinem Grund hielt er das für einen Beweis ihrer Falschheit. Das Gespräch ging weiter, aber Mönch und Nonne hatten sich vom Fenster entfernt. Nur ab und zu konnte Duckling einzelne Wörter aufschnappen, bis er ihren Schrei vernahm: «Wann kommt endlich der Siebenschläfertag?» Danach rief sie laut: «Deus! Cum Merlin dist sovent veritez en ses propheciez!» Aus dem Mund einer jungen Nonne waren dies wundersam befremdliche Wörter. Merlin war nichts als ein Teufel, der von dem in Mooren und Marschland lebenden Völkchen verehrt wurde. Er konnte Brank Mongorray ruhig auf sie einsprechen hören. War es möglich, dass sich beide gegen die Welt der Frommen verbündet hatten?

Dann fiel Schwester Clarissa mit hoher Stimme in einen Singsang: «Fürsten werden blind, Vettern hart gesinnt, Tod vergessen geschwind, und keiner mehr Wahrheit find't.» Duckling wiederholte die Worte im Stillen, um sich besser daran erinnern zu können. «Verstand verlegt sich auf Verrat, auf Unzucht brave Lieb, der heil'ge Tag dient Prasserei und feine Herrn der Schurkerei.»

Er hatte einmal einen jungen Mann gekannt, der immer an der Ecke Friday Street und Cheapside gestanden und nur in solchen Reimen gefaselt hatte. Schließlich hatte man ihn aufgegriffen und im Irrenhaus angekettet. Er sei der König von Beeme oder Böhmen, hatte er behauptet, doch vor Ort nannten ihn alle nur den König der Bohnen. Nach seiner Entlassung aus dem Irrenhaus trug er dessen Kennzeichen am Arm. Später hatte er sich in einem Anfall von Verzweiflung in die Themse gestürzt.

Mit Einbruch der Dämmerung zündete man in der Nonnenkammer eine Kerze an. Duckling glitt in den Schatten. Er hatte gehört, wie Clarissa sagte: «Lass es beim buckligen Schuster direkt neben der Schleuse am Cow Cross anfertigen.»

Gerade als sich die übrigen Nonnen zur Vesper versammelten, hörte Duckling auf der Wendeltreppe des Gästehauses Schritte. Es war Clarissa. In einen dunklen Umhang gehüllt, glitt sie an ihm vorbei über die Wiese auf das Seitentor zu. Als sie das Tor öffnete und die Gasse zum Fleet hinuntereilte, folgte er ihr, wobei er darauf achtete, nicht gesehen zu werden. Anschließend nahm sie einen Uferpfad Richtung Stadt. Dies war nicht der passende Ort für eine unbegleitete Nonne. Dieses Fleetufer war als Aufenthaltsort von Müßiggängern und Herumtreibern berüchtigt und wurde obendrein von weibischen Männern, auch Zwitter oder Lustmolche genannt, zum Stelldichein genutzt.

Clarissas Weg führte an Holzhütten, kleinen Steinvorsprüngen, Unrat und den aufgequollenen Resten kleiner Boote vorbei, bis sie bei Cow Cross die Brücke erreichte. Auf der anderen Flussseite ragte die Böschung des Saffron Hill auf, der inzwischen den Kesselflickern als Schlupfwinkel diente. Ihr Lager reichte bis nach Hockley in the Hole hinaus. Rot spiegelten sich ihre Feuer und Fackeln im träge fließenden Fleetwasser. Noch immer konnte man sie hämmern und klopfen hören. Jenseits der Stadtmauern gab es keinen Feierabend.

Duckling blieb Clarissa so dicht auf den Fersen, wie er es nur wagte, aber sie war stehen geblieben. Sie hatte die steinerne Zelle des Brückeneremiten erreicht. Er dachte, sie würde ihm lediglich ein Almosen geben, doch als er sich der kleinen Einsiedelei näherte, vernahm er eine leise Unterhaltung zwischen Nonne und Einsiedler.

«Und wie groß war Moses?»

«Zwölf Fuß und acht Zoll», erwiderte Clarissa.

«Christus?»

«Sechs Fuß und drei Zoll.»

«Unsere Liebe Frau?»

«Fünf Fuß und acht Zoll.»

«Der heilige Thomas von Canterbury?»

«Einen Zoll weniger als sieben Fuß.»

Anschließend half ihr der Eremit ein paar brüchige Stufen zum Flussufer hinunter und in ein kleines Fährboot hinein, wie sie auch zwischen Lambeth und Westminster verkehrten. Duckling konnte das Plätschern der Ruder hören und sah, wie das Boot langsam den Fleet hinabglitt, auf die dunkle Stadt und die Themse zu. An dieser Stelle hatte der Fleet eine sanfte Strömung, deren friedliche Oberfläche aber trügerisch war. Er war voller Unrat, von den toten Hunden aus Smithfield bis zum Abfall der Kerzenmacher. An einigen Stellen war er tief und gefährlich, während er an anderen mehr einem Sumpf oder Morast glich als einem Fluss. Dass er für Kinder und Betrunkene gefährlich war, wusste man. Oft fand man sie im schmutzigen Wasser dahintreibend, oder sie hingen im Schilf fest.

Johannes Duckling machte sich daran, die Brücke zu überqueren, da hörte er im Wasser etwas seufzen oder flüstern, und zwar direkt unter seinen Füßen. Das wartete nur darauf, die Hände nach ihm auszustrecken. Entsetzt kehrte er um. Als er an der Eremitenzelle vorbeistürzte, hörte er, wie ihn eine dünne Stimme rief.

«Recht so, lieber Bruder, große Ehre sei dir dein heiliger Stand. Um Christi willen, hast du eine Opfergabe?» Die Zelle stank nach uraltem Schweiß, der sich in den Steinen festgesetzt hatte.

«Eine Nonne ist hier des Weges gekommen, Schwester Clarissa. Kennst du sie?»

«Hier ist keine Nonne vorbeigekommen, werter Herr Priester. Es gibt keine Nonne, die ihr Ordenshaus allein verlassen darf. Was für ein Novize bist du? Hast du noch Haare unter deiner Kapuze?»

«Ich habe gesehen, wie sie hier ein Boot bestiegen hat und abgefahren ist.»

«Geh fort! Geh fort! Davon weiß ich nichts!» Der Brückeneremit, ein kaum dreißigjähriger Mann, trug ein schmutziges Hemd, das ihm bis zu den Knien reichte. Jetzt schlug er wie ein Rasender mit dem Kopf gegen die Wand hinter ihm. «Geh fort! Geh fort!»

Auf dem Rückweg zum Hause Mariä nahm der Nonnenpriester denselben Weg am Fleet entlang, öffnete das Seitentor und ging über die Wiese zum Gästehaus und weiter zum Kreuzgang.

In der Nonnenkammer glomm noch immer eine Kerze. Im Näherkommen konnte er durchs offene Fenster deutlich die tiefe Stimme von Brank Mongorray vernehmen und danach – doch das war unmöglich! – Schwester Clarissas Antwort. Unverkennbar ihre klare hohe Stimme. Mit eigenen Augen hatte Johannes Duckling sie soeben den Fleet Richtung Themse davontreiben sehen. Wie konnte sie da noch immer hier sein? Hatte er einen Nachtkobold gesehen? Dass solche Wesen in Klöstern und an anderen, Gott geweihten Orten spukten, wusste man, aber warum in Gestalt einer Nonne? Plötzlich hörte er sie singen: «Wer strahlet uns so hell und klar.» Und sofort rief dies eine merkwürdige Erinnerung in ihm wach.

Vor drei Jahren war er Beichtvater für den Schuldturm an der Alder Street gewesen, ein Stadtgefängnis aus grauer Vorzeit, wo man die Schwerverbrecher bis zum Tod am Galgen einsperrte. Diese gefährliche Tätigkeit hatte er auf Befehl des Bischofs von London zur Buße ausüben müssen, nachdem man ihn bei der Liebschaft mit einer verheirateten Frau aus seiner Gemeinde ertappt hatte. Das Gefängnis selbst bestand aus zwei miteinander verbundenen Gewölben in sieben Fuß Tiefe. Ein Loch im Dach bildete den Eingang. An jeder Längswand verlief eine Steinbank, und im gestampften Boden war zur westlichen Wand hin eine Platte mit sechs riesigen Eisenringen eingelassen. Genau hier hatte Johannes Duckling, der Angst vor dem Kerkerfieber hatte, sein erstes Gespräch mit Richard Haddon geführt, einem Fischhändler, der drei Kinder erstickt hatte. Haddon hatte sein Verbrechen vor dem Geschworenengericht gestanden. Da er nicht lesen und deshalb nicht auf das Vorrecht plädieren konnte, der Geistlichkeit überantwortet zu werden, wurde er zum Tod durch Erhängen auf dem Richtplatz für Mörder an der Lände unter dem Dark Tower verurteilt.

Am Tag vor seinem Tod hatte er Johannes Duckling *in secreta confessione* gestanden, er habe mit angesehen, wie seine eigene Mutter ihr Neugeborenes erstickt und die Leiche in einem Korb zur Themse hinuntergeschafft hatte. Danach habe ihn seine Mutter immer wieder geschlagen und ausgepeitscht. Er glaubte, der Teufel sei in ihn gefahren, als er zum ersten Schrei den Mund aufgemacht hatte. Nur ein einziges Mal in seinem ganzen Leben habe er Zufriedenheit gefunden, beichtete er Duckling. Als ihm seine Mutter zum Einschlafen unter Tränen jenes Lied vorgesungen habe, das mit der Zeile beginnt: «Wer strahlet uns so hell und klar.»

Noch merkwürdiger war das Verhalten, mit dem Haddon aus diesem Leben schied. Als man ihn aus dem Steinkerker zog und auf die Pritsche band, die ihn von der Alder Street zur Lände am Dark Tower schleifen sollte, öffnete er den Mund und fing zu singen an. Und so sang er, während er über das Kopfsteinpflaster holperte, mit kräftiger und wohltönender Stimme: «Wer strahlet uns so hell und klar.»

Noch als Duckling vom Gästehaus wegschlich und leise durch den Kreuzgang ging, konnte er die Nonne singen hören. Erst nachdem er seine Zelle betreten hatte, kam er ins Grübeln. Hatte der Mönch Brank Mongorray ihre Stimme nachgeahmt?

Wer strahlet uns so hell und klar,
velut maris stella
scheint heller als die Sonn' sogar
parens et puella.
Ich ruf zu dir, zu dir ich schrei,
O Heil'ge Frau, steh du mir bei,
tam pia
dass ich schon balde bei dir sei,
Maria.

VIII
Der Ritter

Am selben Frühlingsabend hätte man, während Johannes Duckling im Kloster Clerkenwell durch den Kreuzgang ging, gewisse Londoner beobachten können, wie sie einen runden Steinturm aus der Römerzeit betraten. Er stand wenige Ellen nördlich von Schloss Baynard in der Nähe des Dominikanerklosters am Flussufer. Ein einziges großes Portal mit einer umlaufenden lateinischen Inschrift führte hinein, die man ungefähr so übersetzen könnte: «Ich öffne keinem, der im Vorübergehen anklopft, sondern nur dem, der stehen bleibt und klopft.» Jeder dieser abendlichen Besucher wurde am Eingang von einem livrierten Bediensteten begrüßt und über eine Wendeltreppe in ein unterirdisches Gewölbe geleitet. Auch einige der Gäste, die im letzten Monat am Festessen der Gilde der Jungfrau Maria in der Zunfthalle der Seidenhändler teilgenommen hatten, machten ihre Aufwartung; darunter, beispielsweise, der Ritter Sir Geoffrey de Calis und der Kanonikus Wilhelm Swinderby. Allerdings waren sie nicht standesgemäß gekleidet, sondern trugen Umhänge und Kapuzen aus einem Tuch mit blauen und weißen Streifen, die sich diagonal kreuzten. Für das geschulte Auge war dies ein Symbol für die Querverbindung zwischen Zeit und Geduld.

Zu ihnen hatte sich Miles Vavasour gesellt, ein Königlicher Rechtsvertreter, der von einem der beiden Londoner Untervögte begleitet wurde. Obwohl es sich um eine hochrangige Versammlung handelte, war es merkwürdigerweise nicht der Untervogt, der sie zur Ordnung rief, sondern der Ritter Sir Geoffrey de Calis.

Mit einem lateinischen Bittgebet stimmte er sie ein. «Haec est terra quaestionis …» Das ist das Fundament unseres Suchens. Das ist das Fundament, die Schönheit und der Anfang jeglicher guten Ordnung. Obwohl es sich nicht um ein Kirchengebet handelte, kannten es alle gut und stimmten in sämtliche Responsorien ein.

Nach dieser Einleitung wandte sich der Ritter an einen von ihnen.

«Gut gemacht, Wilhelm Exmewe», sagte er.

Pater Exmewe trat nach vorne unter die hochrangigen Männer und verbeugte sich vor Geoffrey de Calis. «Das Spiel hat begonnen», sagte er mit tiefer Stimme. «Die Kapelle wurde durch Griechisches Feuer restlos zerstört. Der Tod im Kreuzgang von St. Paul war meiner Ansicht nach ein Zufall, hat aber unserem Plan gute Dienste geleistet.»

«Wer sind die Leute unter Eurer Anführung?»

«Zerbrochene. Die Hilflosen und Hoffnungslosen dieser Welt. Ein gewisser Richard Marrow, ein Zimmermann, der auf allen vieren zum Kreuz kriechen würde, wenn er könnte. Emnot Hallyng, der den Kopf höher trägt als seinen Hut. Garret Barton, ein bösartiger Mann, der gegen die ganze Welt kämpft. Und dann noch ein Stiftsverwalter von St. Paul.»

«Ach?» Geoffrey de Calis hob den Kopf. «Und wer wäre das?»

«Robert Rafu.»

«Den kenne ich; er neigt zur Feigheit. Er isst zu wenig.»

«Hamo Fulberd, ein wunderbar hässlicher Junge, dem ein ganz besonderes Verderben ins Gesicht geschrieben steht.»

«Und sie wissen nichts von unserem Plan?»

«Nicht das Geringste. Mich haben sie am allerwenigsten im Verdacht. Sie halten mich für einen von ihnen, für einen Wissenden.»

Von hinten ließ sich Miles Vavasour hören: «Allgemein heißt es, Ihre Leute seien Lollharden.»

«Ist doch egal.» Geoffrey de Calis legte Exmewe eine Hand auf die Schulter. «Wenn man den Murmlern die Schuld gibt, umso besser. Zum Niederbrennen von Kirchen haben die Lollharden zwar weder Herz noch Mut, doch den Zorn darüber kann man ihnen ruhig aufbürden. Sie werden das Volk aufstacheln. Angesichts dieser Entweihungen wird man den König für schwach und töricht halten. Wenn er die heilige Mutter Kirche nicht schützen kann, ist er der Schattenkönig, der die Sonne nicht erträgt. Der Gesalbte wird fallen. Nicht einmal Christus und sein heiliges Blut können ihn retten.»

Bei der Anspielung auf das heilige Blut Christi lachten sie. Sie ließen sich von den Kunststücken und dem Geschwätz der Kirche weder täuschen, noch fürchteten sie sich davor.

Diese Männer bildeten eine Gruppe, die unter dem Namen Dominus[13] bekannt war. Vor achtzehn Monaten hatten sie sich insgeheim zu einem einzigen Zweck zusammengeschlossen: die Entthronung Richards II. In dieser Verbindung befanden sich bekannte Vertreter der Geistlichkeit sowie mehrere Mitglieder des Thronrats, außerdem Londoner Würdenträger, einschließlich eines Untervogts und zweier hoher Ratsherren. Geoffrey de Calis war von König Richard persönlich zum Kronbeamten von Wallingford und den Chilterns ernannt worden, eine Pfründe, die er gegen eine jährliche Zahlung erfolgreich «verpachtet» hatte. Allerdings waren nun im Verlauf der königlichen Plünderzüge die Ländereien und ihr Geld nicht mehr sicher. Richard forderte neue Steuern und konfiszierte Besitz unter fadenscheinigen Vorwänden. Deshalb waren sie zu jedem Risiko bereit, um ihn zu vernichten. Sie hatten sich entschieden, Heinrich Bolingbrokes Invasion zu finanzieren. Vor einem Jahr hatten sie Wilhelm Exmewe überredet, eine Rebellengruppe aufzubauen, die bereit wäre, den Papst und die Bischöfe innerhalb der Londoner Stadtmauern herauszufordern. Sie waren zu dem Schluss gekommen, dass Empörung und Verwirrung unter den Bürgern ihr Vorgehen und die Vernichtung des Königs beschleunigen würden. Zufällig war Wilhelm Exmewe im Refektorium von St. Bartholomäus auf Richard Marrow gestoßen und mit ihm über geistige Dinge ins Gespräch gekommen. Marrow hatte Exmewe seinerseits von jener Gruppe der Wissenden berichtet, der er angehörte. Schließlich hatte Exmewe Marrow zu den Treffen dieser Leute begleitet und sich dank seiner Redekunst und Frömmigkeit rasch zu ihrem Meister aufgeschwungen.

«Und wie soll es mit diesem Geschäft weitergehen?» Miles Vavasour stellte mit Vergnügen Fragen.

«Ich habe unter den Vorherbestimmten verbreiten lassen», erwiderte Exmewe, «dass fünf Wunder geschehen müssen, um den Tag des Jüngsten Gerichts zu beschleunigen. Kennt Ihr das alte Sinnbild der fünf miteinander verbundenen Kreise?» Dieses Zeichen hatte Josef von Arimatäa verwendet. Es handelte sich um ein Symbol der Frühkirche. «Sie haben es sich wunderbar eingeprägt.»

«Also bleiben noch drei?» Als Königlicher Rechtsvertreter war Miles Vavasour stolz auf seine rasche Auffassungsgabe. «Die Kapelle und St. Paul waren Nummer eins und zwei.»

«Danach kommen die Heilig-Grab-Kirche, St. Michael le Querne und St. Giles. An allen wichtigen Punkten der Stadt.»

Beifälliges Gemurmel. Ihre Stimmen spiegelten das Selbstvertrauen der Mächtigen, außerdem gingen sie ungezwungen miteinander um. Ihr Verhalten wirkte heiter, fast sorglos. Sie waren offen, vertrauensvoll und freimütig. Ohne ein Wort darüber verlieren zu müssen, waren alle felsenfest davon überzeugt, dass nach dem Tode nichts mehr kam, genauso wie nichts vor der Geburt existierte. Deshalb war es weise, diese Welt zu genießen, so lange man konnte. Religiöse Dinge dienten dem Zweck, das Volk zu unterdrücken und für Ordnung zu sorgen. Diese Ansicht vertraten sogar die Prälaten unter ihnen.

Sir Geoffrey de Calis rief sie erneut zur Ordnung. «Es wird noch mehr Brände geben», sagte er, «und weitere Zerstörung. Heinrich wird nach England zurückkehren und ein gewaltiges Heer aufstellen. Sollte Heinrich Richard besiegen, muss man ihn als Retter der Kirche betrachten. Das erste Gesetz der Ehrerbietung heißt Not. Unmittelbar gefolgt von Angst. Inzwischen müssen wir uns still verhalten wie die Steine. Keiner darf etwas von unseren Plänen wissen – davon, was wir nicht tun, nicht davon, was wir tun.»

Beim Verlassen des Gewölbes verbeugten sich einige, um Sir Geoffreys Ring zu küssen, der am Mittelfinger seiner linken Hand steckte und damit über den Nerv direkt mit seinem pochenden Herzen verbunden war.

Als alle in die Nacht hinaus verschwunden waren, stieg Sir Geoffrey die Turmtreppe zur Wehrkammer im zweiten Stock hinauf, in der sich ein Schlafgemach befand. Hier kniete jemand und flüsterte die heiligen Worte des Verborgenen Evangeliums. «Vertass. Gadatryme. Trumpass. Dadyltrymsart», sagte Schwester Clarissa gerade. Dann drehte sie sich zu Sir Geoffrey um. «Alles wird gut, edler Ritter. Alles Erdenkliche wird ein gutes Ende nehmen.»

IX
Der Aufseher

Seufzend stand die Priorin Agnes de Mordaunt neben dem Haupttor des Klosters und wandte sich dann mit einem erbosten Gesichtsausdruck, den nicht einmal ihr Kinngrübchen richtig mildern konnte, an Oswald Koo, den Aufseher ihres Klosterguts. «Unter keinen Umständen dürft Ihr denen die Benützung unserer Scheunen gestatten. Seht sie Euch nur an! Schmutzige, üble Possenreißer! Sie haben bereits auf das Stroh gepisst, womit wir die Kirche auslegen wollten.» Sie starrte die Handlanger an, die auf dem Anger soeben die Arche Noah aufbauten. Es war der zweite Tag der Mysterienspiele, die alljährlich während der Fronleichnamswoche unter der Anleitung und Aufsicht der Pfarrschreiberzunft stattfanden. In der Nähe der Arche hatte man auf Pfählen eine Plattform errichtet, über der ein bemaltes Tuch hing, das die Vorderseite von Noahs Haus darstellte. Das Bild glich einem der Kaufmannshäuser, wie sie an der Cheapside standen, nur dass hier eine Schaukel, auch Schnurrenhutsche genannt, davor platziert war.

Hinter der Bühne ging es hoch her, während sich die Mitglieder der Truppe auf ihre Rollen vorbereiteten. Noah und Noahs Weib waren am gestrigen Vormittag als Adam und Eva aufgetreten und hatten nun ihre weißen Lederkostüme mit vertrauteren Kleidungsstücken wie Kittel und Oberrock vertauscht. «Lass los, Dick. Lass los!» Noahs Weib wurde vom Schreiber von St. Michael in Aldgate gespielt. Er lachte, während ihm der Kostümverwahrer einen falschen Busen um die Brust band. «Der sitzt so fest, dass ich nicht atmen kann.»

«Für eine kleine Frau machst du einen Riesenwirbel. Stülp dir doch die Haare selbst über.» Obwohl die Perücke von Noahs Weib an eine große gelbe Zottelquaste erinnerte, hielt sie sich der Schreiber von St. Michael ehrfürchtig über den Kopf.

Im Kostümkarren hingen neben mehreren Masken mit aufgeklebten Sternen und Goldflitter, bunten Bändern, Hüten, Jacken und Papierwimpeln auch noch verschiedene falsche Bärte und Holzschwerter. Am Karren lehnte der Pfarrschreiber von St. Olaf, der den Noah spielte, und trank Dünnbier aus einem Lederschlauch.

«Wenn du mir ins Gesicht reiherst», warnte ihn Noahs Weib, «bekommst du meine Faust zu spüren.»

«Das braucht es eben, gutes Weib. Mit leerem Bauch habe ich keine Kraft.»

Die Gesichter von Ham und Jafet wurden mit Fett und Safran bemalt. Unterdessen übte Gott auf dem Damm, der zum Fleet hinunterführte, das Stelzengehen. Neben dem Anger hatte sich bereits eine beträchtliche Menschenmenge versammelt. Einige witzelten mit den Zimmermännern, die auf der Arche herumkletterten und eben den Mast aufpflanzten.

Einer der Spieler brüllte eine unfeine Bemerkung. Die Priorin legte die Hände auf die Ohren. «Ach, dieses sündvolle Leben. Aufer a nobis iniquitates nostras.» Der Aufseher bekreuzigte sich und fragte, ob er wieder zum Wagenunterstand gehen könne. »Ja, verlasst dieses Tal der Eitelkeit.» Und doch blieb Dame Agnes weiter da und beobachtete das immer zahlreicher werdende Publikum. Die Holzbänke füllten sich mit vornehmen Besuchern – darunter der Ritter Geoffrey de Calis und ein Untervogt –, während es sich das einfache Volk auf dem Anger bequem machte. Doch dann, Schlag neun an diesem letzten Maimorgen, hätte man sie leise flüstern hören können: «Was kommt denn da?»

Neben der Quelle hatte sich ein Mann in einem engen roten Kostüm und spitzer roter Kappe aufgestellt. Sein Pferd trug eine rote Schabracke und Glöckchen am Sattelsaum. «Hört! Hört!», rief er laut und wartete, bis sich der Lärm unter den Zuschauern gelegt hatte. Es war der Schreiber von St. Benet Fink, bei den Londonern besser bekannt als Historienmeister, der seit vielen Jahren die Clerkenwell-Spiele organisierte. Man kannte ihn als fröhlichen Menschen. Vielleicht war er zu fröhlich, denn angesichts seines offen zur Schau getragenen, unerschöpflichen Glücksgefühls fühlten sich andere minderwertig und unwohl. «Hört! Hört!» Alle waren still.

Treffliche Bürger, als Bote steh ich hier,
    zu künden euch gar viel.
Ich hoff, der ganzen Stände Zier
vernähme unverwandt und offen
    die Botschaft von dem Spiel.

Es war ein strahlender Morgen. Die Sonne brachte die vergoldete Maske von Gottvater zum Funkeln, der jetzt auf seinen Stelzen vor der Menge auftrat. Er trug ein weißes wallendes Gewand, das mit goldenen Sonnen bestickt war, und hatte die Arme zum Gruß erhoben. Er schaute geradeaus, über die Augen der Menge hinweg, direkt zu den hölzernen Bankreihen hinüber, wo die Honoratioren der Stadt Platz genommen hatten.

Nach meinem Willen es gescheh'.
Es ist, es war und wird so sein,
Denn ewig bin und bleibe ich.

Der Schreiber von Mary Abchurch, der diese Rolle spielte, war für seinen strengen und unnachgiebigen Charakter berüchtigt. Einmal hatte er sogar ein Kind des Sakrilegs bezichtigt, weil es im Kirchenschiff Ball gespielt hatte, und eine Woche lang sämtliche Kirchendienste eingestellt. Den Jungen hatte er vor das bischöfliche Gericht gebracht und dessen Exkommunikation gefordert.

Klugerweise wurde die Klage abgewiesen. Dennoch schien er in der Rolle des Schöpfers Macht über die zu Hunderten hier versammelten Bürger auszuüben. Schließlich verkörperte er die zornige Gottheit des Alten Testaments. Die Maske verstärkte noch seine Stimme ins Überirdische.

Ich, Gott, erschuf die Welten mein,
den Himmel, die Erd', aus Nichts allein.
Ich seh' mein Volk, gequält von Pein,
durch Tat und Wort geworden gemein.

Der hehre Sprechgesang Gottes hatte unter den Zuschauern eine Stille hervorgerufen, die beinahe an Furcht grenzte. Doch plötzlich wurde diese Stimmung durch eine Kinderstimme unterbrochen, die da rief: «Macht Platz! Macht Platz, Ihr Herren! Hier kommt ein Schauspieler!» Ein Junge näherte sich auf einem Esel dem offenen Platz vor der Arche und der Bühne.

Glück auf, Glück auf, seid froh und heiter,
denn hier komm ich, ein muntrer Reiter.
Bin Jafet, Noahs Sohn, und gar nicht alt.
Mein Vater hieß mich schweigen bald.

Eigentlich war der Junge, der den Jafet spielte, Laufbursche und Bote in der Schreiberhalle zu Garlickhythe und hatte den Spitznamen «Kugel». Oft maß er sich mit Mitgliedern anderer Zünfte bei Wettrennen durch die Straßen Londons: mit «Mücke» von den Seidenhändlern, «Stummel» von den Gewürzkrämern und «Simpel» von den Fischhändlern. «Kugel» war für sein freches Mundwerk und seinen Mutterwitz bekannt. Beides setzte er in der Rolle des Jafet derart ein, dass man meinte, er würde den typischen Stadtjungen mimen. Nun sprach der Esel zu ihm:

Jetzt schlägst du mich, die Pest auf dich.
Dabei, mein Jafet, weißt du ganz genau,
nie mehr find'st du 'nen Esel so wie mich.

Worauf Jafet erwiderte: «Leck mich doch am Arsch, du Esel.» Dies war nur das erste von vielen schlüpfrigen Wortspielen, die der Junge mit dem Esel wechselte. Das Ganze gipfelte darin, dass der Junge so tat, als würde er den Esel von hinten aufspießen. Dame Agnes scheuchte einige Nonnen zusammen, die dem Spiel zuschauten, und trieb sie unter mancherlei Drohung hinter die Klostertore zurück.

Gott blieb die ganze Zeit vor der Menge stehen. In seiner vergoldeten Maske spiegelte sich die Sonne des Frühsommers. Schließlich ritt der Junge unter lautem Jubel und Hochrufen wie «Jou, Kugel!» davon. Dann erschien, aufs Stichwort, Noah auf der Bühne. Philipp Drinkmilk, der Pfarrschreiber von St. Olaf, hatte sich in sämtlichen Verkleidungskünsten geübt, bevor er die Rolle des Noah übernahm. Sein Vater arbeitete noch immer als Kulissenmaler für die Historienspiele der Stadt und hatte ihn zu den großen Maskenzügen und Komödien mitgenommen, die die Festtage im Jahreslauf der Stadt prägten. Zufällig hatte man anlässlich des Einzugs von König Richards junger Braut in der Stadt, Anna von Böhmen, in den ersten Tagen des Jahres 1382 ein Truppe Wanderschauspieler angeheuert. In diesem Zusammenhang erhielt Philipp Drinkmilks Vater den Auftrag, Masken in den unterschiedlichsten Gemütsbewegungen für sie anzufertigen. Sie hatten auf Kosten der Stadt im «Gasthof zur Burg» in der Fish Street Logis bezogen, wo sie Philipp gemeinsam mit seinem Vater in dem Raum besucht hatte, den sie zum «Ankleidezimmer» erklärt hatten. Ganz besonders erinnerte er sich noch an seine entsetzliche Angst, als ein Bär stöhnend auf ihn zukam, und wie erleichtert er war, als plötzlich aus der Bärenhaut ein menschliches Gesicht auftauchte. «Willkommen», sagte das Gesicht, «wer hier nicht den Ratten zum Opfer fällt, den erledigen mit Sicherheit die Läuse.»

Mit diesem Mann schloss er Freundschaft, einem jungen Schauspieler, der lediglich Herbert hieß und zum großen Vergnügen der Truppe seine Fürze in der Fish Street fahren ließ. Herbert zeigte Drinkmilk die dreizehn Handbewegungen, mit denen man die unterschiedlichen Gefühle ausdrückte, sowie die acht Mimikformen. Außerdem erklärte er ihm die Symbolik der Farben: Gelb war die Farbe der Eifersucht, Weiß stand für Tugend, Rot für Zorn, Blau für treue Freundschaft und Grün für Untreue. Ein guter Schauspieler trug mehrere davon und gestaltete auf diese Weise die Vorstellung äußerst interessant und subtil. Unter Herberts Obhut wurde aus Philipp Drinkmilk ein echter Mime. Er lernte den Dialog aus «Unsere Katze Grimalkin» und meisterte binnen kürzester Zeit Gesten und Mimik. In der kleinen Sakristei von St. Olaf vollführte er raffinierte Verbeugungen und kunstvolle Tanzschritte. Manchmal drehte er sich mitten im Raum um die eigene Achse und sang Stellen aus den neuesten Liedern.

In der Rolle des Noah jedoch nahm er die Haltung eines erschöpften Mannes ein: Er hielt die Hände flach ausgestreckt und parallel zum Boden und beugte den Körper zur Seite. Mit zum Himmel verdrehten Augen und halb offenem Mund war sein Gesicht zum Spiegel seiner Seele geworden. Er trug ein blau-rotes Gewand. Das Blau berührte er zum Beweis seiner unverbrüchlichen Treue und das Rot als Zeichen seiner Angst, während die Kombination beider Farben ein Symbol des Leidens ergab. Als sich Gott von der Menge abwandte und vor ihm stand, legte er sich auf die Bühne.

Im gleichen rhythmischen Singsang – für das Publikum schien er einer Quelle jenseits von Sprache und Gesang zu entstammen – befahl Gott Noah, eine Arche zu bauen und dort ein Paar von jedem Getier und jeder Vogelart auf Erden in Sicherheit zu bringen.

Die Tatsache, dass man die Arche bereits auf dem Anger sehen konnte, hatte keine Bedeutung; auf dem kleinen Areal von Clerkenwell mischten sich Vergangenheit, Gegenwart und Zukunft. Obwohl das versammelte Publikum ganz genau wusste, was es zu erwarten hatte, reagierte es immer wieder überrascht und restlos begeistert. Als sich jetzt ein vor Angst bebender Noah an Gott wandte, wurde gelacht, denn es war klar, dass er nicht aus Respekt vor der anwesenden Gottheit zitterte, sondern vor dem Zorn seines Weibes.

Da saß ja Noahs Weib und schaukelte mit einer ihrer «Klatschbasen» am anderen Ende der Schnurrenhutsche auf und ab. Dieses witzige Zwischenspiel hatte sich der Historienmeister ausgedacht, denn jetzt blähten sich ihre Unterkittel, so dass die schmutzige Unterwäsche sichtbar wurde. Beide hielten bauchige Flaschen in der Hand und mimten einen heftigen Streit. Unter allgemeinem Gelächter rutschte Noahs Weib von der Schaukel und begann, ihrer Freundin das Gesicht zu zerkratzen. Als sie Noah mit langsamen Schritten auf sich zukommen sah, schürzte sie ihren Unterkittel, als wollte sie sich zum Nahkampf rüsten.

Der Aufseher Oswald Koo hatte sich noch vor Beginn des Mysterienspiels in den Wagenunterstand zurückgezogen. Einer der Fuhrleute hatte sich über die Qualität der Nägel beschwert, und Koo wollte persönlich deren Gewicht und Länge prüfen. Außerdem galt es, Anweisungen von Dame Agnes zu befolgen. Das beschmutzte Stroh hatte er bereits weggeschafft. Als der Streit zwischen Noah und seinem Weib ausbrach, begab er sich vorsichtig und leise auf die Hinterseite der Bühne. Er war überzeugt, dass die Handlanger einen Teil des Holzes für die Konstruktion ihrer Arche von ihm gestohlen hatten, wollte aber die Spieler nicht stören. Er suchte nach dem Brandzeichen des Klosters auf den Bretterkanten: eine mit roter Tinte gezeichnete Hirschkuh. Er hatte nichts gefunden. Um außer Sichtweite von Spielern und Publikum zu bleiben, überquerte er das Ende des Angers und ging noch ein Stück die Turnmill Street hinunter, wo sein Blick zufällig in die Black Man Alley fiel. Dort lehnte etwas an der Mauer. Jetzt richtete es sich in voller Länge auf, drehte sich um und schaute ihm direkt ins Gesicht. Es war schrecklicher als jeder Drache. Es hatte die Füße einer Echse, die Flügel eines Vogels und das Gesicht eines jungen Mädchens. Es legte die Klauen ans Gesicht und floh mit einem schrillen Schrei vor ihm das Gässchen hinunter. Während es am Fischweiher und an der Kegelbahn vorbeilief, konnte man deutlich die Menge auf dem Clerkenwell Anger lärmen hören. Was für ein Monster war das? Noch war Oswald Koo nicht auf den Gedanken gekommen, dass es sich um einen kostümierten Schauspieler handeln könnte, vielleicht in der Rolle eines von Luzifers Dämonen. Stattdessen hatte er sofort eine Gestalt ewiger Verdammnis und des Jüngsten Gerichts wiedererkannt. Er bildete sich ein, das Gesicht, das er flüchtig gesehen hatte, gehöre Schwester Clarissa.

Vor acht Monaten war er ihr aufs freie Feld hinaus gefolgt, nachdem er nach ihr Ausschau gehalten und sie erwartet hatte. Als er sah, wie Clarissa mit zwei Säcken die Mühle verließ, fragte er, ob er ihr helfen könne. Bei diesen Worten musterte er sie mit ernster Miene. Sie lehnte seine Hilfe ab und senkte den Blick.

«Nun, Schwester, wie geht's?»

«Ziemlich gut, Gott sei Dank.»

«Gefällt Euch dieses Leben einigermaßen?»

«Ich habe kein anderes gekannt, Meister Koo.»

«Wohl wahr. Seit Eurer Kindheit.» Aus Angst vor weiteren Worten hielt er inne, doch dann brachen rings um ihn die Dämme eines jahrelangen Schweigens. Er konnte nicht länger an sich halten. «Clarissa, ich kannte deine Mutter.»

«Niemand hat sie gekannt.» Sie bekreuzigte sich und starrte auf die verklumpten Erdschollen. Als sie klein war, hatte ihr Agnes de Mordaunt erzählt, man habe sie als Findelkind auf den Stufen des Kapitelsaals gefunden.

«Das ist nicht wahr», sagte er, all seinen Mut zusammennehmend, freundlich. «Sie hat einmal unter uns geweilt.»

«Was meint Ihr damit? Unter uns?»

«Sie kam aus dem Orden.»

«Woher wisst Ihr das, Oswald Koo?»

«Ich war damals Gehilfe des Klostermeiers. Ein junger Mann. Mit der Hitze eines jungen Mannes. Sie hieß Alison.» Er zögerte. «Sie war die Vorsängerin. Im Kindbett ist sie gestorben.» Er entfernte sich von ihr, dann kam er außer Atem zurück. «Erinnerst du dich zufällig an die unterirdischen Gänge?»

Schon als Kind war die Geschichte der Gänge zu ihr gedrungen. Oft hatte sie sich gewundert, warum sie die anderen Nonnen behandelten, als sei sie ein Stück vom Kloster, das man getrost vernachlässigen könne. Sie hatte tatsächlich eine Erinnerung an einen geheimnisvollen Ort aus Steinen. Klagen und Wut hallten darin nach. Steine waren für sie mit Tränen und Ungerechtigkeit verbunden.

«Wie gesagt, ich war ein junger Mann. Deine Mutter und ich – nun ja, das war ein Irrtum. Ein Unfall.» Er hatte es mit Alison am Fleet getrieben. Noch immer dachte er voll Entsetzen an jenen Augenblick, als sein Rutenfutteral, sein Schwanzbeutel, riss und sich sein Same in das Schatzkästchen der jungen Nonne ergoss.

«Ich war die Frucht ihres Leibes?» Clarissa blieb ganz ruhig.

«Ich war dein Same.»

«Und doch habt Ihr mich nicht eingefordert. Oder mich anerkannt.»

«Wie konnte ich? Ich stand hier in Diensten.»

«Dann habt Ihr mich nicht geliebt.» Noch immer ließ sie keinerlei Gefühlsregung erkennen.

«Dich geliebt, Clarissa? Ich habe dich nicht gekannt. Und doch habe ich dich nicht aus den Augen gelassen, während du in diesen Mauern aufgewachsen bist. Die Nonnen haben dich oft streng behandelt.»

«Das weiß ich. Ich war das Sinnbild der Sündhaftigkeit.»

«Ich habe mit dir gelitten, wenn man dich mit Kerzen verprügelt hat. Und doch fühlte ich mich erbaut, wenn ich dich während der Vesper ‹O altitudo› singen hörte. Dann erfüllte mich Stolz. Niemand wusste, dass ich dein Vater war. Deine Geburt wurde einem Barmherzigen Bruder angelastet. Deshalb habe ich dich ständig bei Dame Agnes gelobt. Noch immer bete ich jede Nacht zu Gott und zur Gemeinschaft der Heiligen für deine Seele.»

«Spart Euch Eure Gebete für Euch selbst. Ich bedarf ihrer nicht.» Seufzend stellte Clarissa die Weizensäcke ab. «Würdet Ihr sie ins Küchenhaus tragen» war alles, was sie sagte.

Sie ging übers Feld davon, bis sie außer Sichtweite war, dann legte sie sich mit dem Gesicht nach unten ins Gras und schlug mit den Fäusten auf die Erde. «Liebe Mutter, lass mich ein. Lass mich ein», flüsterte sie. Am nächsten Tag geschah es, dass sie ihre erste Vision erlebte.

Der Anblick der Schlange mit dem Kindergesicht löste in Oswald Koo eine Angst aus, als wäre er dem Trugbild der bösen Tat begegnet, die er begangen hatte. Er beschloss, ihm nachzugehen, obwohl es seiner Ansicht nach in Wahrheit keine greifbare Gestalt besaß.

Der Aufseher lief am Fischteich vorbei, sah sein von Schuld zerfressenes Abbild über das Wasser gleiten und überquerte die leere Kegelbahn. Nur wenige Schritte weiter nördlich nahm der Lärm im Publikum zu. Er bog um eine Ecke und – blieb wie angewurzelt stehen. Schwester Clarissa und ihr Mönch Brank Mongorray waren ins Gespräch vertieft. Der Mönch trat zur Betonung eines Einwands zurück, und die Nonne hob die Hände wie zum Gebet. «Irland» und «Güte» waren die einzigen Worte, die er hören konnte, ohne dass er sich einen Reim darauf hätte machen können. Seit er sich damals seiner Tochter auf dem Feld offenbart hatte, hatte er nicht mehr mit ihr gesprochen, und sie hatte bei jeder Begegnung den Blick abgewandt. Manchmal bildete er sich ein, ihre Stimmen und Prophezeiungen seien ein Mittel, um nicht mit ihm zu sprechen. Jetzt schaute sie ihn an, und er hörte sie wie im Traum sagen: «Noli me tangere.» Er trat außer Sichtweite und ging zurück in die Turnmill Street.

Als er wieder zum Anger kam, hielten zwei Söhne Noahs, Ham und Sem, Bilder jener Tiere hoch, die sich nun in die Arche begeben sollten. Darunter, neben anderen anscheinend namenlosen Geschöpfen, zwei Einhörner, zwei Affen und zwei Wölfe. Dann traten Noah und Jafet mit je einem Paar lebender Tiere auf: zwei Kühe, zwei Schafe, zwei Ochsen, zwei Esel und zwei Pferde, die alle eine Öffnung in der hölzernen Schauseite der Arche durchquerten. Der Aufseher ließ sie nicht aus den Augen. Womöglich stammten sie aus dem klösterlichen Viehbestand. Anschließend schaukelten mehrere Zimmerleute die Arche hin und her, während man dahinter mit mächtigen Wassern und Wellen bemalte Tücher aufzog und herumschwenkte. Zu guter Letzt hielt man ein breites, mit bunten Federn beklebtes Band als Symbol des Regenbogens hoch, und Gott kam noch einmal auf Stelzen herein.

Er wollte gerade anheben, da kam es plötzlich in der Menge zu einem Aufruhr, gefolgt von Pfiffen und Gejohle. Einige Zuschauer rannten nach vorne und schrien aus Leibeskräften «Götzenbilder!» und «Teufelswerk!» Einer von ihnen stürzte sich auf Gott und stieß ihn zum Entsetzen der Menge von seinen Stelzen. Ein anderer riss ihm die vergoldete Maske vom Gesicht und zertrat sie mit dem Ruf «Hundsföttische falsche Fratze!» unter den Füßen. Dem Aufseher kam es vor, als wäre die Menge just in dem Augenblick zu einem einzigen Lebewesen verschmolzen, das nur ein Ziel kannte. Mit voller Wucht warf es sich auf die Störer des Mysterienspiels. Rufe wie «Murmler!» und «Antichrist!» machten sich breit, während man über die Missetäter herfiel und sie verprügelte. Ein Mann erhielt einen Hammerschlag zwischen die Schulterblätter und danach einen Hieb ins Gesicht mit einem Schwertknauf; ein anderer wurde mit einem langen Dolch, dem so genannten «Gnadegott», erstochen und starb auf der Stelle.

So schnell, wie die Raserei ausgebrochen war, erlosch sie auch wieder. Überlebt hatten allerdings nur zwei von den Lollharden, mit gebrochenen Knochen und blutenden Wunden am ganzen Leib. Aber noch atmeten sie. Man schaffte sie schleunigst ins Gefängnis, wo sie rasch ihren Wunden erlagen. Das war in diesem Schreckensjahr die einzige Gelegenheit, wo man der Lollharden ansichtig wurde.

X
Der Arzt

Die Priorin hatte Fieber bekommen oder Schüttelfrost oder Schnupfen oder wer weiß was. Jedenfalls war sie, wie sie jedem in ihrer Umgebung erzählte, schwer krank. Sie fühlte sich elend und matt. Sie schickte ihr Wasser in einem Fläschchen zum Klostermedikus mit der Bitte, so wörtlich, er möge «sich eine Meinung darüber bilden» und enthüllen, ob «sich's bei mir zum Besseren wenden wird oder nicht». Mit demselben Boten, der den Urin gebracht hatte, schickte der Medikus die Mitteilung zurück, sie würde auf dieser Welt gedeihen, wenn sie nur ausreichend Krabben äße. Kranke und ausgezehrte Leute würden an Krabben genesen, weil es sich bei diesen um die flinksten, einfallsreichsten und übermütigsten Kreaturen handle. Obendrein besäßen sie die besten Heilsäfte, wobei sie aber sicherstellen sollte, sie auszupulen, damit ihre blähenden Eigenschaften abziehen konnten, die fleischliches Verlangen hervorriefen. Die Anspielung auf Fleischeslust empfand sie als persönliche Beleidigung.

Auf Empfehlung des Nonnenpriesters zog sie anschließend Thomas Gunter zu Rate, einen berühmten Arzt, der sein Geschäft in Bucklersbury betrieb. Sie schickte ihm einen Brief mit einer Liste ihrer Symptome, darunter Völlegefühl und verschwommenes Sehen. Seine Antwort war in einer höchst kunstvollen Handschrift verfasst. «Habt Ihr Ringelblumen? Schon ein Blick auf Ringelblumen, werte Schwester in Gott, stärkt das Augenlicht. Allerdings muss man sie pflücken, wenn der Mond im Zeichen Jungfrau steht.» Er fügte hinzu, dass «Ringelblumensaft ausgezeichnet gegen Brustentzündungen hilft», doch diesen Satz überflog die Priorin geflissentlich. Ihr Völlegefühl bereitete ihm großen Kummer. Er schlug vor, sie solle das Fett von Eber, Ratte, Pferd und Dachs mischen, das geläuterte Fett in Essig lösen, Salbei dazugeben und anschließend auf ihren Bauch auftragen. «Für diesmal kann ich Euch nicht mehr schreiben, ma dame. Möge der Heilige Geist Euch behüten. Geschrieben zu London am Montag nach Fronleichnam.» In einem Nachsatz fügte er hinzu: Sollten die werten Schwestern nicht in der Lage sein, die nötigen Fette zu besorgen, so besitze er in der Tat ein Töpfchen von besagter Bauchsalbe.

In jener Nacht drehte der Wind. Jetzt kam er aus Norden und sollte eigentlich sämtliche üblen Dünste vertreiben. Jedenfalls hatte es Dame Agnes so in der *Cantica canticorum* gelesen: «Erhebe dich, Nordwind, und wehe durch meinen Garten, dass seine Würzen triefen!» Aber die neue Luft erfrischte sie nicht. Sie schickte Meister Gunter eine Nachricht und ließ anfragen, ob er die Freundlichkeit besäße, dem Kloster einen Besuch abzustatten, «wo Ihr einen leidenden Leib vorfinden werdet». Drei Stunden später traf er zu Pferde ein.

Thomas Gunter war ein kleiner Mann, den die pelzverbrämte Kapuze und der Talar seines Berufs körperlich schier zu erdrücken schienen. Er bewegte sich rasch. Als hätte er Räder, meinte Dame Agnes später. Seinen wachen Augen entging kein Detail ihrer Gesten und ihrer äußeren Erscheinung. Die Priorin saß in einem hohen Lehnstuhl, als ihn Idonea in ihr Gemach geleitete. Er küsste ihren Ring, dabei fiel sein Blick auf den Teller neben ihr. «Krabben? Was machen hier Krabben, ma dame?» Seine Stimme klang frisch und munter wie bei einem Vogel im Käfig. «Ein Fisch von solchem Fleisch tut Kranken außerordentlich weh. Er verstärkt bittere Säfte.»

«Man hat mir geraten …»

«Wisst Ihr denn nicht, dass ein zahmes Tier für Kranke besser ist als ein wildes? Ihr braucht einen Karpfen aus Eurem Teich, werte Dame, und keine Krabben von der Küste.» Das Äffchen der

Priorin befingerte Gunters Ledertasche, in der er sämtliche Gerätschaften seiner Kunst aufbewahrte. «Hab Geduld, lieber Adam», flüsterte er ihm zu. «Alles kommt noch ans Tageslicht. Erzählt mir etwas von Euren Säften, meine Dame.»

«Melancholicus.» Die Priorin musste ein wenig aufstoßen und legte die Hand auf den Mund. «Ein Anteil phlegmaticus.»

«Dann werde ich euch nicht schröpfen.»

«Ich wünschte, Ihr würdet mich purgieren, Meister Gunter. Ich habe das Gefühl, als würde etwas Widriges in mir sitzen. Ich kann nicht schlafen.»

«Ich habe Pillen, die den Schlaf herbeirufen können. Sagt Euren Nonnen, sie sollen in den Taubenschlag gehen. Taubenkot wirkt einschläfernd, wenn man ihn auf die Fußsohlen streicht.»

«Habt Ihr jene Salbe, von der Ihr mir geschrieben habt?»

«Ich habe noch weiter nachgedacht und bin nicht überzeugt, dass deren natürliche Heilkraft für Euren Fall passt. Gebt mir Gelegenheit, den Geist schweifen zu lassen.» Er öffnete die Tasche. «Eure Melancholie liegt in Eurer Milz gefangen.» Er holte einen irdenen Krug heraus. «Diese Medizin ist gut, weil sie den Saft aus diesen finsteren Orten purgiert. Trinkt Ihr viel Milch?»

«Das ist meine Schwäche.»

«Und eine gute. Ausgezeichnet. Milch wirkt sehr gut gegen Melancholie. Enthaltet Euch der Haselnüsse. Sie trüben das Gehirn. Stattdessen esst frischen Ingwer. Er beschleunigt das Gedächtnis und macht Euch vielleicht noch fröhlich.»

«Mein Gedächtnis dreht sich nicht um fröhliche Dinge, Meister Gunter. Ich habe da meine Lasten.»

«Trotzdem, werte Priorin, empfehle ich ihn Euch wärmstens. Auch Eier solltet Ihr Euch gestatten. Zum Nachtmahl am besten pochierte Eier. Frisch gebratene, mit ein wenig Salz und Zucker, tun morgens gut. Wie Ihr seht, keine harte Fastenkur. Ist alles ganz leicht. Und denkt immer daran, meine Dame: Wenn Ihr meine Anweisungen nicht befolgt oder ungeduldig seid, könnte

Euch große Gefahr drohen. Darf ich?» Er legte die Hand auf ihre Fingerspitzen. «Um Euch hier zu wärmen, bedarf es Rosenöls.» Er holte ein kleines Glasfläschchen aus seiner Tasche. «Ehe Ihr Euch zum Schlafen niederlegt, müsste Ihr dies möglichst gleichmäßig auf Euren Bauch auftragen.»

«Was ist das?»

«Eine von mir ersonnene Mixtur. Hier drinnen befindet sich Pferdedung, auch *lutum sapiens* genannt. Dazu ein Pulver aus verbrannten Hühnerfedern und einem Hasenpelz. Die Mixtur ist trocken bis zum vierten Grad.» Er hielt das Fläschchen hoch, damit sie es näher betrachten konnte. «Da sie von verschiedenen Körpern stammt, wirkt sie auch bei unterschiedlichen Temperamenten.»

Die Priorin seufzte. «Übt Eure Kunst an mir aus. Unter dem Mond ist alles gemischt.»

«Schließlich hütet Euch davor, dort Wasser zu lassen, wo es zieht.»

«Das wäre mir nie eingefallen.»

Kurz nach diesem Gedankenaustausch ritt Thomas Gunter zum Kloster hinaus. In Wahrheit war er froh, dass er fort kam, denn die Gegenwart menstruierender Frauen würde seine Heilkunst negativ beeinflussen. Obwohl er die junge Nonne nicht gesehen hatte, über die so viele skandalöse Geschichten im Umlauf waren, fürchtete er, durch ihr Blut befleckt zu werden. Eigentlich hatte er die Priorin über sie ausfragen wollen, doch deren Melancholie und offensichtliche Erschöpfung hatten ihm klar gemacht, dass er ein so eindeutig unglückseliges Thema wohl besser nicht zur Sprache brächte. Er lenkte sein Pferd Richtung Smithfield und befand sich binnen weniger Minuten in seinem Stadtviertel. An der Stefansbrücke überquerte er den Walbrook und bog ab Richtung Bucklersbury. Er lebte unter Drogisten und Kräuterkundigen. In dem Laden direkt neben seinem eigenen entdeckte er in der Auslage einige getrocknete Pflanzen, die man als «Halleluja»-

Blumen kannte. Der Name rührte von ihrer Blütezeit zwischen Ostern und Pfingsten her, wo der hundertsiebzehnte Psalm gesungen wurde. Thomas Gunter interessierte sich allerdings mehr für ihre heilenden Eigenschaften. Man kannte sie als sicheres Gegenmittel bei Krämpfen und Schlaganfall. Der Arzt setzte sie häufig ein. Der Drogist stand unter der Türe und sah ihm beim Absitzen zu. «Gott befohlen, Thomas, möge Euch sein Kreuz trösten.»

«Ihr seid heute Morgen aber fromm.»

«Ich habe mein Aufgebot abgegeben. Halleluja!» Der Drogist Robert Skeat war wegen seiner leicht ironischen Haltung gegenüber kirchlichen Riten weithin bekannt. «Ich baue auf meine Erlösung.»

«Hoffentlich, so Gott will. Was habt Ihr momentan für mich?»

«Lorbeer-Seidelbast kann ich Euch bieten, gegen die Ruhr. Und Gundermann, um Blutungen zu stillen.» Dabei lächelte Skeat, als traute er seinen eigenen Worten nicht. «Hier ist Kornrade, Thomas …»

«Agrostemma.»

«Wenn Ihr das sagt, Medikus. Für alle, die nicht scheißen können, glaube ich. Und hier stinkende Kamille.»

«Die wie Scheiße riecht. Erst gestern Abend habe ich der guten Frau Kello etwas davon gegeben.»

«Bei der kommt doch sowieso alles nur aus einem Loch. Himmel, hat die ein Schandmaul.»

«Dagegen gibt's leider kein Heilmittel.» Thomas Gunter wollte gerade sein Haus betreten – seine Wohnräume samt Dachgeschoss lagen über dem Laden –, da trat ein großer Mann in einem grauen Umhang auf ihn zu. «Lambert, bist du's? Warum mummelst du dich kurz vor Sommeranfang so ein? Übermäßige Hitze führt zu Hämorrhoiden.»

«In den Gruben ist es nicht so warm, Herr.» Lambert war einer der Kerkermeister im Schuldturm an der Poultry Street. Er trug einen breitkrempigen Hut, den er beim Eintritt in Gunters Laden abnahm. «Ihr wisst, warum ich gekommen bin.»

«Ist sie frisch?»

«Gestern Nacht gestorben. Ein Murmler. Den hat's bei der Rauferei in Clerkenwell erwischt. Hat blonde Haare.»

«Je heißer ein Mensch ist, desto mehr Haare hat er.»

«Dafür will ich fünf Schilling haben.»

«So viel? Für eine Leiche, die keiner begraben will?»

«Fünf Schilling. Blond.»

Gunter und einige andere wussten sehr gut, dass ein Leichnam mit blonden Haaren eine hochwirksame Medizin ergab. Allerdings musste es sich um einen Ermordeten handeln und nicht um jemanden, der an einer Krankheit gestorben war. Anschließend wurde das Fleisch zerstückelt und in ein Pulver aus Myrrhe und Aloe eingelegt; danach tränkte man es vierundzwanzig Stunden mit Weingeist und Terpentin und hängte es schließlich zum Trocknen an einen schattigen Platz, wo es nicht stank. Dieses Fleisch diente Thomas bei Operationen als exzellentes Hilfsmittel. Es stillte den Blutfluss und unterstützte die Wundheilung. Außerdem linderte es Schlangenbisse und half gegen Tollwut. «Wann kannst du sie mir bringen?»

«Nach Feierabend.»

Die Leiche stammte tatsächlich von einem Lollharden, den man am Ende des Aufruhrs während der Mysterienspiele in Clerkenwell gefangen genommen hatte. Er war im Gefängnis in der Poultry Street an einer Wunde gestorben, die ihm der Pfarrschreiber von St. Benet Fink mit Hilfe eines eisenbeschlagenen Holzstocks beigebracht hatte. Da kein Priester bereit war, ihm die Beichte abzunehmen, war er nicht im Stand der Gnade gestorben. Niemanden scherte es, was mit der Leiche eines Ketzers geschah. Lambert musste lediglich sagen, er habe sie aus Angst vor Ansteckung draußen vor der Stadtmauer in die Kalkgrube geworfen.

Am selben Abend konnte man zwei Männer ohne große Mühe einen Sack über den Walbrook tragen sehen. Lambert schlug den von Gunter angebotenen Becher Wein aus und musterte wütend seinen Gefährten Nikolaus, der aus Prinzip jedes alkoholische Getränk annahm. Steif standen sie zwischen Flaschen und Phiolen, Schatullen und Destillierkolben, Pergamenten und kleinen Tierschädeln im Laden des Medikus. Ihre Last hatten sie in der Ecke auf eine Bank geworfen. Sie hatten sich nur wenig zu sagen.

«Dieses Furunkel ist reif zum Aufschneiden.» Gunter musterte den Nacken von Nikolaus.

«Jetzt, Meister Gunter?» Plötzlich wirkte Nikolaus ängstlich.

«Nein, nicht jetzt. Das ist kein Monat für den Nacken. Taurus ist das Zeichen für Nacken und Kehle. Nikolaus, ein Wundarzt soll keine menschlichen Gliedmaßen schneiden, bis der Mond im richtigen Sternzeichen steht. Nimm mal deinen Kopf.» Nikolaus wusste nicht, wie er dieser Bitte nachkommen sollte. «Aries, ein Feuerzeichen und mäßig trocken, regiert den Kopf mit all seinem Inhalt.»

«Wenn's einen gibt.» Lambert wollte unbedingt wieder weg.

«Wenn der Mond also im Aries steht, bin ich bereit, dich am Kopf und im Gesicht zu operieren oder eine deiner Kopfadern zu öffnen. Siehst du, ein Wundarzt muss gleichzeitig auch Astronom sein. Gleiches gilt, wenn du an deinen Sack denkst. Deine Hoden.» Jetzt starrte ihn Nikolaus tiefernst an. «Sie liegen im Scorpio.»

«Ihr irrt Euch, Meister Medikus. Die liegen immer in seiner Frau. Wir müssen jetzt gehen, Nikolaus.» Mit einem schiefen Blick auf die Leiche räusperte sich Lambert. «Aber nicht ohne unser Silber.»

Gunter stieg über die Treppe in seine Wohnstube hinauf und kam mit fünf Schilling wieder, die er in einen Stofffetzen gewickelt hatte. «Dürfte ich Euch bitten, ihn nach unten zu tragen?» Anschließend wies er die beiden Kerkermeister die Steintreppe zu einem unterirdischen Gewölbe hinunter, wo Messer, Sägen und verschiedene kleine Instrumente hingen. Sie setzten den Sack auf einen Marmorblock, der auf zwei dicken Kalksteinsäulen aufgebockt war.

Nachdem die Männer fort waren, schnitt Gunter den Sack mit einer Schere auf und inspizierte den Körper. Da er noch immer nach Gefängnis roch, wusch er ihn mit einem in Terpentin getränkten Leinentuch ab. Es handelte sich um einen schmalen, dünnen Körper, der vom Beten und Singen ganz ausgemergelt war, wie Gunter laut bemerkte. Bevor er mit seiner geheimen Prozedur beginnen konnte, wollte er unbedingt noch zwei andere Rituale durchführen. Er nahm eine blakende Kerze aus ihrer Wandhalterung und untersuchte sehr sorgfältig die Augen der Leiche. Kein Abbild des Mörders war zu sehen. Trotzdem hatte genau in diesem Augenblick der Pfarrschreiber von St. Benet Fink das merkwürdige Gefühl, er würde beobachtet. Danach schmierte der Medikus Öl auf den Daumennagel der Leiche und untersuchte ihn gründlich nach Bildern, die dem Tod unmittelbar vorausgegangen waren. Erneut war nichts zu sehen.

Seufzend holte er eines seiner Messer herunter, ein frisch geschärftes Instrument, das unter Wundärzten als «Vorwärts Marsch» bekannt war, und machte einen Schnitt am Brustbein entlang. Danach teilte er die Rippen. Eine von Gunters Leidenschaften bestand darin, den Leitbahnen der Lebensgeister nachzuspüren. Der «spiritus naturalis» saß in der Leber, der «spiritus vitalis» im Herz, der «spiritus animalis» im Gehirn – das wusste er, und doch wollte er unbedingt einen physischen Beweis ihrer Wirksamkeit besitzen. Zuerst konzentrierte er sich auf die Leber. Die Leber von Walen und Delfinen riecht nach Veilchen, kleiner Lollharde. Wonach wird deine riechen?

Am nächsten Sonntag ritt Gunter bei Sonnenaufgang aufs Land hinaus. Nach sechs Tagen Arbeit und Studium hatte er den Wunsch nach Erfrischung und Erholung. Auf seinem Weg zum Aldgate kam er an der Kreuzung Gracechurch und Fenchurch Street vorbei, wo einst der Dichter Geoffrey Chaucer gelebt hatte. Dann ging es im Galopp zum offenen Tor hinaus zu den östlich gelegenen Feldern hinter dem Minoritenkloster. Der Ritt dorthin war allerdings nicht ganz ungefährlich. Die Straße jenseits vom Aldgate war mit tiefen Abdrücken von Pferdehufen und den Spuren von Karren und Wagen übersät, die sich dort in einer endlosen Prozession bewegten. Zu beiden Seiten der Straße standen Holzhäuser, die Reisenden billige Unterkünfte boten, sowie baufällige Wirtshäuser und schmutzige Garküchen. Unzählige Aushängeschilder mit Händen, Tellern und Flaschen sollten das Riesenheer der Reisenden anlocken. Obendrein missbrauchte man die direkt an die Stadt angrenzenden Felder als Abfallhalden jeglicher Art, zwischen denen Stein- und Aschehaufen, tiefe Gruben und sumpfige Stellen lagen. Und doch befand sich dahinter freies Feld. Gunter ritt ein paar Achtelmeilen, bis nur noch die Holzschuppen zu sehen waren, Unterstände für die Wächter, die nachts die Ernte vor Dieben und Plünderern schützten. Hier war die Luft klarer. Obwohl in den Beschreibungen von Visionen der göttlichen Liebe, die er gelesen hatte, immer von der Schönheit der Himmelsgärten die Rede war, erfreute ihn nichts mehr als der Anblick einer offenen Landschaft. Still war es jetzt. Nur sein Pferd war zu hören, das auf der Straße vor sich hin trabte.

Da hörte er jemanden stöhnen. An einem Pfosten neben der Straße war ein Pony angebunden. Gunter zügelte sein Pferd. Hinter einer Baumreihe lag ein Feld. Darauf konnte er eine Gestalt ausmachen, die sich über einen Grasfleck bewegte. Gunter stieg ab, ging zum Feldrain hinüber und stellte sich so hinter einen Baum, dass man ihn nicht sehen konnte. Ein junger Mann lief auf dem Feld auf und ab, der die Hände vors Gesicht geschlagen hatte. Als er sie sinken ließ, konnte Gunter sehen, dass er weinte.

Der Arzt hatte mit seiner Kunst Erfolg, weil er von Natur aus sensibel und einfühlsam war. Bereits aus einer Geste oder einer Miene konnte er Rückschlüsse auf die Art der Krankheit ziehen, zu deren Behandlung man ihn geholt hatte. Hier am Feldrain überfiel ihn nun eine Trauer, deren Tiefe jedes andere Empfinden und Wahrnehmungsvermögen auszulöschen schien. Wie muss es sein, wenn man ohne Freunde allein auf dieser Welt lebt? Wenn der eigene Kummer keinen anderen betrübt? Er beobachtete den Jungen noch ein, zwei Augenblicke, aber sein Leid konnte er ihm nicht abnehmen. Der Wunsch weiterzureiten war dahin – mehr gab es nicht zu sehen. Stattdessen bestieg er sein Pferd und drehte um, Richtung Stadt. Als er zur Stadtmauer kam, fing er zu singen an: «Bring, bring mich hin, bring mich hin zum frohen Gaukler.»

Der junge Mann, den Thomas Gunter gesehen und bemitleidet hatte, war Hamo Fulberd. Er hatte sich dieses Feld als passenden Ort ausgesucht. Man kannte es als Haukyn's Field. An der Südseite lief ein Bach entlang, während nördlich davon ein kleines Wäldchen stand. Als Hamo später nach einer Beschreibung gefragt wurde, sagte er: «Es war nur ein nacktes, kahles Feld.» Schon vor den Ereignissen vom Frühjahr war er hierher gekommen, doch jetzt hatte er erstmals Exmewes Befehl missachtet und den Bereich von St. Bartholomäus verlassen. Das Feld hatte ihn gerufen, als wollte es seine Qual teilen. In der Nacht hatte er das Pony genommen und war hierher geritten. Sein Kommen hatte einen Grund: Er konnte den Anblick seiner vertrauten Welt nicht länger ertragen. Sie schien ihn immer stärker einzukreisen beziehungsweise, was noch schlimmer war, in seine Seele einzudringen. Was wäre, wenn diese Welt das Einzige war, was es gibt und gab und je geben wird? Wenn vom Anfang bis zum Ende der vom Menschen so genannten Zeit dieselben Leute fortwährend miteinander verschmolzen?

Seit ihm Exmewe erzählt hatte, dass er den Zahnreißer umgebracht hatte, hatte er sich verloren gegeben. Er hatte über den

Mann nichts weiter gehört und nahm an, man habe die Verfolgung des Mörders restlos eingestellt. Und doch fürchtete er sich aus irgendeinem Grund gerade deshalb vor einer Bestrafung. Er schaute in den Nachthimmel, auf jenen Sternenkreis, der Galaxia oder Milchstraße heißt, und konnte dort keinen Trost finden. Ob es für alles Vergebung gebe, hatte er Pater Matthäus gefragt, den Leiter des Skriptoriums. «Niemand weiß, ob er der Liebe Gottes wert ist», hatte der Mönch erwidert. Auch das tröstete ihn nicht mehr als Exmewes Annahme, er sei einer der Vorherbestimmten und damit gesegnet. Nichts war richtig oder falsch. Wir tappen alle im Dunkeln.

Vor sich sah er nichts als Nacht, so als wäre er in einem kalten Steingewölbe gefangen. Er hatte sich ein Bild von Gott gemacht, wie er lachend Schicksal und Scheitern zumaß. Oder sollte ein übermäßiger Kummer stets nur darauf warten, einen Armen im Geiste zu befallen, wie er einer war? Würde es immer solch leidgeprüfte Menschen geben wie ihn? Oder schlug dieser Kummer geballt an einer Stelle zu? Fühlte er sich deshalb von Haukyn's Field magisch angezogen? Arbeiteten alle Kräfte der Welt, die nach Aussage weiser Leute rund war, Hand in Hand? All diese Fragen gingen ihm an diesem frei gewählten Ort durch den Kopf, auf diesem kleinen Feld. Er schaute zu Boden, weil er sich durch nichts von seinen Gedanken ablenken lassen wollte, die immer mehr wurden. Sein Kopf hing herab, als wären diese Gedanken bereits zu schwer geworden. Manchmal murmelte er vor sich hin. Er hielt seine Worte nicht für würdig, laut ausgesprochen zu werden.[14]

Er war über sich selbst verwirrt. Ob sich sein Leben zum Schlechten oder zum Guten wandte, war ihm nicht sonderlich wichtig, aber das hier war schlimmer als alles andere. Er konnte einfach nicht fassen, was mit ihm geschah. Er blieb auf Haukyn's Field, bis der Mond über ihm aufging, und ritt dann langsam nach St. Bartholomäus zurück. Dort erwartete ihn bei seiner Ankunft

Wilhelm Exmewe. «Du hast mir nicht gehorcht», sagte er. «Hast dich draußen herumgetrieben.» Er schlug ihm ins Gesicht.

Anstatt zusammenzuzucken, strich Hamo die Haare zurück und richtete sich noch mehr auf. «Ich muss irgendwohin gehen. Ich bin hier wie ein Vogel eingesperrt.»

«Hamo, ich beschütze dich doch, wie eine Amme ihre unschuldigen Kindlein beschützt. Schon bald werde ich eine Aufgabe für dich haben. Also sei standhaft.» Weiter sagte Exmewe nichts und verließ die Scheuer.

XI
Der Mönch

«Nun, es gibt nichts Neues unter der Sonne.»
«Wohl wahr. Die ganze Welt dreht sich auf einem Rad. Uralte Dinge kehren wieder.» Dieses Gespräch fand in der Bibliothek der Abtei Bermondsey statt, zwischen alten Pergamentrollen und angeketteten Folianten, auf denen sich der Staub der Jahrhunderte angesammelt zu haben schien. Miles Vavasour, Königlicher Rechtsvertreter, und der Mönch Jolland saßen an einem langen Tisch. Vor ihnen lag eine Kopie der *Expositio Apocalypseos* von Primasius. Sie debattierten gerade über einen Satz von Primasius, in dem sich dieser über die Habgier und Hartherzigkeit einiger Bischöfe des zweiten Jahrhunderts beklagte. Ein zufälliger Beobachter hätte sich vielleicht gewundert, warum ein hochrangiger Anwalt im vertrauten Gespräch mit einem normalen Mönch seine weiße Seidenkapuze abgelegt hatte. Aber Miles Vavasour kannte bereits den guten Ruf des Cluniazensers. Jolland war ein Gelehrter, der viele Jahre an einem Kommentar zu Bedas *Historia Ecclesiastica Brittaniarum et maximae gentis Anglorum* gearbeitet hatte und als größter Kenner der Frühgeschichte Englands und seiner Kirche galt. Vavasour war allerdings hier, um den Glauben des Mönchs zu prüfen. Er respektierte ihn wegen seiner Gelehrsamkeit und wollte sehen, wie weit Jolland Kenntnisse über jene Dinge besaß, die mit seinem Gott zu tun hatten. Wie anderen Mitgliedern von Dominus fehlte auch Vavasour jeglicher Glaube an Dinge, die das gewöhnliche Volk verehrte. Und doch war der Rechtsvertreter ein intelligenter Mann, den die Neugierde antrieb. Außerdem hatte er als Anwalt unendlich Lust auf Debatten und Dialektik. Als impulsiver und streitlustiger Mensch liebte er förmlich Widerworte.

Er hatte eine große Nase und einen breiten Mund, als versuchten seine Gesichtszüge seinen wahren Charakter zu verbergen. Nach Bermondsey war er gekommen, um Näheres über eine Reihe von Wundern im Zusammenhang mit der Geschichte der Abtei Glastonbury herauszufinden, aber das Gespräch hatte eine andere Richtung genommen. Wie hatte der Mönch gesagt? Die Ereignisse der Welt müssen sich fortwährend Bahn brechen.

Jolland war kürzlich ein Aufsehen erregender Vorfall im benachbarten Southwark zu Ohren gekommen. Man hatte die einen Monat alte Joan de Irlande schlafend in ihrer Wiege auf dem Boden eines Ladens zurückgelassen, den ihre Eltern zum Verkauf von handgenähten Schuhen gemietet hatten. In der Stunde vor der Vesper hatte besagtes Ehepaar beschlossen, einen Spaziergang auf der Hauptstraße zu machen, die zur Brücke führte. Leider hatte sie den Fehler begangen, die Tür zu ihrem Laden leicht offen stehen zu lassen. Ein Schwein war von der Straße hereingelaufen und hatte dem Baby, nach Jollands Worten, «auf der rechten Kopfseite tödliche Bisswunden zugefügt», obwohl man es fest eingewickelt hatte. Bei ihrer Rückkehr hatte die entsetzte Mutter ihr Kind in die Arme gerissen. Leider hatte sie es nur bis Mitternacht am Leben halten können. Mehr wusste der Mönch nicht. Trotzdem hatte dieser Unglücksfall erneut seine Faszination für die Allgegenwart des Schicksals im menschlichen Lebenslauf geweckt. War es dem Schwein vorherbestimmt gewesen, das Kind zu fressen? Unterlagen auch die Körper von Tieren den Prägungen der Sterne? «Man könnte behaupten, dass Venus vielleicht trotz Konstellation mit Jupiter nicht in der Lage war, den Groll von Mars auf das Schwein zu unterdrücken. Als die Gestirne in Bewegung kamen, geriet das Kind unter den negativen Einfluss von Saturn, der seinen Untergang bestimmte. Jedenfalls wird so ähnlich argumentiert.»

«Für das Kind ist das alles eins.» Anscheinend störte es den Rechtsvertreter, dass sich ein derart gebildeter Mann zu solchen

Dingen äußerte. «Ihr ähnelt diesen Hexenmeistern, die in einer Wasserschale, in einem glänzenden Schwert oder im Schulterknochen eines Esels die zukünftige Welt erblicken.»

«Mir ist es nicht so ernst, wie es vielleicht aussieht, werter Herr Rechtsvertreter. Ich habe den Fall lediglich vorgetragen. Allerdings gibt es Leute, die glauben, alles sei im Voraus abgesprochen und vorherbestimmt, sogar die Anzahl der seligen Geister.»

Plötzlich faltete Vavasour die Hände wie zum Gebet und ahmte damit die fromme Haltung jener Vorherbestimmten nach, die Exmewe leitete. «Ich stehe über dieser Welt, nicht in ihr.»

«Woher kennt Ihr diesen Spruch?»

Um seine Verwirrung zu verbergen, lachte der Rechtsvertreter. «Ach, das bedeutet nichts. Das habe ich irgendwo vor Gericht gehört. Doch sagt an, Jolland, wie finden wir den Unterschied zwischen Vorsehung und Schicksal heraus?»

«Die Vorsehung ist das Leitmotiv jeglicher veränderlichen Natur, wie sie im Geist Gottes existiert. Das Schicksal ist jener Plan, der im Laufe der Zeit an wandelbaren Dingen zutage tritt. Angenommen, wir befänden uns auf einer Pilgerfahrt nach Canterbury. Unser Ziel – Canterbury – würde ich kennen, allerdings nicht auch noch notwendigerweise die unzähligen schicksalhaften Vorkommnisse auf dem Weg dorthin.»

«Doch das ist nicht die Art und Weise Gottes, oder? Kennt Gott nicht den Weg durch und durch? Steht nicht geschrieben, dass Gott die Ursache ist, wenn ein Mensch sündigt und zum Sünder wird? Denn der Mensch, der sündigt, passt lediglich seinen Willen dem Willen Gottes an. Sollte jener Mensch wegen seiner Sünde Hass empfinden, müsste er sich nur vor Augen führen, dass Gott die logische Ursache dafür ist. Ist es nicht so?»

«Zugegeben, einige sind zu diesem Schluss gekommen, und doch handelt es sich dabei um eine falsche Begründung. Wenn alles vorherbestimmt wäre, welchen Zweck hätte es dann, einem von zwei Wegen den Vorzug zu geben?»

«Ihr wisst, dass Heinrich Bolingbroke mit sechzig Gefolgsleuten in England gelandet ist?»

«Was habe ich damit zu schaffen?»

«Er beabsichtigt, Richard zu töten und die Krone an sich zu reißen. Wäre das eine Notwendigkeit? Hat Gott das vorherbestimmt?»

«Ja und nein.»

«Und während wir auf sein Urteil warten, watet die Nation im Blut. Ist es das? Ich stelle nur eine Frage.»

Der Mönch erkannte die Ungeduld des Rechtsvertreters und wertete sie als Zeichen eines schweren Herzens. Ihm wurde klar, dass auch dessen Unruhe ein Zeichen von schlechtem Gewissen war, welches er nur allzu gern verstärkte. Und sei es, um Vavasours Stolz zu dämpfen. «Ich habe hier ein hochgelehrtes Werk unseres Kirchenvaters Hieronymus zur Hand, *De situ et nominibus,* das diese Sache genau auslegt. Lasst es mich aufschließen.» Er öffnete die Kette eines Buches, das über seinem Kopf auf einem Regal lag, und sperrte dann mit einem zweiten Schlüssel die Buchschnalle auf. Das war wirklich ein kostbarer Band. Die Anfangsbuchstaben waren als große bunte Bilder gestaltet, in denen sich Vögel und Äffchen tummelten. Jolland befühlte mit dem Zeigefinger das Pergament. «Für jeden Bogen benötigt man eine Schafshaut. Also liegen hier vor uns viele Herden.» Ganz vorsichtig blätterte er um, um nur ja kein Blatt zu knicken oder einzureißen. «Irgendwo beweist Hieronymus, dass sich alles auf Notwendigkeit gründet und unser Schicksal noch vor unserem Hemd zugeschnitten wird. Lasst Euch das mal von mir vorlesen. Aha, hier haben wir es.» Noch während des Vorlesens übersetzte er die Sätze aus dem Lateinischen. «Denn einige Menschen behaupten, wenn Gott alles bereits vorhergesehen hat – und Gott lässt sich keinesfalls täuschen –, dann muss es auch so eintreten, sogar wenn Menschen geschworen hätten, dass es anders kommt. Kein Gedanke, keine Tat kann je gegen den Beschluss der Vorsehung sein. Andernfalls würden wir behaupten, Gott sei nicht allwissend. Eine solche Unterstellung jedoch wäre falsch und schändlich und eine Todsünde. Dann folgt noch mehr in diese Richtung.»

Vavasour rutschte unbehaglich auf seinem Sitz herum. «Im Kirchenschiff von St. Paul liegt über einer Gruft eine Steinplatte, auf der eine Inschrift eingehauen ist. ‹Jetzt weiß ich mehr als der Weiseste unter Euch.› Ist das nicht gerecht?»

«Ganz gewiss.» Der Mönch war immer noch in das Buch vertieft. «Hier ist das Argument des gelehrten Kirchenvaters. Es ist nicht zwingend notwendig, dass Dinge geschehen, weil sie vorherbestimmt wurden, sondern vielmehr, dass Dinge, die geschehen, tatsächlich vorherbestimmt wurden. Eine derart subtile Auslegung ist eines großen Scholaren würdig, nicht wahr?» Der Rechtsvertreter, der die juristischen Wortdrechseleien in Westminster Hall gewohnt war, zollte dieser Bemerkung fachmännischen Beifall. Wenn die Welt aus Wörtern bestünde, wäre jeder noch kunstvollere Ausdruck zu begrüßen. «Hieronymus bietet noch eine Erläuterung. Angenommen, ein Mann würde sich an dieses Schreibpult setzen. Würdet Ihr dann die Ansicht vertreten, dass er sich tatsächlich hingesetzt hat?»

«Gewiss.»

«Hier kommen zwei Arten oder Formen von Notwendigkeit ins Spiel. Erstens, für ihn die Notwendigkeit des Sitzens. Zweitens, für Euch die Notwendigkeit uneingeschränkter Wahrnehmung.»

«Nein, nein, Jolland. Ignotum per ignotius. Ihr könnt nicht Unbekanntes durch etwas noch Unbekannteres erklären. Was hat es mit dieser Notwendigkeit des Sitzens auf sich? Und wie sollen wir über ein Schreibpult Einblick in göttliche Angelegenheiten nehmen? Euer Gott lässt sich nicht durchschauen.»

«Mein Gott?»

«Der Gott, der unser aller Schicksal formt. Er ist unsichtbar.»

«Die Nonne erzählt eine andere Geschichte. Sie spricht mit Ihm.»

«Ach, die Nonne. Diese Hexe. Sie ist die Hure des Volkes.» Erneut fiel dem Mönch das Ausmaß von Vavasours verdrehter Leidenschaft auf. Der Zorn tobte förmlich in ihm. «Sie schmückt sich mit ihrem falschen Glauben und täuscht damit jene Narren, die sie über den Abgrund führt.»

«Und doch erklärt uns der gute Doktor Thomas, dass die Seele über eine eigene Fähigkeit verfügt, das Wahre zu begreifen. Dass sie durch Willenskraft und Einsicht Gott erreichen kann. Könnte das nicht bei ihr der Fall sein?»

«Jolland, der gute Doktor irrt sich. Gott steht jenseits unseres Willens, ja sogar jenseits der Vernunft. Vernunft erstreckt sich auf Angelegenheiten, die von dieser Welt sind, nicht auf das Göttliche. Lasst mich ein Beispiel nennen. Selbstmord ist richtig, wenn er von Gott befohlen wird.»

«O nein. Durch Gott selbst auf immer und ewig verdammt zu sein?»

«Wer sollte das verhindern? Könnt Ihr verhindern, dass ein Schwein ein Kind frisst?» Rasch erhob sich Vavasour vom Tisch und trat an ein Spitzbogenfenster, von dem man einen Blick über die Mühle und das Backhaus der Abtei hatte. «Warum quält Ihr Euch mit langem Herumsitzen ab, werter Mönch? Eine Maus, die sich im Loch versteckt, ist wirklich arm dran.»

Der Mönch reagierte nicht gekränkt; er war in Demut geübt. «Ich finde Frieden zwischen meinen Pergamenten, edler Herr Miles. Ihr lebt in der Welt der Menschen und Geschäfte und könnt Euch nicht in Eurer Zelle fantastische Bilder von einem anderen Leben machen. Dagegen liegt in meiner Brust ein Buch vergraben, das mir von Engeln und Patriarchen erzählt, die über das Antlitz der Erde wandern. Nun, Ihr und ich …»

Drunten aus dem Hof drangen die Geräusche einer lautstarken Auseinandersetzung herauf. Jolland gesellte sich am Fenster zu Vavasour. Irgendwie waren vier, fünf Bettler durchs Tor geschlüpft und drängten sich jetzt unter lautem Geschrei nach Brot ums Backhaus. «Sie sind so arm», sagte Jolland, «dass sie alles in den Mund stecken. Normalerweise besteht ihre Fleischspeise aus Heuschrecken.»

Die Mönche im Backhaus warfen ihnen Graubrot und Haferbrot zu und flehten sie gleichzeitig an, in Frieden ihrer Wege zu ziehen. «Sie hatten schon genug Fegefeuer auf Erden. Sie werden in den Himmel eingehen.»

«Sie sind so arm, Mönch, dass es sie kaum schert, was sie in Zukunft erwartet. Sei's der Himmel oder die Hölle. Wer sein Haupt in einem stinkenden Stall an der Landstraße zur Ruhe bettet, dem ist alles egal.»

«‹Fort, Pilger, fort! Fort, Untier, aus deinem Stall!›» Aus der Miene des Rechtsvertreters wurde klar, dass er das Zitat des Mönchs nicht erkannte. «Ich sitze einsam und allein bei meinen Gedanken, edler Herr Miles. Ihr habt von einer Maus im Loch gesprochen. Ich gleiche eher einem Jagdhund. Wenn ein Jagdhund an einem Knochen herumnagt, hat er keine Gesellschaft. Diese alten Bücher sind meine Knochen.» Mittlerweile war es still draußen im Hof. Nur das Klappern der Wassermühle im Bachlauf war zu hören, der Richtung Themse floss. «Wir sprachen gerade über die Ewigkeit. Wurde Euch je die Geschichte der Tänzer von St. Laurentius Pountney erzählt?»

«Ganz entfernt erinnere ich mich …»

«Inzwischen ist der Kirchhof ringsum zugebaut. Wo in diesem Teil von Candlewick Häuser stehen, war einmal ein ziemlich großer, freier Platz. Es geschah in der Johannisnacht vor gut zweihundert Jahren, da begannen einige junge Leute aus der Pfarrei im dortigen Kirchhof ausgelassen zu feiern. Wie auch heute noch war damals Tanzen und Herumhüpfen auf kirchlichem Boden verboten. Trotzdem vergnügten sie sich mit Huckepack-Spielchen, Tauziehen und anderen solchen Possen. Der Pfarrer fuhr dazwischen und befahl ihnen, diesem gottlosen Treiben ein Ende zu machen. «Gebt Frieden!», rief er ihnen zu. «Gebt Frieden!» Obwohl sie außer Rand und Band waren, war er entschlossen, sie abzukühlen, und erinnerte sie daran, dass sie sich mit Pauken und Trompeten auf einen Kirchhof verlaufen hätten. «Hütet eure Zungen», sagte er, «und lasst unsere Nachbarn unter der Erde in Frieden ruhen.» Doch diese Possenreißer stach der Hafer. Sie packten sich an den Händen, tanzten um ihn herum und spotteten seiner wie einst die Juden Christi. Der arme Priester griff nach einem Kruzifix an seiner Brust, hielt es ihnen vor die Augen und schleuderte einen feierlichen Bann auf sie. Den ganzen Sommer sollten sie tanzen und auch den Winter und einander bis zum bitteren Ende nicht loslassen können.»

«Ein merkwürdiger Fluch.»

«Und doch war er *efficiens*. Die jungen Leute konnten mit dem Tanzen nicht mehr aufhören. Weder essen noch trinken konnten sie, nur noch springen und hüpfen. Sie schrien nach Ruhe, doch ihre Beine und Füße bewegten sich mit immer schnelleren und schnelleren Schritten. So verbrachten sie ihre Tage und Nächte. Wie der Wind jaulten sie und wussten sich doch nicht zu helfen. Der Vater einer Tänzerin wollte diese unbedingt aus dem Kreis zerren. Es riss ihm den Arm ab. Das Jahr verging, aber nicht der Fluch des Priesters. Noch immer waren sie in ständiger Bewegung. Nach und nach versanken die Tänzer bis zur Taille in der Erde. Der Lehmboden hielt sie umklammert. Bald legte sich die Kirchhoferde über ihre Köpfe. Und doch konnten die Leute sie noch immer tanzen hören. Einige behaupten, die Toten hätten sich ihrem rauschhaften Treiben angeschlossen.»

«Wirklich furchtbar.»

«Andere sagen, sie würden immer noch tanzen.» Der Mönch hielt inne, um in *De situ et nominibus* eine Seite umzublättern, und vertiefte sich in die Illustration einer antiken ummauerten Stadt. Ganz besonders stach ihm eine Prozession ihrer Bürger ins Auge, die aus einem der Stadttore strömte. Sie hielten Zithern und Zimbeln in den Händen, als wären sie auf dem Weg zu einem Heiligenschrein. «Genau das höre ich, edler Herr Miles, egal, wohin ich gehe. Dieses Tanzen unter der Erde.»

«Gilt das als wahre Geschichte oder eben doch nur gemeinhin als Fabel?»

«Wer vermag das zu sagen?» Wieder blätterte der Mönch um und erblickte die Skizze einer Tierfabel. Reineke Fuchs war von Lampe, dem Hasen, gefesselt worden und wurde nun vom Hahn Henning und der Henne Kratzefuß vor den Richter gezerrt, vor Isegrim, den Wolf. Der Wolf hielt einen kugelförmigen Gegenstand hoch, der an ein Astrolabium erinnerte, in dem sich eine endlose Spirale zu drehen schien. ‹Wenn die Vergangenheit eine Erinnerung ist, ist sie Teil eines Traums. Wenn sie ein Traum ist, ist sie eine Illusion.›

Kurz danach verließ Sir Miles Vavasour die Abtei Bermondsey und lenkte sein Pferd nach Nordwesten auf die Londoner Brücke zu. Während seines Ritts über die Brücke wurde er von der dichten Menschenmenge herumgestoßen, deren Geruch über dem Fluss zu wabern schien. Nur mit Mühe konnte sich sein Pferd zwischen den Karren und Wagen bewegen, aber als es die Straße auf der anderen Seite erreichte, ging es durch. Ganz instinktiv galoppierte Vavasour am Flussufer nach Old Swan Stairs und anschließend in nördliche Richtung die Old Swan Lane hinauf zur Kirche St. Laurentius Pountney.

Die Legende von den verfluchten Tänzern war ihm fast entfallen gewesen. Für ihn gehörte sie zu jenen vagen, weit entfernten Dingen, die er mit seiner Kindheit in Verbindung brachte, wie jene Geschichten, die mit dem Satz begannen: «In alten Zeiten lebte einst ein Mann …» An der Ecke Candlewick Street, die Jolland als Teil des alten Kirchhofs beschrieben hatte, kam er heraus. An dessen Stelle stand nun eine Reihe Häuser, ein Stall, der einem Pferdeverleiher gehörte, der Laden eines Sattlers und eine Taverne namens «Zum trabenden Hund». Musik lag in der Luft.

Er hörte jemanden singen: «Die Welt ist nur ein Kreisel.» Der Lärm drang aus der Taverne. Vavasour ritt näher heran und beugte sich für einen Blick durch ein kleines Kreuzfenster über sein Pferd. Da sah er eine Gruppe Zecher, die sich an den Händen hielt und im Kreis herumtanzte.

XII
Der Stiftsverwalter

«Jugend wird es geben ohne Alter, Schönheit ohne den geringsten Makel.» Es war Lammasabend, der letzte Julitag. «Gesundheit ohne Krankheit, Ruhe ohne Müdigkeit, Fülle ohne Mangel und ewige Anbetung ohne Sünde.» Wilhelm Exmewe hielt den Vorherbestimmten eine jener Predigten, wie er sie sich mit List für diese Menschen ausdachte.

Er lobte Garret Barton, weil er die Achtzehn Thesen an der *Si-quis?*-Türe angeschlagen hatte. Dass er den Schreiber getötet hatte, sei ein unerwarteter Gewinn. Angesichts seines Todes würde man die Worte nur umso eifriger lesen. «Die Schleusen sind offen», erklärte er ihnen, «und alles schreitet voran. Wenn das Muster der fünf Wunden vollendet ist, werden wir den Tag der Rechenschaft und des Elends sehen, den Tag der Dunkelheit und des Nebels, der Wolkentürme und des Wirbelsturms, den Tag der Trompeten und des Geschreis. In Seiner ganzen Majestät wird Er kommen, in strahlendem Licht, ein reicher Trost Seinen Freunden und Jüngern. Doch wohin werden wir als Nächstes unseren Blick lenken? Das Los muss auf die Grabeskirche fallen.»

Grabeskirche hieß im Volksmund die Kirche vom Heiligen Grab vor den Toren von Newgate. Sie war die größte Pfarrkirche Londons und stand dicht neben dem Gefängnis von Newgate. Newgate selbst war ein so grauenvoller Ort, dass angeblich sogar die Ratten dort nicht blieben. Es hatte eine merkwürdige Macht über das umliegende Stadtviertel erworben, und sein Gestank hing als ständige Erinnerung an das Kerkerfieber in Gassen und Hauseingängen. Newgate verursachte körperliche Schmerzen. Manchmal konnte man die Schreie der Gefangenen hören. Das ganze

Stadtviertel war als «Das Schwurgericht» bekannt. Kein Wunder, dass die Kirche neben Newgate den Namen des Grabes Christi trug. Nur dass aus diesem Grab niemals jemand auferstehen würde.

«Das ist unsere Losung», sagte Exmewe gerade. «Ende gut, alles gut. Die beiden ersten Wunden wurden mit Hilfe des Allmächtigen Gottes geöffnet. Wendet euch jetzt, mit Seiner Hilfe, der dritten zu. Die Kapelle wurde wunderbar von Hand angezündet; diesmal gilt es einen Kunstgriff anzuwenden.» Er zeigte ihnen eine Handschrift mit dem Titel «Das Buch vom Feuer oder Wie man Feinde verbrennt». Darin wurde die genaue Konstruktion eines *balle de fer* erklärt, der eine große Explosion zur Folge hatte. Man füllte eine hohle Bleikugel mit Schießpulver und umwickelte sie dann mit Leder. Diese Kugel wurde in eine Schatulle oder Schachtel gelegt, die den Zünder enthielt, und mit Hilfe eines Keils fixiert. Jetzt musste man nur noch den Keil entfernen, und – hopp – schon lief Griechisches Feuer durch die Kirche. Gefahr bestand dabei kaum. «Und doch wisst ihr ja», fuhr Exmewe fort, «dass wir vor Gott ewig bestehen. Wir sind *materia prima*, geschaffen am Anfang der Welt. Wir sind von allem Leid befreit. Robert Rafu, Gott ist hier! Nach seinem Willen sollt Ihr diese Angelegenheit steuern.»

Der Stiftsverwalter seufzte und schaute die anderen an, als wollte er um Gnade bitten. «Das kommt schneller als erwartet.»

Wilhelm Exmewe sah die Angst in Robert Rafus Gesicht und jubelte innerlich. Er hatte gut gewählt.

Nach dem Aufbruch der Vorherbestimmten ging er mit Robert Rafu zu dem öffentlichen Stall zurück, wo sie ihre Pferde unter Bewachung angebunden hatten. «Seid getrost, Robert, Gott wird mit Euch sein.» Sorgfältig beobachtete er den Stiftsverwalter. «Seid Ihr getrost?»

«Besteht der Mond aus Kalbsfell?»

«Die Sache ist hart.»

«Hart wie Diamant.»

«Und doch kann man sie etwas abmildern.»

«In welcher Hinsicht?»

«Was geschehen ist, kann auch rückgängig gemacht werden. Wem der Schuh nicht passt, der kann ihn abstreifen.» Exmewe hatte die Falle mit einem Köder bestückt und zog sich jetzt zurück.

«Wer mir diese Last abnehmen kann, ist mein guter Freund.» Rafu blieb mitten auf der Straße stehen. «Wenn mein Schicksal vorherbestimmt ist, werde ich es auf mich nehmen. Und doch kann ich dem Glauben auf manch andere Art dienen.» Jetzt wurde er eifriger. Er hatte die Kapuze seines Ornats aufgesetzt, doch nun schüttelte er sie herunter. «Wenn ich bei dieser Angelegenheit zu Schaden käme, würde das großes Aufsehen erregen und eine intensive Suche nach den Hintergründen auslösen. Ein Stiftsverwalter von St. Paul bekleidet ein hohes Amt …»

«Das weiß ich.»

«Jeder Disput darüber, jede gerichtliche Untersuchung würde sich lange hinziehen.» Er trat beiseite. Zwei Männer trugen eine Leiter zwischen ihnen durch. «Würdet Ihr mir Eure Absicht in dieser Sache erklären?»

«Ich habe da einen Jungen, einen gewissen Hamo. Einer von Gottes Einfaltspinseln ohne eigene Gedanken. Vielleicht kann man ihn überreden, das Gerät in die Grabeskirche zu tragen und das Feuer auszulösen. Wäre Euch dann wohler zumute?»

«O ja.»

«Dann müsst Ihr mit ihm sprechen. Wir werden uns heute Abend noch vor Sonnenuntergang treffen.»

Exmewe hatte gewusst, dass sich der Stiftsverwalter mit allen Mitteln der ihm gestellten Aufgabe entziehen würde. Trotz seines tapferen Glaubens eines Vorherbestimmten war Robert Rafu von Natur aus ängstlich veranlagt und ließ sich leicht entmutigen. Ein Ketzer war er, aber kein Märtyrer. Längst hatte Exmewe entschieden, Hamo unter allen Umständen zu opfern. Der Junge wusste zu viel. Seit Exmewe vor einigen Tagen von Hamos Besuch bei der Nonne von Clerkenwell gehört hatte, war seine Angst erheblich gestiegen. Darüber hatte ihn der Klostermeier vom Hause Mariä informiert, ein Bekannter, bei dem er sich durch Geschenke wie Stoffe und Geschirr aus den Beständen der Abtei beliebt gemacht hatte. Obwohl Exmewe nicht wusste, was sich zwischen dem Jungen und der Nonne zugetragen hatte, ahnte er vieles. Beide waren Kinder der Dunkelheit, unehelich geboren, die insgeheim zweifellos Sympathie füreinander hegten. Angenommen, Hamo hatte den Tod des Zahnreißers erwähnt. Hätte die Nonne ihm erzählt, dass der Mann noch lebte? Oder hatte Hamo einfach nur Absolution gesucht? Hatte er die Vorherbestimmten verraten? Hatte er geheime Angelegenheiten belauscht, die mit Dominus zu tun hatten? Exmewe brach am ganzen Körper übel riechender Schweiß aus, zuerst heiß, dann kalt. Es lief an ihm herunter, als wollte er sich in seine Bestandteile auflösen.

In Wahrheit hatten der Junge und die Nonne nur wenige Worte miteinander gewechselt. Zu groß war das Geheimnis ihrer beider Leben, als dass es viele Worte erlaubt hätte. Die Nonne kannte Hamos Herkunft und hatte um seinen Segen gebeten. Vor Erstaunen war er wie betäubt gewesen, doch ehe er eine Antwort stammeln konnte, legte sie ihm den Finger auf die Lippen. «Nicht aus deinem Munde», hatte sie gesagt, «aus deiner Einsamkeit.»

«Woher kennt Ihr mich?», hatte er schließlich gefragt.

«Dein Kummer ist der Engel, den ich sehe. Du weißt nicht, warum du auf die Welt gekommen bist.»

«Ihr schon?»

«Ich wurde berufen, Hamo Fulberd.»

Eine Weile waren sie schweigend dagesessen. «Es gibt da einen Ort, Haukyn's Field heißt er», sagte er. «Nur ein großes kahles Feld …»

«Auf dem du weinend herumläufst? Es ist der Ort deiner Empfängnis.» Sie beugte sich vor und berührte sein Knie. «Hamo, einige behaupten, Gott würde aus Vergesslichkeit oder Nachlässigkeit Leben schenken. Seine Schöpfung langweile ihn. Andere sagen, Er lasse die Menschheit anwachsen, um den Dämon zu überlisten, wie ein Spieler, der bei einem Glücksspiel Bleizeichen anhäuft. Je mehr Seelen, desto größer die Mühe, sie zu verführen.»

«Ich lass mich gern verführen. Da gibt es einen namens Wilhelm Exmewe …»

«Psst, ich kenne ihn.» Erneut herrschte Schweigen zwischen ihnen. «Hamo, wir sagen in unserer Sprache, dass wir den Sinn eines Menschen spüren, wenn wir seine Absicht oder seine Gesinnung verstehen. Wenn diese ganz dunkel oder schwer zu erfassen ist, sagen wir gemeinhin: ‹Ich kann seinen Sinn nicht spüren.› Das ist bei mir nicht der Fall. Ich kann deinen Sinn spüren.»

«Wie könnt Ihr das, wenn ich selbst meinen eigenen Sinn nicht finden kann?»

«Spüren.»

«Wenn ich meinen eigenen Sinn nicht spüren kann? Alles liegt im Dunkeln.» Und mit diesen Worten verließ er sie.

Jetzt schmiedete Exmewe Pläne für sein Schicksal. Sollte Hamo beim Anzünden der Grabeskirche Erfolg haben, würde man ihn als Verbrecher suchen. Wenn man ihn beim Versuch erwischte, würde Exmewe alle Schuld der Nonne in die Schuhe schieben. Sollte er sterben – nun ja, besser ein Ende mit Schrecken als ein Schrecken ohne Ende. Not kennt kein Gebot. Deshalb lud er den Stiftsverwalter noch am gleichen Abend zu einem Gespräch mit Hamo am Fleetufer ein, bei Sonnenuntergang.

Robert Rafu ritt die Themse entlang zum Treffpunkt. Die Bürgerfrauen füllten ihre Eimer und schleppten sie davon oder wuschen Wäsche, wie sie es seit urdenklichen Zeiten getan hatten.

Kinder zogen sich aus und hüpften in den Fluss. Ihre schrillen Schreie lösten in Rafu ein ungutes Gefühl aus. Zwei, drei Gruppen fremdländischer Kaufleute waren in ernste Gespräche vertieft. Rafu musste nicht näher heranreiten, um ihre Mienen und Gesten zu verstehen. Heinrich Bolingbroke war in den letzten Tagen durch den Norden geritten und hatte ein großes Heer ausgehoben. York – Reichsverweser von England während Richards Aufenthalt in Irland – hatte sich ihm in der Pfarrkirche von Berkeley ergeben. Vor einer Woche war König Richard endlich in Wales gelandet, fand aber nur wenig Unterstützung. Kam es jetzt zur Schlacht? Die Kaufleute sorgten sich um ihre Schiffe, die bereits den Londoner Hafen ansteuerten. Einer von ihnen spuckte auf den Boden, doch Rafu bildete sich ein, der Mann würde ihn anspucken. Hastig ritt er weiter nach Norden, Richtung Clerkenwell.

Als er die Safranfelder am Westufer des Fleet erreichte, sah er Wilhelm Exmewe, der einen jungen Mann am Arm hielt und ausschimpfte. Exmewe bemerkte Rafu und winkte. Der junge Mann drehte ihm den Rücken zu und starrte ins vorbeifließende Wasser.

«Da ist Rafu», sagte Exmewe, «einer der guten Menschen.»

Rafu saß ab. Sofort begann eine intensive Unterhaltung.

Exmewe legte Hamo die Hand in den Nacken. «Ich habe Robert Rafu erklärt, dass du, meines Wissens, für diesen Zweck der geeignetste Mann bist. Das stimmt doch, oder?»

«Hamo, Wilhelm Exmewe sagt mir, du seist ein gläubiger Mann.»

Wortlos sah Hamo vom einen zum anderen.

Exmewe war über sein Schweigen erbost. «Was hast du denn auf dieser Erde noch zu erwarten? Du trägst doch schon ein Kainsmal.» Der Junge blieb stumm. «Der Zahnreißer verfault in seinem Grab. Wenn ich dich ausliefern würde, hättest du dein Leben verwirkt.»

Daraufhin lächelte Hamo. Es war ein Lächeln der Erkenntnis. Plötzlich sah er die Umrisse seiner Bestimmung, sah das ganze Netz seines Schicksals vor sich aufglänzen. Was ihm bisher hart erschienen war, wurde jetzt ganz einfach; wo Verwirrung getobt hatte, herrschte nun Klarheit. Man habe sie berufen, hatte ihm die Nonne erklärt. Und das war auch sein Endzweck. Er musste sein hartes Geschick annehmen – das war alles. Zum Leiden war er in diese Welt hineingeboren worden, und dies musste er willig auf sich nehmen. Mehr gab es dazu nicht zu sagen.

«Siehst du», sagte der Stiftsverwalter, «du bist doch schon ganz heiter. Gottes Gnade sei mit dir, dann wird alles gut.»

«Der Junge hält still wie ein Lamm, das seinen Herrn erkennt», sagte Exmewe. «Es ist Zeit, dass du mir all die Güte vergiltst, die ich dir in der Vergangenheit habe angedeihen lassen. Höchste Zeit. Ich bete zu Gott, Hamo, dass du diese Sache zu einem guten Ende bringst.»

Hamo ging von ihnen weg und sah erneut dem Lauf des Fleet nach, wie er zur Themse hinunterfloss, ehe er das offene Meer erreichte. «Nun gut», sagte er, «wem das Wasser bis zum Hals steht, der muss schwimmen.»

Hochgemut ritt der Stiftsverwalter nach St. Paul zurück. Ihm war eine schwierige und gefährliche Aufgabe erspart geblieben, bei der ihm Tod oder Verstümmelung gedroht hätten. Hätte man ihn erwischt, wäre er um Murus nicht herumgekommen, lebenslängliche Kerkerhaft. Als Vorherbestimmter wusste er zwar, dass er Teil des göttlichen Atems und Wesens war, doch dieses Wissen wurde durch die schmerzhafte Erfahrung des Fleisches getrübt, in dessen Gestalt er gegenwärtig diente. Robert Rafu war ein praktischer beziehungsweise «nützlicher Mensch», wie es die Kanoniker ausdrückten, aber sein Erfolg in der Kathedralenverwaltung beruhte auf Gleichgültigkeit und Abneigung. Er verachtete die Überzeugungen der Kirche und wusste genau, dass man ihre Ablässe und anderen derartigen Plunder in der Lombard Street genauso kaufen und verkaufen konnte wie in Smithfield eine Kuh. Für die Zeit im Fegefeuer konnte man bezahlen, wie die Leute in der Soper Lane für zwei Pence ein Stück Kuchen erwarben. Und was das Sakrament der heiligen Messe betraf – nun, das Mäuschen frisst die Hostie und hat doch nichts davon. Der so genannte Messwein wurde sauer und stank genau wie das Weihwasser, das sich zu lange im Becken befunden hatte.

Er war bereits ganz nahe ans Nordportal der Kathedrale herangeritten, da sah er hellen Fackelschein aufleuchten. Im Kirchhof hatten sich mehrere Schreiber und Kanoniker versammelt und untersuchten etwas auf dem Boden. Ihre Stimmen klangen erregt, ob aus Begeisterung oder Angst vermochte der Stiftsverwalter nicht zu sagen. Er saß ab und ging auf seine gewohnte leise Art zu ihnen hin. Wenige Schritte vor der nördlichen Vorhalle hatte sich im Boden eine Grube oder Senke aufgetan. Der Novizenmeister trat zu ihm und murmelte: «Ein Kind ist gestürzt. Plötzlich brach die Erde ein, und dann –» Rafu trat näher an die Grube und konnte die Umrisse einer schmalen Grabeinfassung erkennen, in die ein ungefähr acht Fuß langer Sarg von uralter Form eingebettet war. Die obere Hälfte war verrottet, man erblickte ein großes Skelett. Auf den ersten Blick wirkte es wie das Skelett eines jener Riesen, die vor der Sintflut auf der Erde gehaust hatten. Allerdings lag zu seiner Rechten ein kleiner, mit einer Patene bedeckter Kelch, um dessen Fuß ein Stück Seide oder Leinen gewickelt war. Links davon befanden sich eindeutig die Reste eines Bischofstabs. Aber was für ein riesiger Bischof war das? Angestrengt musterte Rafu den Staub rings um den Oberschenkelknochen. Im Fackelschein glitzerte ein Ring auf. Er legte sich auf den Boden und langte in die Grube. Nachdem er den Ring herausgeholt hatte, sah er sofort, dass der Smaragd in der Mitte ein befremdliches Muster trug: fünf kreisförmig ineinander verschlungene Ringe.

XIII
Der Büttel

Der Arzt Thomas Gunter betrachtete die Muttergottes, heiter dargeboten von den Königen von Cockaigne. Ein galanter junger Mann stand pfeifend und singend auf einer Wolke namens Frühling. Von ebendieser Wolke hing ein Verslein herunter, das man mit roten Lettern auf einen langen Pergamentstreifen gemalt hatte:

> Mit diesen Bildern mannigfach sind wir
> gekommen heut Euch zum Plaisir.

Auf einem festlich bemalten Gestell, das sechs Leute trugen, spielten zwei Bürger die Vorsehung und König Richard II.; auf dem Weg den Cornhill hinab umarmten und küssten sie sich. Diesem Gestell folgte ein Umzugswagen, gezogen von zwei Pferden mit glänzend vergoldeten Sätteln und blinkendem Zaumzeug. Gunters blitzblanke Augen sahen alles ganz genau. Der Wagen enthielt ein grellbuntes Modell des Kosmos. Auf den glitzernden Sphärenkreisen saßen nackte Buben. Dicht dahinter kam auf einer Plattform ein junger Mann mit gefesselten Armen und Beinen; er trug ein weißes, mit Zahlen bemaltes Lederkostüm, das er sich vom Adam aus den Mysterienspielen geborgt hatte. Neben ihm stand einer, der sich mit einem langen pelzverbrämten Umhang und Kapuze als Astrologe verkleidet hatte, und plärrte der Menge entgegen: «Was ist das hier, so feierlich und raffiniert? Die hehre Kunst der Zahlen.» Trotzdem konnte ihn Gunter wegen der lärmenden Spielleute kaum hören, die zwischen den Wagen und Gestellen herumliefen, mit Harfen und Fiedeln, Dudelsack und Zither, Saitenspiel und Trompeten, Schweinsblasen und Tamburinen, Drehleiern und Pfeifen. Man feierte das Fest der Mittsommernacht, am Vorabend von Mariä Himmelfahrt, ein Fest zu Ehren der Macht und Pracht der Stadt.

Gunter zog eine Grimasse. Die Kanonen auf den Stadtmauern und Bollwerken schossen «Freudensalut», wie es der Bürgermeister ausdrückte, während Kaufleute verschiedener Gewerbe am Großkreuz von Cheapside vorbeizogen. Anschließend rückten nach uralter Ordnung die Vertreter der jeweiligen Stadtviertel vor: Zum Beispiel trugen die Bürger von Bridge und Walbrook rote Lanzen, während die aus Farringdon und Aldersgate schwarze Lanzen mit winzigen weißen Sternen hatten. Ihnen folgte eine Gruppe verkleideter Bürger, als ginge es zum Maskenball. Einige waren als Ritter gekleidet, im roten Waffenrock, Visier vor dem Gesicht. Einer war wie der Kaiser ausstaffiert, während in einigem Abstand zu ihm einer kam, der dem italienischen Papst glich, begleitet von vierundzwanzig Kardinälen. Den Abschluss bildeten sieben weitere, finster aussehende Maskierte mit schwarzem Visier, von denen man glauben konnte, sie stünden in den Diensten eines fremdländischen Prinzen. Sie wurden von der Zuschauermenge ausgezischt, die ganz wild darauf war, sich von der Stimmung mitreißen zu lassen und sich der Prozession anzuschließen.

Er ging zur Ecke Friday Street und Cheapside hinüber, wo er einen besseren Blick auf die traditionelle Prozession der armen Leute hatte, die alle eine Strohmütze mit einem Bleiabzeichen trugen. Sie waren gekommen, um den Spruch aus dem Festbuch zur Mittsommernacht zu verkörpern: «Nur die Reichen forderten, die Armen aber halfen.» Gunter kannte sie gut und wusste auch, dass sie ihren festen Platz in der mächtigen Rangordnung der Bedürfnisse und Dienste hatten. Sie waren keine unabhängigen Stadtbürger, aber auch keine Tagediebe oder gescheiterten Existenzen. Ebenso wenig zählten sie zu den Bettlern. Letztere galten als «die Verlausten», getreu dem Sprichwort: «Der ist nicht mal eine Laus wert.» Sie standen auf der drittletzten Stufe und waren als «die Herrenlosen» bekannt. Ihre Beschäftigung wechselte mit der Jahreszeit: im Winter Holzhacker, im Herbst Schuhmacher. Kaum hatten sie das Nötigste verdient, hörten sie einfach zu arbeiten auf. Das war ihr ungeschriebenes Gesetz oder das Gesetz von London, wie Gunter zu sagen pflegte. Sie trugen gebrauchte Kleidung in verwaschenen Farben und mit ausgefransten Säumen. Sie standen immer kurz vor abgrundtiefer Not und Elend und stellten eine beträchtliche Anzahl der Stadtbevölkerung. Deshalb bekamen sie auch ihre eigene Prozession.

Aus rauen Kehlen sangen sie ein Kirchenlied zur Heiligen Jungfrau. Während der Arzt sie vorbeiziehen sah, bildete er sich einen Augenblick ein, man würde ihn beobachten. Instinktiv drehte er sich um, aber die vielen Zuschauer ringsherum schienen nur Augen für den Umzug zu haben. Gerade spazierten zwei große Stelzenmänner vorbei. Sie stellten die Riesen Gog und Magog dar, die Zwillingswächter der Stadt mit Löwenmasken und künstlichen Flügeln. Thomas Gunter entschied sich für den Weg durch die Friday Street, wo jede Tür zu Ehren Londons und der Heiligen Jungfrau mit Girlanden geschmückt war, aus grünen Birkenzweigen und Steckenkraut, weißen Lilien und Fetthenne, auch «Lebenswurz» genannt. Noch immer fühlte er sich etwas unwohl, als werfe ein fremder Lebenssaft einen Schatten auf seinen eigenen. Er ging schneller und schaute ein-, zweimal zurück. Allmählich wurde die Musik der Spielleute leiser.

«Um Christi willen!» Gunter zuckte zusammen. Die Stimme schien aus dem Nichts zu kommen. «Um Christi willen, gebt einem Armen etwas zu essen oder Geld!» Aus einer Nische an der Ecke der Watling Street – ein Durchgangsplatz, den die Bürger nur «Pissplatz» nannten – war ein Bettler mit Sack und Stab getreten. «Meister, ich bin am Ende. Ich habe alles verloren, was ich besaß.» Er stand gegen das Sonnenlicht. Gunter begutachtete die Form seiner ausgeprägten Nase und die breite Stirn. Vielleicht war er einst ein großer Gelehrter gewesen, den Zufall oder Schicksal zu einem gemacht hatten, der im Staub sitzt und die Welt anstarrt.

Der Arzt zog einen Penny hervor. «Gott tröste dich», war alles, was er sagte.

«Sir, habt Dank für die Güte, die Ihr mir erwiesen habt.» Dies war offenkundig eine oft geübte Dankesfloskel. «Ich bete zu Gott, dass ich mich eines Tages erkenntlich zeigen kann.»

Gunter war an sämtliche Ausdünstungen menschlicher Körper gewohnt. Der Geruch des Mannes, der auf nächtliche Ausscheidungen hinwies, stieß ihn nicht ab. Bis auf die merkwürdig kreisförmigen Markierungen auf seiner Stirn schien er sich in guter gesundheitlicher Verfassung zu befinden. «Hast du den Grind unter den Haaren?» Der Bettler nickte. «Wenn du aufs Feld hinauskommst, sammle jenes Kraut, das man gemeinhin als Leberkraut kennt. Es wächst an feuchten Stellen. Mach daraus mit deinem eigenen Speichel eine Paste, und drück sie dir auf den Kopf.»

Bei dieser Bemerkung lachte der Bettler. «Die Welt ist wirklich hart, mein Herr, wenn einem Menschen Gras statt Haare wachsen sollen.»

«Nicht so hart, dass sie dir vielleicht nicht doch hilft. Gott behüte dich.» Beim Lachen des Bettlers war ihm wieder ein Lied aus seinen Kindertagen eingefallen, das er leise vor sich hin summte, während er um die Ecke bog:

Nos vagabunduli
Laeti, jucunduli,
Tara, tarantare, teino.

Außerdem sagte ein Sprichwort: Bettler sind die Spielleute Gottes. Obwohl ihm dieses Lied auf seinem Weg durch die Watling Street immer noch durch den Kopf ging, hatte er erneut große Angst vor Verfolgung. Rasch bog er in die Lamb Alley ein, hinein in den Sink

Court. Hinter sich hörte er Schritte. Ungeduldig wartete er auf den Gefürchteten. Da trat ein Mann in mittlerem Alter mit einem altmodischen Lederüberrock und Ledermütze hervor. Bogo war es, der Büttel, den er neulich wegen einer Entzündung am Oberschenkel behandelt hatte. Plötzlich war Gunter ganz erleichtert und rief ihm zu: «Bogo, was soll das? Du kennst meine Tür. Warum verfolgst du mich auf der Straße?»

«Ich habe Euch beim Umzug am Straßenrand stehen sehen, Meister Gunter, und konnte mich nicht enthalten, Euch möglichst bald meine Gedanken zu unterbreiten. Böse Tage sind das, wie der heilige Paulus sagt.» Bogo war nicht beliebt. Er war der Büttel des neu geschaffenen Stadtviertels Farringdon Without, zu dem Smithfield und jener Teil von Clerkenwell gehörte, der zwischen Turnmill Brook und Common Lane lag. Sein Ruf reichte allerdings weit darüber hinaus. Seine Aufgabe war es, Bürger vor die Kirchengerichte und die örtlichen Assisengerichte zu laden. Allerdings wurde gemunkelt, man könnte Vorladungen gegen Bezahlung einer gewissen Summe auch vernichten lassen. Er war als «Teufelsratsche» bekannt und wurde gemieden. Jetzt rückte Bogo dem Arzt so nahe, dass Gunter seinen Atem riechen konnte. Er stank nach irgendeiner inneren Krankheit. Krebsig. «Ihr habt gehört, dass der König als Mönch verkleidet aus Carmarthen geflohen ist?»

«Bogo, das sind doch alte Geschichten.»

«Nur wenige Edelherren sind bei ihm. Ein kläglicher Anblick sei das gewesen, hat man mir gesagt.»

«Jetzt tauschen Richard und Heinrich Unterhändler aus. Wir müssen die Zeit abwarten. Aber warum störst du mich damit jetzt, Bogo?»

«Das hängt mit einer anderen Sache zusammen.» Er sah dem Arzt ins Gesicht. «Irgendeiner hat die Stadt verdunkelt, Meister Gunter.»

«Du sprichst ganz nebulös.»

«Habt Ihr Kenntnis von dem Riesenbischof, den man vor zwei Wochen bei St. Paul gefunden hat?»

«Natürlich.»

«Man hat bei ihm einen Ring gefunden, einen mit einem Smaragd.» Gunter sagte nichts. «Auf diesem Ring war ein seltsames Muster aus Kreisen.»

«Das ist ein uraltes Zeichen für etwas Heiliges. Was ist damit?»

«Eigentlich ein gutes Zeichen, aber jetzt steht es im Dienst einer bösen Sache. In der letzten Zeit hat es großes Leid angerichtet.»

«Wie das, Meister Büttel?»

«Neben der verbrannten Kapelle in der St. John's Street hat man an der Wand einen aufgemalten Kreis entdeckt. Ich weiß das, ich habe ihn gesehen. An der Stelle, wo der Schreiber tot neben der *Si-quis?*-Tür lag, wurde ein zweiter Kreis entdeckt. Ich sage Euch, Meister Gunter, das ist ein Bimsstein, der London glatt schleifen soll.»

«Bogo, du bist kindisch. Du bildest dir etwas ein, was jeder Grundlage entbehrt.»

«Bei der Verhaftung eines gewissen Frowike, den man der Ketzerei beschuldigt hat, sah ich in seiner Kammer das Buch, das dies alles vorausgesagt hat. Fünf in einem sind es und einer in fünf. Die Wunden unseres Gebenedeiten Erlösers sind fünf an der Zahl, genau wie die Saiten auf Davids Harfe, die die Sphärenmusik ergeben.»

«Bogo, das sind befremdliche Sätze.»

«Ich weiß befremdliche Dinge.»

Der Arzt hielt den Büttel für einen listigen und gerissenen Menschen, aber nicht für ein Geschöpf, das zu eitlen Phantasien oder Wahnvorstellungen neigte. Auch er vermutete, dass sich Bogo auf verschiedene geheime Wege und Umwege begab, um über die neuesten Dinge in der Stadt auf dem Laufenden zu sein. Er kannte nächtliche Herumtreiber und Fremde. «Bogo, hast du diese Kreise auch an anderen Stellen gesehen?»

«Ich habe überall Zeichen gesehen. Sie stehen für unseren Tod. Die Totenhymne singen sie und das Grablied.»

«Wer sind dann diese Leute, die ihren Plan an die Wände schreiben? Ketzer, wie dieser Frowike?»

«In dieser Stadt, Meister Gunter, gibt es Bande und Verschwisterungen, die im Verborgenen bleiben. Am helllichten Tag bewegen sie sich unter uns wie ehrliche Bürger. Sie bedienen sich wunderlicher Künste. Die Welt ist zerbrechlich.»

«Nicht so zerbrechlich, dass man sie nicht durchschauen könnte. Davon bin ich überzeugt.»

«Dann gedenkt meiner Worte, um Christi Leiden willen. Steht Ihr immer noch mit Miles Vavasour in Verbindung?» Vor drei Jahren hatte der Arzt den Königlichen Rechtsvertreter von einer Fistel kuriert. Am Jahrtag der Operation speisten sie regelmäßig zusammen in den Wohnräumen des Rechtsvertreters in Scropes Inn. «Macht ihn mit all dem bekannt. Er ist ein Ehrenmann, der wissen wird, was er fragen und sagen muss. Schaut. Seht Ihr die Fackeln?» Schritte kamen die Gasse herunter. «Der Umzug geht zu Ende. Gott befohlen.»

Der Büttel huschte fort. Menschenansammlungen und Fackellicht mied er instinktiv, aus Angst, man könnte ihm einen Puff versetzen oder ihn bedrohen. Tatsächlich befand sich unter der lärmenden Gruppe, die jetzt den Sink Court betrat, ein bekannter Betrüger und Leutetäuscher. John Daw. Erst vor wenigen Monaten hatte Bogo ihn verhaftet. Sein Vergehen hatte darin bestanden, dass er sich stumm stellte und so tat, als hätte er keine Zunge mehr, um besser Almosen erbetteln zu können. Stets trug er einen Eisenhaken, eine Kneifzange und ein Stück Leder mit sich herum, dessen Form an ein kleines Stück von einer Zunge erinnerte. Letzteres war in Silber gefasst und trug eine Inschrift, die da lautete: «Das ist die Zunge von John Daw.» Gestöhnt und gebrüllt hatte er und dabei ständig den Mund auf- und zugeklappt, wobei er geschickt seine Zunge verbarg. Der Büttel hatte Verdacht geschöpft und war ihm in eine Behausung in der Billiter Lane gefolgt, wo er besagten Daw dabei ertappte, wie er sich mühelos und fließend mit einer Frau im Haus unterhielt. Er verklagte ihn beim Kirchenbeamten, und Daw wurde abgeführt. Man verurteilte ihn zum Pranger. Trotzdem hatte er sich nach dieser Strafe entschlossen, in der Stadt zu bleiben. Keiner wusste, wie er zu seinem Geld kam, und doch trank er immer in derselben Kaschemme. Der Büttel hatte ihn im Schein einer Fackel erkannt und war rasch seiner Wege gegangen.

Bogo kam nun bei Old Change heraus. Dort brannten, wie es in der Mittsommernacht Brauch war, mehrere Freudenfeuer, die als Feuer der Freundschaft galten. Allerdings dienten sie auch dem Zweck, die Luft während der langen Sommertage von Seuchen zu reinigen. Vor jeder Tür standen Feuerkörbe. Sie ließen die Blumenbüschel und Zweige an den Eingängen in einem seltsam gleißenden Licht erstrahlen. Man hatte Tische mit Essen und Getränken auf die Straße gestellt. Eine Gruppe betrunkener Tänzer hatte einen davon bereits umgeworfen. Genau aus diesem Grund konnte Bogo das Mitrsommernachtsfest nicht leiden. Die allgemein verbreitete Ausgelassenheit bedrohte seine Sicherheit.[15] Eine Gruppe Frauen tanzte um eines der Feuer und sang dabei das Lied vom bockigen Pony. Einige trugen Masken als Zeichen ihrer Freiheit, während sich andere falsche Bärte aus gefärbter Wolle umgebunden hatten.

Und dann bemerkte man ihn. «Da läuft der Büttel Bogo!», brüllte eine der Frauen aus Leibeskräften. Obwohl er sich außerhalb seines Sprengels befand, kannten ihn viele Londoner vom Sehen. «Da ist Bogo!» Man packte ihn an beiden Händen und zerrte ihn zum Tanz. Sie hielten ihn unter den Achseln fest und wirbelten ihn ums Feuer. Ihm kam es vor, als drehten sie sich immer schneller und schneller. Und dann rückten die Frauen näher an die Flammen heran und schunkelten am Rand des Feuers.

Bogo merkte, wie es ihm seine ledernen Schuhe und den Stoff seiner Beinlinge versengte. Entsetzt stieß er einen Schrei aus. Lachend wichen die Frauen zurück, während er sich mühsam aufrappelte. Zwei von ihnen verfolgten ihn, traten ihn zu Boden und verprügelten ihn mit ihren Fäusten. Dann tat eine von ihnen das, was bei Straßenkämpfen an der Tagesordnung ist: Sie biss ihm das Ohrläppchen ab. Er jaulte. Die Weiber spürten seinen Schmerz und heulten triumphierend auf. Es war der blutrünstige Schrei, der oft durch London hallte. Hart, lang, jubelnd. Es war der Schrei der Stadt. Sie ließen ihn auf Old Change liegen. Aus seiner Wunde lief das Blut auf Erde und Stein.

XIV
Der Müller

Coke Bateman, der Müller des Klosters Clerkenwell, kniete im nördlichen Querschiff der Heilig-Grab-Kirche. Soeben hatte er beim zuständigen Pfarrer dieser Kirche zwölf Sack Mehl abgeliefert. Der Priester hatte sich bereit erklärt, beim Streit des Müllers mit dem Klostermeier um jenen Teil des Fleet, der zwischen ihnen floss, zu vermitteln. Der Klostermeier wiederum hatte ihm einen Kettenhund geschenkt, weil sich der Priester über Schreihälse und Vermummte beschwert hatte, die sich seltsamerweise vom Gefängnis Newgate magisch angezogen fühlten.

Die Mühle am Fleet lag weniger als eine Meile jenseits der Stadttore, und Coke Bateman lenkte seinen Karren oft ins Innere der Stadtmauern. Für ihn bestand die Stadt aus Quellen und Wasserläufen. So sehr hatte er sich an das Geräusch des Wassers gewöhnt, das unter seiner Mühle dahinschoss, dass es ihm wie das wahre Geräusch der Welt vorkam. Beim Wasserrauschen schlief er ein und erwachte mit dessen Klängen im Kopf. Deshalb kannte er den rauen, hastigen Ton des Fleet und verglich ihn sorgfältig und ganz bewusst mit den anderen Flüssen innerhalb der Stadt. Den Falcon, der durchs Schilf strich, erkannte er am sanften Flüsterton, den aufgewühlt-erregten Westbourne mit seinen verborgenen Quellen, die immer neue Strudel erzeugten, den Tyburn, der sich langsam-träge durchs Marschland schlängelte, den hurtigen Walbrook, der über Felsen und Kiesel huschte, und den Fleet selbst, dessen starke Unterströmung wie ein Seufzen durch die Stadt floss. Und dann war da natürlich noch die Themse, die majestätisch-vielstimmige, eine geballte Masse dunkler, ungestümer Wirbel und im nächsten Augenblick ein glänzender Lichtteppich.

War das der Fluss im Jesse-Fenster hoch über dem nördlichen Querschiff, aus grau-grünem Glas geformt, an dessen Ufer der heiligen Erkenwald mit ausgestreckten Armen stand? Der Priester hatte Coke Bateman gedrängt, er solle sich dieses erst vor kurzem eingesetzte Schmuckstück ansehen, das Werk eines gewissen Janquin Glazier, der in Cripplegate wohnte. «Erinnerst du dich noch», hatte er den Müller gefragt, «an den Flammenstern, der vor drei Jahren von Westen aus seine nördliche Bahn zog?»

«Ein riesiges funkelndes Etwas. Ja, ich erinnere mich sehr gut. Er verschwand immer mehr und mehr, bis er nur noch so klein war wie ein Haselstecken.»

«Der Stern steht in diesem Fenster!»

Da war er, funkelnd ins Glas gebannt, direkt an der Stelle, wo Richard II. vor der Gestalt von Johannes dem Täufer kniete. Dazwischen schlangen sich die Äste vom Baum Jesse selbst. Auf dem Stamm, der direkt dem Körper des schlafenden Jesse entsprang, waren in aufsteigender Ordnung David und Salomon abgebildet, die Heilige Jungfrau und der Gekreuzigte. Über ihnen schwebte Christus im Glorienschein. Bei der Messe zur Fensterweihe sangen zwei junge Brüder, die an der Hüfte zusammengewachsen waren, mit Engelsstimmen «Mater salutaris».

Besonders interessierte sich Coke Bateman für die Gestalt des Königs. Er war in eine rot-weiße Robe gehüllt und trug eine große goldene Krone auf dem Haupt. Einmal hatte der Müller den König aus nächster Nähe gesehen, als Richard zu einem Festessen beim Abt der Tempelritter von St. Johannes in Clerkenwell gewesen war. Unter einem großen goldenen Baldachin war der König eingeritten, um den Wiederaufbau der großen Prioreihalle zu feiern, die Wat Tyler und seine Lumpenarmee in Schutt und Asche gelegt hatten. Damals war dem Müller aufgefallen, dass sich der König verhielt, als sei er den Seiten eines Psalmenbuchs entsprungen. Er hatte ein knielanges Überkleid getragen, die so genannte Houppelande; der scharlachrote Samt war mit einem Lilienmuster aus Perlen bestickt. Goldene Buchstaben zierten die Hermelinmütze des Königs. Dazu trug er Schnabelschuhe aus weißem Leder, die mit Silberkettchen an den Seidenstrümpfen befestigt waren. Ob Begrüßung oder Lehenskuss – er zeigte keinerlei Regung. Sein eigenes Schweigen schien die Übrigen zur Ruhe zu mahnen, so dass die Feier in erwartungsvoller Stille ablief. Die Zeit schien stehen geblieben zu sein. In Coke Batemans Augen war Richard weder jung noch alt, sondern ewig wie die Welt. Auf diesem bunten Glasfenster wirkte er nicht anders. Noch in fünfhundert Jahren – eine Zeit, die sich kein Lebender auch nur entfernt vorstellen konnte – würde er hier in stiller Frömmigkeit knien.

Coke Bateman hatte Mühe, über die gegenwärtigen Schwierigkeiten des Königs nachzudenken. Wie konnte dieser Inbegriff heiliger Ordnung Not und Veränderung unterliegen? Wie alle anderen war auch der Müller über die neuesten Meldungen von Richards Bedrängnis unterrichtet. Erst vor fünf Tagen hatte sich Richard in die Obhut von Heinrich Bolingbroke begeben. Längst hatten sich Heinrichs Worte an ihn wie ein Lauffeuer durch die Straßen und Tavernen der Stadt verbreitet: «Mein Fürst, wider Euer Erwarten bin ich früher gekommen und werde Euch den Grund hierfür sagen. Es heißt, Ihr hättet Euer Volk zu streng regiert, und es sei unzufrieden. Wenn es dem Herrn gefällt, werde ich Euch helfen, es besser zu regieren.» Auch des Königs Antwort war weithin bekannt: «Wenn es Euch gefällt, nobler Vetter, dann gefällt es auch uns.» Manche Berichte fügten noch ein Detail hinzu. Richard hatte sich an den Grafen Gloucester gewandt und gesagt: «Jetzt kann ich das Ende meiner Tage kommen sehen.»

Der König war in London nicht allzu beliebt. Zum Beispiel hatte man während des Umzugs am Mittsommerabend die Plattform mit seinem Abbild ausgebuht. Zwei Jahre zuvor hatte er einen lebenslänglichen Zoll auf Wolle und Leder festgelegt und in den letzten Monaten einen Vogt wegen Unterlassungen im Amt eingekerkert. Außerdem munkelte man, er wolle den Kaufleuten neue

Steuern auferlegen, um seine Feldzüge in Irland und Schottland zu finanzieren. Als sich die gegenwärtige Revolte Heinrichs im Norden Englands abzeichnete, befand er sich in Irland. Der König war obendrein immer selbstherrlicher geworden. Unter den Bürgern ging das Gerücht, er habe sich in Westminster Hall einen Thron errichten lassen, «wo er von Mittag bis zum Abendgebet stumm dasitzt und durch alle Menschen hindurchschaut. Sobald er aber einen Menschen ansieht, muss sich dieser hinknien, egal, welchen Rang oder Titel er bekleidet.»

Und doch hatte Coke Bateman den König bei vielen Anlässen verteidigt. Wenn es um die Betrachtung der Majestät ging, neigte er von Natur aus zu Ehrfurcht und Bewunderung. Genau dieselbe Ehrfurcht erfüllte ihn auch beim Blick in den Nachthimmel und seine wirbelnden Sphärenkreise. Er kniete sich vor das Jessefenster und begann zu beten. «Benedicta viscera Mariae Virginis.» Gebenedeit ist der Leib der Jungfrau Maria. »Quae portaverunt aeterni Patris Filium.» Doch dann schweiften seine Gedanken ab, und er war verwirrt. «Der den Sohn des Ewigen Vaters getragen hat.» Wie konnte der Leib der Jungfrau Gott selbst getragen haben? Wie konnte man Göttliches fassen? Wie konnte es sich in Menschengestalt verbergen?

Die Tochter des Müllers, Johanna, war vor kurzem unehelich schwanger geworden, und er hatte Schwester Clarissa gebeten, seiner Tochter während ihrer Schwangerschaft beizustehen. Die junge Nonne war inzwischen die wichtigste Autoritätsperson im Kloster, sehr zum Leidwesen von Dame Agnes de Mordaunt. Sogar Bürgerabordnungen besuchten Clarissa und baten sie in öffentlichen Angelegenheiten um ihren Rat. Die Priorin hatte zum Bischof von London, Robert Braybroke, ein Gesuch gesandt mit der Bitte – vielmehr mit der Forderung –, man möge Schwester Clarissa in ein anderes Ordenshaus schicken, wo es vielleicht zu «plus petites dissensions» käme. Doch dieser war immer noch am Nachdenken. Er schien der Nonne sehr zugeneigt zu sein. Um sie

Demut zu lehren, hatte Dame Agnes trotzdem darauf bestanden, dass Clarissa weiterhin niedere Hausarbeiten verrichtete. Sie putzte mit Wischtuch und Holzeimer den Boden in Speise- und Schlafsaal; nach den Mahlzeiten schrubbte sie Schüsseln und Schöpflöffel und ließ sie an der Sonne trocknen. Der Müller hatte sie an einem Arbeitstisch in der Klosterküche vorgefunden, wo sie Erbsen enthülste. Sie trug ein weißes dickes weiches Wollgewand, dazu Wimpel und Schleier aus weißem Leinen. «Gott schütze Euch», sagte er.

«Reden wir nicht Bettler so an, Coke Bateman, wenn wir ihnen kein Almosen geben wollen?»

«Ihr habt Recht, Schwester Clarissa. Ich wünsche Euch himmlischen Trost und Gottes Freude im Übermaß. Gefällt Euch das besser?»

«Es genügt. Setz dich neben mich und sprich. Ich habe dich lange nicht mehr gesehen.»

Und so unterhielten sie sich eine Weile über die kleinen Vorkommnisse in der Mühle und im Kloster. Dann tippte ihm Clarissa mit einer Erbsenschote auf die Hand. «Du bist gekommen, um dich mit mir über den Fall deiner Tochter zu besprechen. Ist es nicht so?» Ihre Bemerkung überraschte den Müller nicht. Vermutlich hatten sich die Nonnen längst über den sichtbaren Zustand seiner Tochter unterhalten.

«Ich habe darüber nachgedacht», sagte Clarissa, ohne seine Antwort abzuwarten, «und bin dabei zu Folgendem gekommen. Als die Heilige Jungfrau ein Kind unter dem Herzen trug, kannte da irgendeiner dessen Vater oder stellte darüber Vermutungen an?»

«Schwester, man wusste doch sicher, dass es Josef war.»

«Und doch weist Josef im Clerkenwell-Spiel jegliche Andeutung von sich.» Dem Müller war nicht klar, was Clarissa meinte. «Angenommen, Maria hätte behauptet, Gott habe sie besucht. Wer hätte ihr geglaubt? Verspottet hätte man sie. Du siehst, Gott liebt Demütigung. Und wir armen Frauen sind hinfällige Wesen.»

«Was wollt Ihr mir damit sagen?»

«Rück näher, dann kann ich flüstern. Ich habe die Fragen Marias gesehen. Im Schlaf wurde mir die Genna Marias in goldenen Lettern offenbart. Sie wurde als heilige Priesterin, als *maryam*, in den Tempel gebracht und wohnte dort dem Hohen Priester Abiathar bei. Kennst du das lateinische Wort *meretrix*?» Wie der Müller später herausfand, handelte es sich dabei um den Begriff für Hure oder Kurtisane. Allerdings hatte er bereits jetzt genug gehört und verstanden. Schwester Clarissas Worte hatten ihn zutiefst erschüttert. Auf ihn wirkten sie wie ein Orkan der Unreinheit.

«Bring Johanna zu mir», sagte sie. «Sie wird meine geliebte Schwester in Christo werden. Ich will Sanftmut in ihre Seele senken.»

Er murmelte etwas von der baldigen Niederkunft seiner Tochter und überließ dann die Nonne ihren Erbsenschoten in der Küche. Obwohl sie vermutlich eindeutige Ketzerworte geäußert hatte, beschloss er, nichts zu sagen. Die Nonne bewegte sich auf merkwürdigen Pfaden. Von nun an schwor er, ihre Gesellschaft zu meiden. Ihre gotteslästerlichen Gedanken sollten unter keinen Umständen auf ihn abfärben.

Wie er so vor dem Jesse-Fenster in der Heilig-Grab-Kirche kniete, hörte er, dass sich hinter ihm, im Seitenschiff, etwas bewegte. Vor einem Seitenaltar, der den Heiligen Kosmas und Damian geweiht war, kauerte ein junger Mann. Offensichtlich war er soeben ein Stück auf den Altar zugekrochen. Irgendetwas steckte unter seinem Umhang. Coke Bateman nahm an, er wolle auf diese Weise bis zum Kreuz gelangen, doch dann stand der junge Mann unerwartet auf und ging rasch zur Westpforte. Plötzlich gab es einen lauten Knall. Die Fahnen und Tücher um den Seitenalter fingen Feuer, und vor dem Tabernakel brannte es lichterloh. Im Handumdrehen war eine Wachsfigur vom Lamm Gottes geschmolzen.

Zwei Tage zuvor hatte Wilhelm Exmewe Hamo Fulberd in diese Kirche gebracht. Die Heilig-Grab-Kirche lag nur wenige Schritte von der Priorei St. Bartholomäus der Ältere in Smithfield entfernt. Wortlos hatten sie den Markt durchquert. Dennoch verstörte der Lärm der Tiere Hamo, und er legte die Hände auf die Ohren. Als sie zu den Stufen der Heilig-Grab-Kirche kamen, flüsterte Exmewe ihm zu: «Ich werde dir die Bühne für deine Tat zeigen. Komm ins Innere.» Langsam erklomm Hamo die Stufen. Sein Blick war auf die abgetretenen Steine gerichtet.

Sie traten über die Westpforte ein, und Exmewe führte ihn zum Altar von Kosmas und Damian. «Genau hier legst du Feuer», sagte er. «Ich werde dir die Stelle markieren. Hier.»

Rings um den Altar lagen polierte Bodenplatten. Exmewe zog ein scharfes Messer heraus, mit dem man die Bleiabzeichen schnitzte, die von den Pilgern in St. Bartholomäus gekauft wurden. Er kniete nieder und ritzte in eine Platte feinsäuberlich einen Kreis, allerdings so versteckt, dass er in dem Muster aus Rhomben und Rauten nicht auffiel. «Hamo, schaust du mir zu? Wir spielen hier nicht Blindekuh.»

Hamo betrachtete mitfühlend das Lamm Gottes auf dem Altar.

«Der Keil kommt hierher.» Exmewe ritzte einen zweiten Kreis ein. «Ein kleiner Funke kann ein großes Feuer entfachen.»

Nach der Explosion kamen zwei, drei Leute schreiend in die Kirche gerannt und riefen laut um Hilfe. «Mordio! Mordio!», schrie eine Frau. Hamo Fulberd befand sich bereits auf dem Weg die Kirchenstufen hinunter und brüllte: «Alarm! Alarm! Rette sich, wer kann!» Dieser Ruf ertönte normalerweise bei Gefahr. Er stieß ihn aus, als sei er ein unschuldiger Augenzeuge des Vorfalls.

Den Müller hatte die Explosion dermaßen überrascht, dass er kein Wort herausbrachte und erstarrte. Instinktiv schaute er zum Jesse-Fenster hinauf. Zu seiner Erleichterung war es heil. Kaum sah er Hamo aus der Kirche rennen, rappelte er sich von den Knien hoch und schrie: «Der! Der! Der war's!» Schließlich hatte er ihn als Erster entdeckt und war damit verpflichtet, Zeter und Mordio zu rufen.

Er nahm die Verfolgung auf und sah, wie Hamo soeben um die Ecke der Sepulchre Alley bog. «Schnell, ihm nach!», forderte er alle Umstehenden auf und rannte hinter Hamo her, der am Pie Corner vorbei auf den offenen Platz von Smithfield hinauslief. Zwei Bürger schlossen sich der Verfolgungsjagd an. Vor Begeisterung riefen sie plötzlich: «Erschlagt ihn! Erschlagt ihn!» und «Immer feste drauf!» Hamo hatte die Ställe erreicht, in denen Schweine zum Kauf feilgeboten wurden, und drehte sich einen Augenblick um. Coke konnte seinen Gesichtsausdruck nicht erkennen. Dann wich Hamo dem Zusammenstoß mit einem Handkarren aus und stieß dabei einen Waffelverkäufer um. Nach kurzem Zögern rannte er noch schneller, an den Stieren und Ochsen vorbei, auf das Tor von St. Bartholomäus zu. Jetzt kannte Coke Bateman sein Ziel: Er wollte in die Kirche hinein und dort Asyl beanspruchen. Inzwischen hatten sich der Waffelverkäufer und ein Hufschmied der wilden Jagd angeschlossen. Der Hufschmied riss seinen Lederschurz herunter und schwang ihn über dem Kopf. Ihre Rufe mischten sich mit dem Gebrüll von Schafen und Rindern, so dass der ganze Markt gefährlich in Aufruhr zu geraten schien.

Hamo konnte sie hören, während er das Tor passierte, den Pflasterweg hinunterlief und schließlich das große Kirchenportal aufstieß. Mit letzter Kraft raste er das Mittelschiff entlang und brach, nach Atem ringend, vor dem Hochaltar zusammen. Er legte den Kopf gegen den kalten Stein und weinte. Ringsum konnte er den Stein riechen. Es roch nach vergessenen Dingen, nach Urgestein, gehauen aus dem Felsengrund längst vergangener Meere. Die Welt war aus Stein.

Man hatte den Konstabler und den Kirchenbeamten von Farringdon Without geholt und ihnen den schweren und grausamen Hausfriedensbruch in der Heilig-Grab-Kirche berichtet. Diese wiederum waren beim Ratsherrn Christian Garkeek vorstellig geworden, der zu dieser Zeit alle Hände voll im Zollhaus zu tun hatte, wo er den Wollzoll überwachte. Man teilte ihm mit, der Übeltäter habe inzwischen Anspruch auf Kirchenasyl. Außerdem klärten sie ihn darüber auf, dass dem Prior von St. Bartholomäus der Beschuldigte bekannt sei. Es handle sich um einen gewissen Hamo Fulberd, Buchmaler im Dienst der Priorei.

«Ist er ein Schreiber?», hatte Garkeek sie gefragt.

«Ganz im Gegenteil. Er ist nicht ganz richtig im Kopf.»

«Dann kann man ihn ja hängen.» Garkeek schaute aufs Dock hinaus, wo gerade mehrere Schiffe entladen wurden. «Aber vielleicht bevorzugt Seine Exzellenz, der Bischof, den Scheiterhaufen.»

Inzwischen ließen viele Bürger die Kirche nicht mehr aus den Augen. Sie waren jederzeit bereit, Hamo zu schnappen, falls er herauskommen sollte, oder ihn bei einem heimlichen Fluchtversuch aufzugreifen. Die Gesetze des Kirchenasyls kannte jeder. Solange er in der Kirche blieb, durfte keiner daran gehindert werden, ihm Essen oder Trinken zu bringen. Vierzig Tage durfte er sich im Schutz der Kirche aufhalten. Anschließend konnte ihn der Erzdiakon offiziell ausweisen. Trotzdem konnte sich Hamo innerhalb dieses Zeitraums auch freiwillig entscheiden, auf den Asylanspruch zu verzichten.

Kaum hatte Hamo seinen Asylanspruch kundgetan, ließ der Prior Wilhelm Exmewe und den ältesten Mönch des Kapitelhauses holen.

«Ein Sturm des Unheils ist über uns hereingebrochen», sagte Exmewe zum Prior, kaum dass er den Raum betreten hatte. «Wie ist der Junge unter so abscheuliche Ketzer geraten?»

«Wer sich nicht in der Stadt bewegen mag, muss in die Wälder gehen.»

«Und das will heißen, Ehrwürdiger Vater?»

«Es steckt ein wilder Zug in ihm. Er war zum Unglück geboren.»

«Jetzt», murmelte der ältere Mönch, als liefe er Gefahr, belauscht zu werden, «hat er sich in einen Werwolf verwandelt, dem jeder den Kopf abschlagen darf.»

«Wisst Ihr, was er gesagt hat, als er mich um Kirchenasyl bat?» Der Prior kaute von innen auf seinem Mund herum.

«Was?» Diese Frage stellte Exmewe sehr rasch. Er konnte spüren, wie ihm der Schweiß ausbrach.

«‹Gott hat mich zum Leiden bestimmt. Also ist dies mein Haus.›» Der Prior bekreuzigte sich. «Armer Junge. Horcht. Könnt ihr sie hören?» Er öffnete eine kleine Tür an der Rückseite des Kapitelhauses. Draußen im Kirchhof sang und brüllte es durcheinander. «Das hat uns irgendein bösartiger Saturnaspekt beschert.» Der Prior glaubte an die Wirkung von Sternen und Planeten. «Mich quälen dunkle Bilder. Könnte es in der Abtei noch mehrere geben, die ein Komplott schmieden?»

«O nein.» Wieder ergriff Exmewe rasch das Wort. «Einen Lollharden kann ich gegen den Wind riechen. Andere gibt es hier nicht. Hamo war ein Einzelgänger.»

«Und wie ist er dann zu dem Griechischen Feuer gekommen?»

«Handwerklich ist er sehr geschickt, Ehrwürdiger Vater. Ich habe ihn schon hübsches Spielzeug bauen sehen.»

«Tatsächlich? Nun, er hat unendliches Leid geschaffen. Warum muss ich mit eigenen Augen die Entweihung der Abtei mit ansehen? Warum habe ich so lange gelebt? Meine Jugend ist dahin. Mein weißes Haupt kündet die hohe Zahl meiner Jahre.» Seufzend ging der Prior durchs Zimmer. «Wir werden ihm die Beichte abnehmen und ihn danach beschwören, aus freien Stücken zu gehen.»

«Wenn er hier fortgeht», sagte der alte Mönch, «wird man ihn ergreifen und quälen. Vielleicht wird er an der Folter sterben.»

Exmewe lächelte, dann wischte er sich mit der Hand den Mund ab. «Gewiss wird er mehr Weh als Wonne erfahren.»

Allmählich wurde der Prior ungeduldig. «Wenn er ein Sakrileg begangen hat, hat er hier keinen Platz.»

«Vielleicht plädiert er auf unschuldig, Ehrwürdiger Vater.»

«Er muss weg. Andernfalls sind unsere Seelen in Gefahr. Wie können wir einen beherbergen, der Kirchen anzündet? Das ist unmöglich.»

«Lasst ihn ein wenig in Ruhe», beschwor ihn Exmewe. «Lasst ihn heute Nacht auf dem Altar schlafen. Vielleicht bringt ihn die Sonne wieder zur Besinnung.»

«Das bezweifle ich. Aber gebt ihm Gerstenbrot und Wasser vom Bach. Soll er mit den Enten trinken. Bei Tagesanbruch werden wir ihn zur Rechenschaft ziehen.»

Wilhelm Exmewe war verwirrt und zornig. Nie hätte er erwartet, dass sich Hamo ins Kirchenasyl flüchten und ganz offen nach St. Bartholomäus zurückkommen würde. Der Junge glich einem tollwütigen Hund, der in seinen Zwinger rennt. Wenn ihm der Prior die Beichte abnähme, würde er vielleicht alles ausplaudern.

Deshalb stieg Exmewe später in der Nacht, in der stillen Zeit zwischen Vesper und Komplet, die Steintreppe hinab, die den Schlafsaal mit der Kirche verband. Solange Hamo neben dem Altar blieb, konnte man sowieso keine Andacht abhalten. Er trat zu dem Jungen, der ihn schon mit weit aufgerissenen Augen anstarrte.

«Wie nun, Hamo, wie ist es dir ergangen?»

«Schlecht. Ich bin vernichtet.» Scheinbar rang er immer noch nach Luft, als wäre er seinen Verfolgern eben erst entkommen.

«Schachmatt?»

«So sieht es aus.»

«Hab Geduld, Hamo. Kurz ist das Leid dieser Welt. Es geht vorbei wie Schatten an der Wand.»

«Das sagt sich leicht. Ist hart zu ertragen.»

«Nur zu, jammere ruhig. Doch bedenke, du hast mir keinen guten Dienst erwiesen. Hättest du nicht deine Aufgabe ohne allen Lärm und ohne jedes Aufsehen erfüllen können?» Hamo schwieg. «Hast du deine Zunge angenäht? Du bist stumm wie ein Stein.» Der Junge begann, leise zu weinen. Exmewe wischte ihm mit seinem Ärmel die Augen aus, die so klar und vertrauensselig waren wie bei einem Kind. «Du hast dir einen Dorn eingetreten, und ich kann ihn nicht herausziehen.»

«Ihr habt mir den Schlüssel meiner Welt genommen», flüsterte der Junge ihm zu.

«Bin ich daran schuld? Habe ich alles verpatzt? Wer dich standhaft halten möchte, kann genauso gut den April am Regnen hindern. Hamo, dein Verstand ist aus den Fugen. Ich gebe dich auf, jetzt und für alle Zeit.» Entsetzt schaute der Junge ihn an. Er war Exmewes Schatten gewesen. Diese letzte Zurückweisung hatte er nicht erwartet. Vielleicht hatte er sich genau aus diesem Grund nach St. Bartholomäus geflüchtet – um von Exmewe beschützt zu werden. Doch jetzt hatte ihn sein Beschützer verstoßen. «Hamo, Fortuna hat für dich gewürfelt.»

«Dann ist also das Schicksal an allem schuld?»

«Die eigentliche Ursache ist der allmächtige Gott, in dem alles begründet liegt. Aber das Schicksal ist dir feindlich gesinnt.» Exmewe lächelte. «Wie gefällt dir dieses hässliche Gefängnis namens Leben?»

«Ich wünschte, ich wäre nicht mehr auf dieser Welt.»

«Dann kann ich dir vielleicht ein wenig helfen.» Rasch zog er einen langen Dolch aus seinem Gürtel und durchbohrte Hamo Fulberds Herz. «Ha», flüsterte er dem Jungen zu. «Nichts mehr. Es ist vollbracht.» Er zog den Dolch heraus und steckte ihn wieder in seinen Gürtel.

Als er sicher war, dass Hamo tatsächlich tot war, ging Exmewe leise in die Vorhalle, entriegelte das Hauptportal und öffnete es einen winzigen Spalt.[16] So würden diejenigen, die draußen Wache hielten, irgendwann den schwachen Kerzenschein bemerken. Jeder von ihnen hätte eindringen und Hamo am Altar ermorden können.

XV
Das Weib vom Badehaus

Kaum erfuhr Thomas Gunter von der Explosion in der Heilig-Grab-Kirche, ritt er auch schon zur Kirche hinaus. Das Gemurmel des Büttels über die Verschwörungen von Geheimbündlern hatte ihn verwirrt. Er wollte unbedingt die Überreste des jüngsten Feuers untersuchen. Beim Anblick des Tumults saß er ab und gab sein Pferd einem Torwächter zum Halten. Auf den Stufen hatte sich eine große Menschenmenge angesammelt. Wie üblich hatte man Hamo Fulberds Körper aus dem Kirchenasyl geholt und an den Ort seines Sakrilegs zurückgebracht, wo er als Sinnbild für die Rache Gottes zur Schau gestellt wurde. Man hatte ihm die Kleider ausgezogen, die nackte Leiche mit verschiedenen Teufelsköpfen und Tierkreiszeichen beschmiert und ihn dann in einem aus Weiden geflochtenen derben Schubkarren mitten im Kirchenschiff aufgestellt und ihm ein Kreuz umgekehrt auf die Brust gelegt. Der Leichenbeschauer hatte bereits amtlicherseits den Tod von Hamo Fulberd festgestellt, ohne dass jemand den grimmigen Todesboten gesehen hätte. Dies wurde als Ausdruck göttlicher Gerechtigkeit betrachtet, und das Geschworenengericht hatte den Beschluss gefasst, man wolle sich in diese Angelegenheit nicht weiter einmischen.

Thomas Gunter bahnte sich einen Weg durch die dichte Menschenmenge, um einen Blick auf den Körper zu werfen. Als er das Gesicht auf Anzeichen von Verletzungen untersuchte, durchzuckte ihn die Erinnerung wie ein schwacher Erdstoß. Wo hatte er diesen armen Jungen gesehen? In welcher Szene aus der Vergangenheit hatte er eine Rolle gespielt? Und dann bemerkte der Arzt auf seiner linken Brust fünf kleine Kreise. In Wahrheit hatte

Wilhelm Exmewe sie dort aufgemalt. Als man den Körper entdeckte, hatte er so getan, als teilte er die fieberhafte Freude des Volkes, und hatte sich mit gleicher Wonne darauf gestürzt, die Leiche mit Teufelszeichen zu beschmieren. Beim Anblick der Kreise zuckte Thomas Gunter zurück. Mit einer so plötzlichen Bestätigung von Bogos Behauptungen hatte er nicht gerechnet. Er war schockiert. Hier ging etwas bedrückend Geheimnisvolles vor. Er hatte das gespenstische Gefühl, als würden sich viele Menschenleben um diesen Leichnam scharen. Finsternis rief nach Finsternis.

Er trat zum Altar der Heiligen Kosmas und Damian, den das Feuer schwer beschädigt hatte. Auf den geschwärzten Platten lag ein aus Blei geschnitztes, kleines Kind. Als er sich hinkniete, um es aufzuheben, fiel sein Blick auf etwas merkwürdig Weißes, das sich vom Boden abhob. Er wischte Asche und Ruß weg. Und da war er, jener Kreis, den Exmewe mit seinem Messer eingeritzt hatte. Die Hitze hatte ihn in Kalkpulver verwandelt.

«Gott, sei uns gnädig.» Vor Überraschung hatte der Arzt laut gesprochen. Er hob die bleierne Kinderfigur auf und legte sie sachte auf den Altar. Jetzt bezweifelte er den Verdacht des Büttels nicht mehr. Es gab tatsächlich ein abgrundtiefes Komplott, das mit diesem Zeichen der Kreise zusammenhing. Doch wie sollte er weiter vorgehen? Vor dem Stadtgericht oder dem bischöflichen Gerichtshof würde man ihn vielleicht als Schwätzer verlachen. Vielleicht hatte er ja den Kreis eigenhändig eingeritzt. Und doch hatte ihm gerade Bogo einen Weg durchs Labyrinth gewiesen. Heute in fünf Tagen wäre Gunter zu Gast bei Miles Vavasour, am Jahrtag von dessen *fistula in ano.* Vielleicht sollte er sich ihm bei dieser Gelegenheit eröffnen. Vavasour hatte einen hohen Rang und plädierte als Verteidiger am Oberhofgericht. Er stand mit den Würdenträgern der Stadt auf vertrautem Fuß und würde wissen, wie man in dieser Sache weiter verfahren sollte.

Am nächsten Morgen karrte man die Leiche von Hamo Fulberd im Triumphzug den Snow Hill hinauf und weiter über die Holbornbrücke. Nachdem man ihn als fauligen Auswurf der menschlichen Rasse verurteilt hatte, brachte man seinen Körper zu der Stelle jenseits der Stadtmauern, die als «Niemandsland» bekannt war. Eine Kalkgrube wurde sein Grab.

Fünf Tage später ritt Thomas Gunter nach Scropes Inn hinüber, wo Miles Vavasours Gemächer lagen.

«Willkommen, Meister Medikus.» Vavasour sprach wie einer, der das Reden genießt. «Seit drei Jahren sitze ich nun schon ohne Zuckungen.»

«Ich habe Euch etwas frische Salbe mitgebracht, um jeden etwaigen Bluterguss zu unterbinden.»

«Kein Blut, um Gottes willen.»

Sie standen in einem kleinen Vorzimmer mit Blick auf die Trivet Lane. Einer der Bediensteten brachte ihnen Becher mit Rheinwein.

«Was gibt's Neues?», erkundigte sich Thomas Gunter beim Rechtsvertreter.

«Ihr meint, etwas Neues im Zusammenhang mit dem König? Wir erleben bitter-bange Tage, Meister Gunter.»

Heinrich Bolingbroke hatte sich von Chester aus in Bewegung gesetzt, mit König Richard im Gewahrsam; Heinrichs Streitkräfte waren bereits von Nantwich nach Stafford vorgerückt und wurden demnächst in Coventry erwartet. Heinrich hatte im Namen des Königs für Ende September ein Parlament einberufen. Als Abgeordneter Londons würde Miles Vavasour zu dieser Versammlung nach Westminster Hall reisen müssen. «Ich wäre lieber meilenweit vom Parlament entfernt», gestand er Gunter im Vertrauen. «Es ist kein Leichtes, das Reich seines rechtmäßigen Königs zu entheben. Und doch bin ich Heinrichs Diener. Ich habe für ihn vor Gericht gearbeitet –» Er brach ab. «Nun denn, jedenfalls bin ich im Zweifel, ob ich mit Ja stimmen soll oder mit Nein.» An diesem Punkt sagte der Rechtsvertreter alles andere als die Wahrheit; er war schon lange gegen den König gewesen. «Können wir den Namen Richard auslöschen?»

«Dazu wird es doch gewiss nicht kommen?»

«So sicher wie der morgige Tag.»

«Aber wird Heinrich denn nicht den König behalten und unter dessen Deckmantel herrschen?»

«Ein Schwan genügt für eine große Schüssel. Nur ein Mann kann regieren.»

«Doch der Herzog ist ein subtiler Mann.»

«Subtil, jawohl. Sub telaris. Unter dem Absatz. Heinrich wird sich Richard gefügig machen.»

«Und die Nonne hat geläutet wie eine Glocke.»

«Ach? Wie das?»

«Sie sagt, das Getreide wachse nach unten. Überall auf der Welt herrsche Veränderung.»

«Diese Frau ist ein Zankapfel», meinte Vavasour. «Eine Rattenfängerin. Sie wird die Leute in den Irrsinn treiben. Setzt sie auf den Tauchschemel, und tunkt sie unter.»

«O nein, Schwester Clarissa ist inzwischen Christi liebstes Kind. Die gewöhnlichen Leute folgen ihr mit offenem Mund.»

«Dieser Dorn im Auge!» Plötzlich wechselte der Rechtsvertreter das Thema, eine Angewohnheit, die er regelmäßig im Gerichtssaal anwandte. «Jetzt, wo ich Euch hier habe, Medikus, merke ich, dass ich Euch brauche. Ich habe einen Hexenschuss.»

«Ischias?»

«Das ist ein Höllenschmerz. Er wandert das ganze Bein hinunter.»

Gunter betrachtete diesen Zustand als Zeichen von Melancholie oder eines nervösen Temperaments. Er ließ sich besser durch Ruhe und Gelassenheit heilen als durch Pülverchen oder Mixturen. Trotzdem wusste er, dass seine Schützlinge den Trost der

Kräuter verlangten. «Das ist ein heftiger und stechender Schmerz, Sir Miles …»

«Das weiß ich nur allzu gut.»

«Sollte er zum ersten Mal aufgetreten sein, würde ich Euch das Kraut Wasserpfeffer verabreichen, auch Flohkraut genannt.»

«Es ist nicht der erste Anfall. Das Leiden ist schon alt.»

«Dann wäre ein Gemisch aus dem Saft der Falschen Kamille und Honig ein vortreffliches Heilmittel. Ich werde es durch einen Boten vorbeischicken. Liegt Ihr nachts wach?»

«Häufig.»

«Schwarzer Nachtschatten wird Euch schlafen lassen.»

«Tollkirsche meint Ihr?»

«Auch so könnte man dieses Kraut bezeichnen.»

«Handelt es sich dabei nicht um eine Pflanze, die dem Menschen viel Böses antut?» So zu tun, als wüsste er mehr, als tatsächlich der Fall war, war eine der Techniken, derer sich der Rechtsvertreter beim Kreuzverhör bediente.

«Nur ein bisschen, ein kleines bisschen. Euch wird nichts geschehen.»

«Also, Medikus, muss ich von Euren Händen nichts befürchten. Stimmt das?» Schwungvoll trank er den restlichen Wein aus. «Seht Ihr diesen Ring, Meister Gunter?» Er spreizte die Finger seiner rechten Hand.

«Sehr wohl.»

«Es handelt sich um ein Juwel aus einem Krötenkopf.»

«Ich kenne es gut. Es ist unter dem Namen Borax oder Chelonit bekannt.»

«Es schützt vor Gift. Seine Kraft springt von meinem Ringfinger direkt ins Herz.»

In diesem Augenblick fing sich das Licht einer Kerze in dem grünen Schmuckstein, dass es nur so funkelte. Ganz kurz sah Gunter ein mächtiges Feuer auflodern. Ein Alarmzeichen. Er blinzelte. Es war verschwunden. Und doch glaubte er, dass Träume und Visionen tatsächlich Auswirkungen hatten. Der Zufall hatte ihm etwas Wichtiges im Zusammenhang mit Miles Vavasour enthüllt.

«Sollen wir uns zum Essen begeben?» Der Rechtsvertreter geleitete seinen Gast in die Wohnhalle. Auf einem mit einem prächtigen Tuch verkleideten Podest stand ein langer Tisch mit je einem Stuhl am Ende. Auf der einen Hallenseite war der Schrank mit Vavasours Prunkgeschirr, dessen Teller im Schein der Fackeln und Kerzen zur Schau gestellt wurden. Auf der gegenüberliegenden Seite befand sich eine niedrige, mit Schriftstücken übersäte Eichentruhe, über der ein Gobelin mit der Geschichte von König Amor hing. Auf Vavasours Befehl hin trat ein Bediensteter ein, verbeugte sich und trug anschließend das Essen auf. Das Mahl war rasch zu Ende. Nach ihrem Toast auf die Fistula merkte Gunter nebenbei an, er habe in der Heilig-Grab-Kirche die Leiche eines gewissen Hamo Fulberd liegen sehen. Vavasour erwiderte, es habe ihn sehr verwundert, wie ein einzelner junger Mensch einen derartigen Hass auf die Kirche Gottes entwickeln konnte. Der Arzt überlegte laut, ob man im Gefolge von Hamos Tod noch weitere Ketzer finden werde. Irre seien das, wie wild gewordene Jungbullen, erwiderte Vavasour. Gott werde ihnen schon die verdiente Strafe schicken. Also gebe es doch mehr von dieser Sorte? Gunter bemerkte, wie sich ein Hauch von Unbehagen auf dem Gesicht des Rechtsvertreters abzeichnete, während er behauptete, er habe sich mit dieser Angelegenheit nicht befasst.

«Und doch, Sir Miles, sprechen manche von einem geheimen Komplott. Von einem Geheimbund unbekannter Männer.»

«In dem Fall wüsste ich einen guten Namen für deren Anführer.» Während dieser Worte weiteten sich die Augen des Rechtsvertreters langsam. «Er sollte Johannes Allzerstörer heißen.»

«Zu meinem großen Erstaunen erfuhr ich …», fuhr der Arzt fort, wobei er seinen Gastgeber unverwandt über den glänzend polierten Eichentisch hinweg musterte, «… dass diese beunruhigenden Vorgänge vielleicht unter dem Zeichen der Fünf stehen.»

«Wer hat Euch das gesagt?» Die Frage kam rasch und misstrauisch.

«Mein Herr, ich sehe Verwunderung auf Eurer Miene.»

«Mich wundern lediglich derart entsetzliche und abscheuliche Taten. Was hat es mit dieser Fünf auf sich?»

«Es wurde mir nur als Gerücht zugetragen.»

«In den alten Büchern gilt sie als Zeichen der Urkirche, aber heutzutage …»

«Hat sie keine Bedeutung mehr?»

«Ganz und gar nicht.»

Danach wechselte man das Thema. Die beiden Männer unterhielten sich über die schlechte Ernte und den Brotpreis, das neue Gesetz, das die Schuhlänge beschränkte, und über ein Kind, das kürzlich mit nur einem Auge auf der Stirn zur Welt gekommen war. Bis man erneut auf die kläglichen Umstände des Königs zu sprechen kam.

Vavasour entschuldigte sich einen Augenblick, um die Latrine in seinem Innenhof aufzusuchen. Gunter ergriff die Gelegenheit und ging zur Truhe hinüber, wo zwei Pergamente lagen, die der Rechtsvertreter zufällig oder in aller Eile hatte liegen lassen. Darin ging es um einen Gerichtsfall in Westminster. Gunter konnte den Satz lesen: «In cuius rei testimonium praesentibus sigillum meum apposui.» Der Rest war unverständlich. Doch dann stachen ihm auf der Rückseite eines der beiden Schriftstücke einige mit Tinte hingekritzelte Wörter ins Auge. Sie bildeten eine Liste oder Tabelle, bei der ein Eintrag auf den anderen folgte:

Oratorium. St. J.
Paulus.
Hl. Gr.
St. M. Le Q.
Giles

Man hatte in der Kapelle in der St. John's Street Feuer gelegt. Genau wie in der Heilig-Grab-Kirche. In St. Paul war ein Mord geschehen. Käme nun St. Michael le Querne an die Reihe? Und Giles. Könnte es sich um St. Giles im Gefilde handeln?

Thomas Gunter saß bereits wieder an seinem Platz, als der Rechtsvertreter zurückkam. Man kredenzte ihnen noch etwas Wein. Aber als kurz danach die Feierabendglocke schlug, trennte man sich. Der Rechtsvertreter entschuldigte sich. Er habe noch wichtige Geschäfte zu erledigen.

Noch im Gehen konnte der Arzt hören, wie Vavasour nach seinem Pferd rief.

Eines wusste Gunter jetzt: Sein Gastgeber war mit den Vorfällen aus jüngster Zeit wesentlich besser vertraut, als er hatte zugeben wollen. Vavasours Liste bezog sich auf die Kirchen. Was daraus folgte, war klar: Vavasour trug ein falsches Gesicht zur Schau. Er versteckte sich hinter guten Manieren. Und wohin ritt er noch nach Feierabend? Thomas Gunter beschloss, ihm zu Pferd zu folgen.

Er duckte sich unter überhängende Schilder, ließ sein Pferd auf Stroh und im Matsch laufen und lenkte es mit sachten Flüsterworten. So behielt er Vavasour im Schutz von Nacht und Dunkelheit im Blick. Der Rechtsvertreter war ein bedeutender Mann, den die Wache weder aufhalten noch befragen würde. Gunter war als Heilkundiger bekannt und würde unbelästigt passieren können, da man ihn auf dem Weg zu einem Kranken wähnte. Beide waren Gestalten, die von der Dunkelheit der Stadt verschluckt wurden. Vavasour ritt nach Südosten, die Fetter Lane und Fleet Street entlang und dann den Addle Hill hinab, wo die verlassenen Stände der Lastenträger wie massige Körper im Schatten lagen.

An der Ecke Addle Hill und Berkley's Inn hielt Gunter an, saß ab und band sein Pferd an ein verwittertes Tor neben einem Hof, in dem Tuchmacher ihre Stoffe trockneten. Er hatte gesehen, wie

Vavasour zu dem Rundturm nördlich von Schloss Baynard hinaufritt. Gunter versteckte sich hinter einer verfallenen alten Hintertüre. In dem Moment klopfte Vavasour an das Tor des steinernen Turms und wurde eingelassen.

Wenige Augenblicke später sah Gunter zwei Stocklaternen näher kommen, die an spitzen Stangen hingen. Eine Gestalt im Kapuzenmantel trat an die Tür. Im Fackelschein konnte Gunter eindeutig das Gesicht von Sir Geoffrey de Calis erkennen. Danach tauchte aus der Dunkelheit ein Zweispänner auf. In dem Mann, der mit fremder Hilfe aus dem Gefährt stieg, erkannte Gunter den Kanonikus von St. Paul wieder, Wilhelm Swinderby, gefolgt von einem Untervogt. Hier geschah tatsächlich ein Wunder, das sämtliche Wunder übertraf. Warum waren die Würdenträger der Stadt nachts an diesen Ort gekommen? Was hatte Bogo über diejenigen gesagt, die im Verborgenen blieben und üble Wege gingen? «Sie bedienen sich wunderlicher Künste», hatte er Gunter erklärt. «Die Welt ist zerbrechlich.»

Gunter ertappte sich dabei, wie er den Rundturm anstarrte. Dass dieser sehr alt war, wusste er. Im Fackelschein konnte er die Bruchsteine im Mörtelbett des Fundaments sehen. Angenommen, nach dem Fall von Troja hätte Brutus tatsächlich London gegründet, wie sämtliche Geschichtsschreiber berichteten: Könnte dies ein Sinnbild des Neuen Troja sein, dessen Unheil bringende Geschichte sich bis in die Gegenwart fortsetzte? Beim Anblick des Turms verspürte der Arzt die Aura einer rätselhaften Macht, die längst ihren Schicksalslauf vollendet hatte und nun mit unbezähmbarer Willenskraft im Zeitenkreis verharrte. Deshalb fühlten sich Geheimbündler wie Miles Vavasour und Geoffrey de Calis davon angezogen. Eine verdorbene Nuss bezeichnet man als taube Nuss und unfruchtbares Korn als taubes Korn. Das hier war taubes Gestein. Nie würde ein Wort nach draußen dringen, egal, welch dunkle Geschäfte innerhalb seiner Mauern geschlossen wurden.

Eine geschlagene Stunde blieb Gunter auf seinem gut getarnten Aussichtsposten. Als Erster ging der Untervogt und bestieg im blendenden Schein mehrerer Fackeln seine Kutsche. Es folgte Geoffrey de Calis in Begleitung eines Mannes, den Gunter nicht erkannte. Hinter ihnen kam Miles Vavasour, der sich umdrehte und neben dem großen Holzportal auf sein Pferd wartete. Er strahlte etwas Erwartungsvolles aus und saß ganz leichtfüßig auf. Leise band Gunter sein Pferd los und beschloss, ihm hinterherzureiten. Vavasour lenkte den Addle Hill hinauf. Als er nach Osten in die Carter Lane einbog, begriff Gunter, dass er nicht nach Hause ritt. Obwohl die Stadttore geschlossen waren, strebte er offensichtlich dem Aldersgate zu. Auf den Straßen war es ganz still. Gunter hielt sicheren Abstand. Zuvor hatte er noch die Hufe seines Pferdes mit Lumpen umwickeln wollen, aber inzwischen gab er sich damit zufrieden, Pflaster und lose Steine zu meiden. Sein Blick wanderte zum lichterfüllten Universum hinauf, wo er in der obersten Himmelssphäre die Sterne sehen konnte. Ihr Funkeln tröstete ihn. Wenigstens eine Ordnung gab es, die nicht verfiel.

Vavasour war die St. Martin's hinuntergeritten, Richtung Stadttor. Natürlich war es verschlossen und mit Ketten gesichert, die quer über die Straße liefen. Deshalb bog er nach Osten ab, die St. Anne's Lane hinunter, und danach in nördlicher Richtung in die Noble Street. Wie Gunter erkennen konnte, wurde dort an der Ecke ein Teil der Stadtmauer wieder aufgebaut. Da die Arbeiter aus Angst vor Dieben jede Nacht sämtliche Leitern und Gerüste entfernten, blieb im Mauerwerk ein schmaler Spalt offen. Vavasour hatte sein Pferd einen Augenblick gezügelt, um ihm etwas ins Ohr zu flüstern, und war dann über die Mauer gesetzt. Gunter murmelte den Jagdruf «Joho!» vor sich hin und folgte ihm. Als er über die Mauer sprang, bahnte sich der Rechtsvertreter gerade einen Weg durch Little Britain, Richtung Smithfield.

Zwischen Prioreikirche und Hospital lag ein breiter Weg, den man mit Sand bestreut hatte, damit Wagen und Karren leichter fahren konnten. Das Mondlicht ließ ihn erglänzen, und die Türmchen und Giebel der umgebenden Gebäude warfen seltsame Schatten darauf. Die Pfosten links und rechts der Straße, an denen man untertags die Pferde anband, wirkten wie die Marterpfähle der Verdammten. Smithfield war für den Arzt immer mit Tod verbunden: Tiere, die zur Schlachtbank geführt wurden, Verurteilte auf dem Ritt zum Galgen, Kranke, deren Leben im Hospital zu Ende ging. Und doch wusste er, dass jeder Stadtteil seine eigenen Schwierigkeiten und seine für ihn typische, ungute Ausdünstung hatte.

Vavasour ritt über den offenen Marktplatz, Richtung Cow Lane und Clerkenwell. Kaum hatte er den Fleet erreicht, kannte Gunter sein Ziel. Die Turnmill Street war ein einziges berüchtigtes Bordell, in dem Possenreißer und Lüstlinge, Radaubrüder und Kuppler ihr Unwesen trieben. Als Gunter die schmale Verbindungsgasse heruntergeritten kam, passte bereits ein alter Höker, der tagsüber gebrauchte Kleider verkaufte, auf Vavasours Pferd auf.

Gunter saß ab und gab dem Mann einen Groschen. «Wo ist er hin?»

«Zum Weib vom Badehaus.»

Dame Alice, allgemein nur als das Weib vom Badehaus bekannt, war die berüchtigtste Kupplerin der ganzen Stadt. Ihr gehörte in der Turnmill Street eine Taverne, die «Zur zerbrochenen Fiedel» hieß. Auf Grund des Gewerbes, das in Wahrheit dort betrieben wurde, kannten sie alle nur unter dem Namen «Zum zerbrochenen Füllen». Der Arzt hatte schon von mehreren Männern Besuch erhalten, die bei Alice ein- und ausgingen und sich dort eine Seuche geholt hatten, die man auch als Brandmal der Venus oder Liebeszüngeln bezeichnete.

Dame Alice begrüßte Miles Vavasour auf ihre übliche Art. «Was! Ihr hier? Sir Robert Rumtreiber?» Sie trug ein rotes Samtmieder und um die Taille einen golddurchwirkten Gürtel. Auf dem Kopf prangte ein mit Juwelen besticktes Haarnetz, im Nacken hing eine rote Kapuze. «Ein süßes Löchlein will er, der feine Herr, nicht wahr? Sucht eine Scheide für seinen Dolch?»

Trotz mannigfacher Strafen und Schmähungen ging Dame Alice seit vielen Jahren ihrem Gewerbe nach. Man hatte sie in den Schuldturm geworfen, am Pranger und auf dem Büßerstuhl zur Schau gestellt und mit gestreifter Kapuze und Biberfellhut als Zeichen ihres Gewerbes durch die Straßen geführt. Und doch hatte man ihr in jüngster Zeit gestattet, vor den Stadtmauern ihre Taverne oder ihren «Laden», wie sie es nannte, einzurichten. Jedenfalls kannte sie inzwischen zu viele Geheimnisse, um öffentlich vor Gericht gestellt zu werden. Angeblich würden sich sämtliche Mönchs- und Nonnenkloster schlagartig leeren, wenn sie alles erzählte, was sie wusste.

«Du alter Stinkstiefel du, du Faulenzer, was soll's denn heute Nacht für dich sein? Nach welcher hitzigen Jungfer steht dir der Sinn?»

Die Verachtung, die Dame Alice ihren Kunden gegenüber an den Tag legte und welche diese als Teil ihrer Demütigung hinnahmen, war legendär. Für Männer wie Miles Vavasour, die nur junge Frauen suchten, hatte sie viele Bezeichnungen mit ganz persönlichen Anspielungen: Lurer, Wichser, Lippenspitzer, Rammler, Heckenschlecker, Pimpernuss, Schlappschwanz, Mösenhannes, Piephahn, Hurenhüpfer.

«Ich sehe schon, dich sticht der Hafer, Miles Stutenritter. Du hebst das Bein wie ein Hofhund. Nun, ich hätte da eine junge Blondine für dich.» Dame Alice kannte seine Vorlieben nur allzu gut. «Elf Sommer. Rose. Ich nenne sie Rosenröschen, weil sie wie Kamille duftet.» Sie stand auf einer alten Holztreppe, die von Tausenden Schuhen schon ganz abgetreten und verfärbt war, und winkte ihn herauf. «Sie ist immer noch Jungfrau.»

«Das höre ich gern, ma dame.»

Sie lachte. Plötzlich tauchte unter ihrem Kinn ein Halsband auf. «Ich sehe schon, Sir Tröpfelschniepel, in Euren Beinlingen regt sich der Zauberstab.»

«Hochzeit für die Liebe, Alice.»

«Im Sommer kommt die Liebe in Hitze. Mit Lust und Wonne ans Werk.»

«Wenn Ihr mir den Weg zeigen wollt.»

Dame Alice machte um die Liebe nie viel Wirbel, wie sie es ausdrückte. Sie hatte ein eher praktisches Gemüt. «Das Böse, das auf der Welt herumschwirrt, kann ich nicht aufhalten», hatte sie einem Priester erklärt, der regelmäßig ihre Taverne besuchte, «aber vielleicht kann ich Männern helfen, es zu vergessen.»

«Wir alle neigen zu Fehltritten», hatte der Priester erwidert. «Wir stammen aus einem sündigen Geschlecht.»

«Beim Kreuz Christi, wie wahr.»

Sie wusste, wovon sie sprach. Ihre Mutter hatte dasselbe Gewerbe betrieben, in einem Gewölbe in einem Seitengässchen der Turnmill Street. Schon als ganz junges Mädchen hatte sie alle Spielarten der Fleischeslust gesehen. Im Alter von zwölf Jahren war sie von Coke Bateman, dem Sohn des alten Müllers, schwanger geworden. Sein Gehöft lag nur wenige hundert Schritte weiter nördlich. Ihre Mutter hatte sie überzeugt, das Neugeborene im Fleet zu ertränken. Schon viele Säuglinge waren über diesen Fluss in die Themse getrieben, wo sie die Fährleute als Gefahr für die Netze «herausfischten». Eine Woche später hatte sie Coke Bateman in einer Pastetenbäckerei getroffen, ohne dass er sein Kind erwähnt hätte. Wortlos hatten sie nebeneinander gesessen, und sie hatte sich damals gedacht: Was soll diese Heuchelei bei der Liebe? Alles nur Maulhurerei.

Nach dem Tod ihrer Mutter hatte Alice in der St. John's Street ein *balneolum* eröffnet, ein kleines Badehaus. Dieses hatte ihr auch ihren Namen eingetragen. Als sie das Pachtrecht für eine Herberge in der Turnmill Street erwarb, erfuhr sie zu ihrer Überraschung, dass ihr Zinsherr das Marienkloster war. Doch dann begann sie von ihrem Ruf zu profitieren. «Das Weib vom Badehaus» wurde zum Synonym für Unzucht. Der Pfarrer von Maria Abchurch hielt eine Predigt über sie, bei der er verkündete: «Eine blonde Frau mit einem unreinen Körper gleicht einem Goldring in der Schnauze einer Sau.» Dieser Satz kam ihr wenige Tage später zu Ohren. Daraufhin nannte sie ihn nur noch «den Pfaffen von Affenkirchen» und verglich ihn mit einer widerlichen Kröte, die den lieblichen Duft von Wein nicht ertragen kann. Eines Abends erwiderte er von der Kanzel aus diese Beleidigung, als er gegen gewisses Gesindel, gewisse Kupplerinnen, wetterte, die dem gelackten Mistkäfer gleichen, der in der heißen Maisonne herumsurrt und keinen Gefallen an den hübschen Blumen findet, sondern sich mit Vorliebe auf jeden tierischen Kothaufen setzt und sich nur dort ergötzen kann. Diese Predigt wurde als «Badehauspredigt» bekannt. Und damit war ihr Ruf in London gesichert.

Dame Alice brachte Miles Vavasour in einen kleinen Raum, den ein Kohlebecken erwärmte. «Heute Abend haben wir keine Geiger, Sir Nachttopf.»

Sollte heißen: Lüsternheit braucht keine Töne. Aus welchem Grund sie auch keine Musiker verdingt hatte. In Wahrheit aber hatte die letzte Nacht mit Musik im Chaos geendet, weil einer der Musiker einen ältlichen Höfling beleidigt hatte. Der Alte hatte die Hand in seine Beinlinge gesteckt, um sich zu kratzen, was dem Musiker nicht entgangen war. «Eigentlich hätte man Euch in Westminster beibringen sollen», hatte er unter allgemeinem Gelächter gemeint, «dass man Fleisch nie mit der rechten Hand berührt.» Der Höfling hatte seinen Schweizer Dolch gezückt. Es kam zum Handgemenge, das genauso plötzlich endete, wie es begonnen hatte. Wie das eben in London immer so war. Dame Alice hatte die Musiker angewiesen, ihre Taverne zu verlassen – in ihren Worten: «Hebt eure dreckigen Ärsche hinweg!» –, und geschworen, sie nie wieder zu verpflichten. Deshalb gab es beim nächtlichen Besuch von Miles Vavasour keine Musik.

«Sie ist noch Jungfrau», sagte sie erneut. «Trotzdem wird sie für Euch auf und ab hüpfen. Ich schwör's. Heute Nacht werdet Ihr ordentlich schwitzen.»

«Legt sie sich ins Zeug?»

«Eine Mösenhexe ist sie. Eine Lotterstute.»

«Dann will ich sie haben.»

«Aber bezahlen müsst Ihr. Mit leeren Fäusten fängt man keine Falken.» Miles Vavasour war für seinen Geiz berüchtigt. Er galt als Pfennigfuchser oder, wie Dame Alice sich ausdrückte: «Ein furztrockener Kerl, der nicht mal seinen Nasenpopel verschenkt.»

«Nun, ma dame, wie hoch beläuft sich die Rechnung?»

«Zwei Schilling.»

«Was?»

«Ihr schaut ja saurer drein als Wermut. Zwei Schilling, sagte ich.»

«Genauso viel kostet mich mein Wams!»

«Wird Euch aber nicht so schön wärmen, Sir Tripper.»

«Meine Dame, für acht Pence bekomme ich schon ein Spanferkel.»

«In jedem Gasthof bekommt Ihr für einen Penny pro Nacht ein Bett samt Leintuch und Decken. Seid Ihr deshalb hergekommen?»

«Aber zwei Schilling!»

«Wenn sie Euch nicht gefällt, wüsste ich ein Heilmittel gegen Lüsternheit. Sie legt sich, wenn man die eigenen Schuhe auszieht und daran schnuppert. Steht Euch danach der Sinn?»

Der Handel war besiegelt. Man brachte das Kind zu Miles ins Zimmer. Außer einem blauen, pelzbesetzten Gewand trug es nichts am Leib. «Nun, Mädchen», sagte er, «ein so feiner Pelz ist für dich nicht standesgemäß.»

«Dame Alice ist gut zu mir gewesen, mein Herr.»

Das Weib vom Badehaus hatte an der Tür gelauscht, doch nun

ging sie mit einer Kerze in der Hand leise die Treppe hinunter. Da sah sie neben der Tür Thomas Gunter an einem schmalen Gebetsschemel lehnen, dessen geschnitzte Grotesken er eingehend betrachtete. Sie kannte ihn sehr gut. «Bist du's, Medikus? Heute Nacht brauchen wir dich nicht, Aasvogel.»

«Wenigstens bin ich kein Käuzchen.» Beide genossen diesen spielerischen Austausch von Beleidigungen, bei dem nie einer das letzte Wort hatte.

«Wie geht's denn, Zwerg?» Um seinen kurzen Wuchs auszudrücken, stand ihr ein reicher Wortschatz zur Verfügung, den sie stets einsetzte. Knubbel, Stummel, Winzling, Gnom.

«Na ja, es geht so, Gott sei Dank.» Er hob den Blick nach oben, zum Treppenanfang. «Und wie geht's Miles?»

«Halt den Mund und sei schön still, wenn dein Nachbar ruhen will.» Das war ein altes Sprichwort.

«Alice, ich bin kein Zuträger. Ich möchte niemanden ausrichten. Sir Miles steht in meiner Obhut, und ich bin sehr besorgt um ihn –»

«Tatsächlich? Nun, sei gänzlich unbesorgt. Der Schmied ist gut. Hörst du, wie sein Hammer knallt?» Sie lachte. «Der hat ein junges Fötzlein. Eine Muschitussi.»

«Also eine Jungfrau?»

«Rose, das Pelzchen. Aus diesem Sprengel.»

«Vermutlich ist sie zu jung, um im Büttelbuch zu stehen.»

«Nicht zu jung, um gevögelt und gerammelt zu werden. Elf Jahre. Im Scherhaus hab ich sie gefunden. Hat dort Haare zusammengefegt.»

«Und du bist ihr wie ein Kranich hinterher stolziert.»

«Ich habe sie angesprochen, und sie ist mir gefolgt. Bare Münze will sie.»

«Es ist unklug, etwas Unehrenhaftes zu begehren.»

«Holla! Johotero, Meister Gunter. Ein Narr wird immer große Worte machen und nie etwas lernen. Es gibt Mädchen, die verschwinden für zwei Pence oder eine Weizengarbe hinter einer Hecke. Rose wird reichlich Schillinge in ihrer Börse haben. Darf man mir meine gute Tat vorwerfen? Pack dein Zeug zusammen und troll dich.»

Das Weib vom Badehaus sei so hart wie London, meinten einige, und gleich kurzweilig. Gegen sie kam man so wenig an wie gegen die Stadt selbst. Deshalb verabschiedete sich Gunter von ihr mit einem Friedenskuss, der nicht erwidert wurde.

XVI
Der Koch

Die Garküche in der Nuncheon Street war die größte von London. Ihr Hauptsaal fasste hundert Leute. Obendrein gab es noch mehrere Zimmer oder «Messen», wo kleinere Gruppen zusammen tafeln konnten. Sie war unter dem Namen «Roger's» bekannt, nach Roger aus Ware, ihrem Koch und Besitzer, der immer noch die Zubereitung der Speisen überwachte. Er war ein schlanker Mann mit einem schmalen, ordentlich getrimmten Bart und einem weißen, tellerförmigen Hut auf dem Kopf, dem Symbol seines Handwerks. «Alles muss blitzblank geputzt sein!» Gerade machte er seine Runde durch die große Küche neben dem Hauptsaal. «Blitzblank! Blitzblank! Blitzblank! Walter, hörst du?» Er näherte sich einem jungen Bediensteten. «Lass mal deine Hände sehen. Hast du mit Rossäpfeln gespielt? Geh dich waschen! Hannes, dieser Schaumlöffel muss dringend gespült werden. Siehst du den Dreckrand? Das ist nicht gut. Nicht gut!»

An den gegenüberliegenden Küchenseiten loderten zwei Feuerstellen, eine für Fisch und eine für Fleisch. Die doppelte Hitze ihrer Flammen war so heftig, dass die meisten Küchenarbeiter ihre Hemden ausgezogen hatten und nur noch im Unterhemd arbeiteten. In die übrigen Gerüche mischte sich die Ausdünstung menschlichen Schweißes. Dazwischen spazierte Roger in einer reich bestickten Jacke herum, an der mit langen Strumpfbändern, den Hurenschnallen, seine Beinlinge befestigt waren. Dazu trug er Krakauer, lange, hochmoderne Schnabelschuhe mit gebogenen Spitzen. Leider verwandelte ihn sein Tellerhut in einen «Mischmasch», wie er es nannte.

«Am Boden dieses Tiegels befindet sich eine weiße Fettschicht!

Muss ich wirklich alles eigenhändig schrubben?» Er überprüfte sämtliche Töpfe, Fleischgabeln, Kochlöffel, Stößel, Teller und Pfannen, die an den gefliesten Wänden hingen. «Simkin, hast du schon jemanden zum Gewürzhändler geschickt?» Er genoss es, den allgemeinen Lärm noch zu überbrüllen. «Hier hat's so viel Safran wie in einem Nonnenarsch!» Simkin war einer von drei Köchen, die sich ums Fleisch kümmerten, ein unguter Mensch. Nach Aussage seiner Kollegen beherrschte er einen Zaubertrick, bei dem die Milch sauer wurde, indem er einfach hineinrülpste. Er zerrieb gerade in einer flachen Schüssel Lerchen und Täubchen und beachtete Roger gar nicht. «Bewahre Gott, dass du mich hörst, Simkin.» Roger strich mit den Fingern über den Rand einer Holzschüssel mit Schweineschmalz. «Angeblich sollen an einem hässlichen Menschen üble Manieren hängen bleiben. Stimmt das, Simkin?»

Simkin musterte ihn einen Augenblick. «Meister Roger, ich habe hier viel zu viel zu tun, um wie eine Aufwärterin dem Safran hinterherzurennen.»

«Oha, tra-la, sie gibt ja Antwort.» Insgeheim kannten Rogers Leute ihn als Dame Durden oder Großmutter Trot. Er hatte dieselbe scharfe Zunge und den gleichen wüsten Wortwitz wie die alten Weiber aus den Zwischenspielen. Auch seine verkniffenen Gesichtszüge und sein übertrieben gezierter Gang erinnerte an sie.

Auf einem langen Tisch lagen Fasan, Gans, Rebhuhn, Sülze, Schweinefleisch, Speck und Kutteln bereit. Einige Fleischstücke drehten sich bereits auf einem Spieß, zusammen mit einem Wildschweinkopf und einem Wildbretbraten. Über einem Teil des Feuers stand ein großer Kessel, der mit drei Beinen fest zwischen den glühenden Holzscheiten steckte. Ein älterer Mann holte mit einer Fleischgabel Gesottenes heraus. Das machte er seit dreißig Jahren so. Er hatte schon lange vor Rogers Ankunft in dieser Küche gearbeitet. An dieser Stelle befand sich seit über hundert Jahren eine

Garküche, ein lebender Beweis für die unveränderlichen Gewohnheiten der Londoner Bevölkerung.

Dicke Duftschwaden der verschiedensten Fleischsorten mischten sich mit den kräftigeren Gerüchen von Hecht und Schleie. Dumpfer Aalgeruch gesellte sich zum Geschmack von Schwein, und kurz gebratener Hering zum langsam schmorenden Ochsenfleisch. Das waren Noten und Kontrapunkt, entsprungen einem Gesangbuch der Düfte. Die Küche war eine kleine Stadt aus Gerüchen. Niemand ging an der Garküche vorbei, ohne die Vielfalt wahrzunehmen. Jeder schmeckte den Unterschied zwischen Brasse und Barsch, Lauch und Bohnen, grünen Feigen und Kohl. Der köstliche Essensgeruch, ob Fisch, ob Fleisch, setzte sich in der Nachbarschaft sogar in den Steinen fest. In der ganzen Gegend strich jegliche Art Hunde herum. Manchmal töteten sie die Lehrjungen mit Pfeilen oder Schleudern und warfen sie in den Graben am Straßenende. Der Name der Straße – «nuncheon» – bezeichnete ein Zwischengericht, eine Brotzeit am Nachmittag.

«Hier haben wir den Mann, der zu bauen anfing, aber nicht fertig werden konnte!» Roger beobachtete einen seiner Köche, der mit geringem Erfolg versuchte, gehackte Schweineleber, Milch, hart gekochte Eier und Ingwer zu mischen. «Gott schickt einem Menschen vielleicht gutes Fleisch, aber anschließend der Teufel einen schlechten Koch, der alles kaputtmacht. Ist es nicht so, Myttok?»

Der Jungkoch schaute nicht von seinem Brett auf, sondern schnippelte noch ein bisschen heftiger am Ingwer herum. «Diese Leber, Meister Roger, ist so hart, dass ich damit Ball spielen könnte. Wann seid Ihr auf den Markt gegangen?»

«Also muss ich daran schuld sein, ich verstehe. Segne mich, Maria, denn ich habe gesündigt.» Stets heizten Hitze und Lärm der Küche ihre Wortgefechte an. Wer von der Straße hereinkam, hätte glauben mögen, dass hier ununterbrochen bis aufs Messer miteinander gestritten wurde.

«Na ja, Meister, schöne Worte machen nur Euren Kopf fett.»

«Du musst's ja wissen, Hurensohn. Dein Arsch ist so breit wie zwei Fässer.»

Durch den Gang rannte der Küchenjunge Walter, legte die Hände um den Mund und trötete wie ein Jagdhorn los. «Sie sind da! Sie sind da!» Die ersten Gäste waren zum Mittagessen gekommen und hatten ihre Kappen abgenommen. Walter hatte bereits die Tische vorbereitet. Vor jedem Sitzplatz lagen Tranchierbrett, Mundtuch und ein Holzlöffel. Für jeden war ein Brotlaib und ein Becher aufgedeckt. Je zwei Gäste teilten sich ein Salzfass. Auf jedem Tisch stand eine kleine eiserne Laterne mit Glasscheiben, die an dunklen Tagen angezündet wurde, obwohl es in der Garküche schon hell genug war. Kacheln mit Szenen von der Hatz und der Falkenjagd zierten die Wände. Aus dem Mund der Jäger wanden sich Sprüche: «Sa cy avaunt!», «Joho!» und «Sau tot!» Der rote Lehmboden war mit frischem Binsenstroh eingestreut.

Als Roger den Saal betrat, um die ersten Ankömmlinge willkommen zu heißen, ertönten ringsum freundschaftlich-vertraute Grüße. «Wie geht's?» «Wie steht's?» «Wie ist das werte Befinden?» «Gott schenke Euch einen guten Tag.» Diese Sätze waren ein Ausdruck steter Erneuerung, so dass jeder Tag in einer harmonischen Linie an die vergangenen anknüpfte. Roger nahm ihnen die Umhänge und Gewänder ab, nickte Fremden zu und titulierte liebe Bekannte mit «Herr von Vielfraß» oder «Herr von Schleckmaul» oder «Herr von Gierschlund». Als die Glocken von St. Denis zwölf Uhr schlugen, hallten Bestellungen durch den Raum. Nach gekochtem Rindfleisch mit Nelken und gerösteten Mandeln, Muscheln in Hechtsoße, in Wein gesottenen Schweinsohren, Rebhühnern vom Spieß mit Ingwer, Brataal mit Zucker und Makrelen in Minzsoße. In der Küche stellten die Köche Teller mit Obst und Gemüse zusammen, alles gekocht oder gedünstet. Rohe Speisen galten als ungesund. Die Gäste aßen von Zinntellern mit ihren eigenen Messern und tranken aus Leder-, Holz-

oder Blechbechern. Außerdem stand auf jedem Tisch ein Korb für Reste und Brotkanten, die Roger später an die Bettler draußen vor der Türe verteilen würde.

Bei den Gesprächen ging es laut, derb und lebhaft her. Wer hatte Neues vom König gehört? Zwischen den Tischen wurden, neben Klagen über die Zeitläufte, viele Gerüchte und manches Märchen ausgetauscht. Eines stand mit Sicherheit fest: Heinrich Bolingbroke war kürzlich mit Richard II. als Gefangenem in Dunstable eingetroffen. Dort hatte er vom Uhrturm aus der Menge verkündet, er werde am ersten Tag des neuen Monats in London eintreffen. Am ersten September wurde das Fest der Zwölf Märtyrer gefeiert, und die Gäste in Rogers Garküche sprachen bereits von einem dreizehnten. Heinrichs Gier nach dem Thron hatte einen gewalttätigen Unterton. «Der Wechsel der Jahreszeiten macht uns noch alle traurig und krank», meinte Hanekyn Fytheler zu Hugyn Richokson.

«Ich bete, dass Gott uns eine glückliche Welt schickt», erwiderte Hugyn.

«Dem widerspreche ich nicht. Wie geht es deiner Schwester?»

«Gut. War nie besser.»

Am nächsten Tisch musterte Roger aus Ware höchstpersönlich eingehend eine juwelenbesetzte Schatulle, die ihm Heinrich Huttescrane überreicht hatte. «Was ist sie wert?»

«Roger, du sollst sie billig haben.»

«Ich witterte einen Pferdefuß.»

«Nein, ich schwör's. Sie kommt aus Afrika.»

Der Arzt Thomas Gunter speiste mit dem Scholaren Emnot Hallyng. Beide waren Mitglieder der Ehrwürdigen Bruderschaft der Männer, die gerne Katzen streicheln. Möglicherweise steckte hinter dieser Bezeichnung irgendeine wortwörtliche Anspielung, aber «eine Katze streicheln» bedeutete auch, sich mit einem Problem oder einer verzwickten Situation auf freundschaftlich-ruhige Art auseinander zu setzen. Gestern Abend hatten sie über folgende

Frage diskutiert: «Angenommen, Adam hätte Eva nie kennen gelernt. Wäre dann die ganze Menschheit männlich?» Im Verlauf der Auseinandersetzung hatte Gunter Hallyng gebeten, anderntags mit ihm zu speisen. Dass der Scholar einer der Vorherbestimmten war, wusste er nicht, aber er genoss dessen Gesellschaft und seine geistreichen Äußerungen zu abstrusen Themen. Genau genommen hatte er Gunter erzählt, sein Cousin sei in der Camomile Street irgendwelchen Geisterwesen begegnet. Darauf hatte der Arzt geantwortet, möglicherweise könnten sich Gestalten – leibhaftige oder immaterielle – aus Kräften bilden, die weder Erde noch Wasser, noch Feuer, noch Luft, noch irgendeiner aus diesen vier Elementen geschaffenen Kreatur zuzurechnen seien. Er erinnerte an die letzten Worte des Mönchs Gervasius von Winchester vor dessen plötzlichem Tod: «Wer klopft denn da?» Viele seien in schwarze Magie verstrickt, würden wahrsagen und statt eines Nachtgebets Zaubersprüche aufsagen. «Nun ja, genug, werter Scholar. Es gibt so viel Verstellung und Heuchelei, dass ich mich dazu nicht weiter äußere. Wie ist dein Käse?»

«Zu trocken», erwiderte Emnot. «Ich mag Käse aus Essex und nicht diesen Sussexer.»

«Dann lass ihn liegen. Trockener Käse blockiert die Leber und erzeugt Gallensteine. Wenn er zu lange im Magen liegt, bekommt man einen üblen Atem und Pickel auf der Haut.»

«Aber ich habe Hunger.»

«Nimm stattdessen etwas Butter. Du kennst ja den Spruch: Butter am Morgen ist Gold, zu Mittag Silber und abends Blei. Probier etwas Silber.»

«Thomas Gunter, du kannst auch nie aus deiner Haut. Du bist durch und durch Arzt.»

«Ist doch nur zu deinem Besten. Butter tut Kindern gut, die noch wachsen müssen, und alten Leuten am Ende ihrer Tage. Du befindest dich mittendrin. Iss Butter am Anfang und am Ende, und leb bis zur Hundertjahreswende. Hast du schon diesen Reim vernommen?»

«Ich habe gehört, ein guter Koch sei ein halber Arzt. Darauf scheinst du anzuspielen.»

«Und ein guter Arzt ein halber Koch. Ich koche auf dem Feuer Essenzen und Extrakte. Genau wie niemand Gemüse vom Vortag essen wird, wird keiner einer Medizin trauen, die nicht ganz frisch zusammengestellt wurde. Übrigens, neulich –»

«Halt den Schnabel, Medikus.» Diese Bemerkung Emnots war scherzhaft gemeint und gehörte zu dem freizügigen Ton, der in einer Garküche herrschte. «Von deinen drastischen Worten habe ich schon Ohrenschmerzen.»

«Gegen Ohrenschmerzen hätte ich eine ausgezeichnete Salbe.»

«Genug.»

«Besser hungrig als dumm, werter Scholar.»

«Genug, habe ich gesagt. Kennst du denn außer deinem auswendig gelernten Wissen auch sonst noch etwas Neues?»

Der Arzt beugte sich vor. «Nur das: Die Nonne soll demnächst zur Rechenschaft gezogen werden.»

«Weshalb?»

«Weil sie gegen den König gerichtete Prophezeiungen abgegeben hat.»

«Thomas, das tun doch inzwischen alle. Wenn sie sein Ende fürchtet, liegt sie nicht falsch.»

«Die Stadt wird sie verhaften, da kannst du sicher sein. Man will sie stumm halten, bis man weiß, was kommt. Wenn Heinrich unbedingt König sein will, ist die Stadt für ihn. Sie wird ihr Mäntelchen nach dem Wind hängen. Aber weißt du, Emnot, ich habe noch mehr Neuigkeiten.» Der Arzt rückte näher und schnupperte prüfend den Atem des Scholaren. «Darf ich im Vertrauen sprechen?»

«Darfst du.»

«Weißt du über die fünf Wunden Bescheid?»

«Von unserem Erlöser?»

«Nein, von unserer Stadt.»

Es hatte zu regnen begonnen. Emnot Hallyng ließ den Blick auf der offenen Eingangstüre ruhen. Heftiger Regen schraffierte das Bild eines Pferdes, das mit seinem Karren untätig am Straßenrand stand.

«Meiner Ansicht nach», sagte Gunter, «wird in St. Michael le Querne ein heftiges Feuer ausbrechen. Und später dann in St. Giles im Gefilde.»

Emnot tat so, als hätte er sich an einem Stück Sussexkäse verschluckt. Dadurch hatte er die Möglichkeit, sich ein Tuch vors Gesicht zu halten. Woher wusste Gunter über die Pläne der Vorherbestimmten Bescheid? Er gehörte nicht zu ihrem Kreis und war auch, nach Emnot Hallyngs Wissen, mit keinem anderen Mitglied bekannt. Steckte dahinter eine Art schwarze Kunst? Hatte sie ihm einen Blick in ihre heimlichen Versammlungen in der Paternoster Row erlaubt?

«Woher weißt du das alles? Woher?»

«Ein armer Büttel hat mir von einem Pfeil erzählt, der aufs Herz der Stadt zielt. Von Geheimbündlern und verborgenen Wegen. Danach habe ich von einem weitaus höher Stehenden noch mehr erfahren.»

«Wer war das?»

Gunter warf einen Blick über die Runde der Schmauser in der Garküche. Er wollte sicherstellen, dass ihn niemand belauschen konnte. «Emnot, was ich sage, darf niemand erfahren, unter keinen Umständen.» Dann berichtete er dem Scholaren von seinem Abendessen bei Miles Vavasour und von den Notizen, die er auf der Rückseite eines Gerichtsdokuments entdeckt hatte. Außerdem beschrieb er ihm jenes heimliche Treffen von Londoner Würdenträgern im Rundturm.

Emnot Hallyng hatte keinen Grund, den Überraschten zu spielen. Er war erschüttert und entsetzt über das, was Gunter ihm erzählt hatte. Wie konnte es eine Verbindung zwischen besagtem Treffen – von Ratsherr, Untervogt, Ritter und Rechtsvertreter – und den Taten der Vorherbestimmten geben? Miles Vavasour zählte nicht zu den Wissenden, und doch hatte er ein Stichwort über jenes Feuer notiert, das in Bälde die Kirche an der Bladder Street heimsuchen sollte. Wie konnte ein Mann der Hohen Gerichtsbarkeit im Voraus Kenntnis von einem Schwerverbrechen haben – das heißt, von Brandstiftung und Entweihung eines Gotteshauses –, ohne den geringsten Versuch zu unternehmen, dieses zu verhindern? Thomas Gunter hatte zwar etwas von verschworenen Zirkeln und Geheimgesellschaften geflüstert, aber von den Vorherbestimmten hatte der Arzt keine Ahnung. Gunter wusste lediglich, dass sich die führenden Köpfe der Stadt im Schutz von Nacht und Dunkelheit zu einer geschlossenen Sitzung getroffen hatten. Dann stellte sich Emnot dieselbe Frage noch einmal insgeheim: Wie konnte irgendein Uneingeweihter Kenntnis von Exmewes Vorbereitungen haben? Emnot Hallyng fühlte sich wie in einem Labyrinth, in dem vermutlich längst große Gefahr lauerte. Eines glaubte er felsenfest: Er und seine Gefährten waren in jeder Hinsicht frei und trugen den Samen göttlichen Lebens in sich. Dennoch hatte sich über diese Vision ein dunklerer Schleier aus menschlicher Angst und Argwohn gelegt.

Jetzt war das Mahl zu Ende. Scholar und Arzt nahmen aus einer Schüssel Kardamomkapseln, um den Atem zu erfrischen. Dann begaben sie sich in Rogers Stallungen. «Ich befürchte», meinte Gunter, während er sich mit seinem Umhang gegen den Regen schützte, «dass sich gewisse Personen durch die Mutter aller Irrtümer haben blenden und täuschen lassen: durch Unwissenheit.»

«Offensichtlich, Meister Gunter. Gott beschütze dich.»

«Sei auch du Gott befohlen, Emnot Hallyng. Reite rasch durch diesen Regensturm.»

Roger aus Ware stand an der Türe seiner Garküche und murmelte jedem Gast beim Gehen zu: «Gott schenke Euch einen schönen Tag» oder «Möge Gott mit Euch sein.»

«Das war ein feines Fleisch, Roger.»

«Untertänigsten Dank, Sir, bei Gott.» Hanekyn Fytheler hatte zu viel getrunken, und Roger half ihm übers Pflaster zu seinem Pferd hinüber. Danach ging er wieder in seine Küche und wischte sich die Hände ab. «Gott schütze diese brave Gesellschaft und ihre Fürze! Gott gebe ihnen einen guten Schiss!» Er begann mit einer genauen Inspektion der Örtlichkeiten. «Wer war das? Wer hat seine Knochen unter den Tisch geworfen? Walter, wer hat an diesem Tisch gesessen?»

«Vier Samtkapuzen von der Gilde des heiligen Swithin.»

«Wenn sich Männer zu Narren machen, genügt unter vieren schon einer. Walter, hast du ihnen ins Gesicht gerülpst? Hast du die Nase in ihre Mundtücher geputzt? Hast du in deinen verfaulten Zähnen herumgestochert?»

«Nein, Herr.»

«Schade.» Die Aufwärter legten die trockenen Brotrinden mit den Essensresten in die Almosenkörbe. «Habt Ihr den werten Herrn Rochford gesehen? Seine Beinlinge waren so knapp geschnitten, dass ich sein schreckliches Glied sehen konnte. Es glich einem geschwollenen Bruch. Ich wäre beinahe in Ohnmacht gefallen.»

«Und auf der Kehrseite», fügte Walter hinzu, «hat er aus allen Rohren gefeuert. In diesem Teil des Zimmers hat es fürchterlich gestunken.»

«Walter, wir leben in einer fauligen Welt. Hier sind noch ein paar Ochsenzungen übrig. Nimm sie zum Abendessen hinauf. Und putz deine Jacke. Ich entdecke da Fett darauf.» Er blieb stehen und bückte sich in eine Ecke. «Himmel, hier hat einer hingepisst. Hol einen Eimer. Möge Gottes Fluch ihn treffen!»

Lachend ging Walter hinaus und pfiff dabei «Aus tiefer Not schrei ich zu dir».

Robert seufzte und zog aus seiner Jackentasche die kleine Juwelenschatulle. Nach Aussage von Heinrich Huttescrane stammte sie aus Afrika, wo Menschen auf Bäumen hausen und das Fleisch großer weißer Würmer verspeisen, wo Frauen Hundeköpfe haben und alle Leute acht Zehen an jedem Fuß. Wahrlich, die Welt war voller Wunder.

XVII
Der Knappe

Am Fuß des Kreuzes in der Cheapside sangen ein paar Kinder. Sie kamen aus den umliegenden Straßen und trafen sich nach stillschweigender Übereinkunft am Spätnachmittag an dieser Stelle, wo sie Fangen und Penny-Schnapsen spielten und sich für Huckepack-Spiele und Tauziehen begeisterten. Einige zogen sich die Kapuzen übers Gesicht und spielten «Blinde Kuh», andere brachten ihre Steckenpferde oder Bleifiguren von gewappneten Rittern mit. Sie bildeten einen Kreis, hielten sich an den Händen und sangen das alte Kinderlied:

> Fuchs, du hast die Gans gestohlen,
> gib sie wieder her,
> sonst wird dich der Jäger holen
> mit dem großen Riesenspeer.

Langsam ging an diesem letzten Augusttag die Sonne unter und warf dabei einen langen kreuzförmigen Schatten auf die Pflastersteine.

> Eins, zwei, drei, vier, fünf, sechs, sieben,
> eine alte Frau kocht Rüben.
> Eine alte Frau kocht Speck,
> und du bist weg.

Die Kinderstimmen stiegen in die Lüfte und wanderten durch die Sphären bis zu den Fixsternen, wo sich strahlende Klarheit mit Klarheit mischte.

Doch dann gab es einen Aufruhr. Donnernde Pferdehufe erstickten ihr Singen. Laute Rufe ertönten: «Schnell! Macht schnell!» Zwei Herolde erklommen die unteren Stufen des Großkreuzes und brüllten so lange «Hört! Hört! Hört!», bis sich eine zahlreiche Menge versammelt hatte. Der Stadtvogt stieg auf die höchste Stufe, von der aus die Stadt London ihre öffentlichen Bekanntmachungen verkünden ließ, und gab im Namen des Bischofs von London, des Bürgermeisters, der Untervögte und der Ratsherren, gemeinsam mit allen übrigen geistlichen Herren und Leuten von Stande sowie sämtlichen Bürgern der Stadt folgende Erklärung ab: «Eingedenk der Tatsache, dass die Nonne von Clerkenwell, allgemein als Clarissa bekannt, vorsätzlich und mit bösem Willen die Gesetze übertreten und üble Verleumdungen ausgestreut hat, die zu großer und unaufhörlicher Verwirrung führten, was der erwähnten Übeltäterin zum Vorwurf gereicht, und allen, die sie bei ihrer böswilligen Tat unterstützt haben, als große Niedertracht und Schande angerechnet werden muss, hat die Nonne harte und schmerzhafte Züchtigung und Strafe verdient.»

Gerichtsdiener der Stadt hatten Schwester Clarissa verhaftet und ins Gefängnis des Bischofs von London gebracht. Die Anklage lautete, sie habe üble Berichte wider den König in Umlauf gebracht und die Bürger von London gegen die geistlichen Herren der Stadt aufgehetzt.

Es war eine gefährliche und unsichere Zeit. Heinrich Bolingbroke hatte mit seinem Heer in Acton Halt gemacht, nur einen halben Tagesritt von der Stadt entfernt. Der König wurde Tag und Nacht bewacht. Nach allgemeiner Ansicht würde König Richard demnächst im Tower Quartier beziehen. In Wahrheit waren die Ratsherren über die Prophezeiungen der Nonne gegen den König nicht sonderlich beunruhigt. Erst vor wenigen Tagen war eine Abordnung der Bürgerschaft nach St. Albans gereist, um Heinrich Bolingbroke ihre Ergebenheit zu bekunden. Vor einem hatte man allerdings tiefe Angst: vor ihrer Macht, in dieser Zeit allgemeiner

Unbeständigkeit unter den Unzufriedenen einen Volksaufstand anzuzetteln.

In der Nacht vor der Verkündigung ihrer Gefangennahme wandte sich Clarissa am Stein von London an die Bürger und deren Ehefrauen. «Ich bin wahrhaft arm dran», sagte sie, «mich verfolgen böse Bilder im Schlaf. Jetzt stehe ich hier, ganz todgeweihte Kreatur, und jeden Tag treibt es meinen Körper näher zur Erde, wie ein Kind zu seiner Mutter. Und doch muss ich leben, um euch zu warnen. Es heißt, dies sei eine schöne Stadt, doch unter schönen Kräutern kriechen Otterngezücht und Schnecken und andere Giftwürmer herum. Mitten unter euch befinden sich Schlangennester. Ihr wisst, ich selbst bin so gering, dass ich zu einem Finger der Rechten Gottes geworden bin, der euch den Weg weist. Greift deshalb zu Waffen und Schild und erhebt euch, mir zur Hilfe.» Aus ihren mitunter verwirrten Formulierungen wurde nicht klar, wem oder was der Angriff mit Waffen und Schild gelten sollte. Aber nach Ansicht des Bürgermeisters und der Untervögte handelte es sich um einen Aufruf zu einer allgemeinen Revolte – gegen die Stadt, gegen die Kirche oder gegen beide zugleich. Deshalb wurde sie am nächsten Morgen verhaftet und zur Bewachung ins bischöfliche Gefängnis neben dem Hohen Gericht von St. Paul gebracht.

Während der Vogt am Großkreuz von Cheapside seine Proklamation abgab, wurde Schwester Clarissa bereits im Bischofspalast verhört, in der Haupthalle des Kerkerturms. Unmittelbar darunter lagen die Zellen. Das Verhör wurde vom Bischof persönlich und von einem Knappen durchgeführt, Gybon Maghfeld. Letzterer war kraft seines Amtes als Provinzialrichter von Middlesex, wozu Clerkenwell gehörte, und als Parlamentsvertreter für ebendiese Grafschaft anwesend. Er war darauf erpicht, die Ordnung aufrechtzuerhalten, um jeden Preis.

Barfuß stand Clarissa vor ihnen auf den Steinplatten.

«Meine erste Frage an dich lautet wie folgt», hob der Bischof an. «Trägst du irgendeinen Zauberstein, ein Zauberkraut, ein Amulett oder sonstigen Zauber bei und an dir?»

«Exzellenz, ich bin weder Zauberin noch Quacksalberin.»

«Und doch sollst du angeblich nächtliche Besprechungen mit Geistern abhalten», warf Gybon ein, wobei seine Augen die Wand knapp über Clarissas Kopf musterten.

«Also verdammt man eine arme Frau, die Gottes Wort verkündet, als Zauberin.»

«Wollen wir es eher so ausdrücken», erwiderte der Knappe. «Du bist eine Unruhestifterin, die unter dem gemeinen Volk großen Wirbel verursacht hat.»

«Verursacht man Wirbel, wenn man die Leute auffordert, ihre Sünden zu bekennen und im Angesicht des baldigen Jüngsten Gerichts um Gnade zu beten?»

«Welches Jüngste Gericht?» Der Bischof streifte sich gerade weiße Glacéhandschuhe über, womit er formell seine Rolle als *disputator* annahm. «Mädchen, du bist nicht recht bei Verstand.»

«Exzellenz, ich sage Euch eines: Reinigt Eure Schafe von der Räude, damit sie nicht noch mehr Tiere anstecken.»

«Du willst mir also Worte ins Gesicht schleudern, ja?»

«Höchste Zeit für ein Wurfspiel.»

Der Bischof spuckte auf den kalten Boden. «Ich sehe, Nonne, dein Geschwür ist voller Eiter.»

«Dann passen ja meine Worte zu einem kranken Leib.»

Gybon Maghfeld hatte sie eingehend beobachtet. Sprach aus ihr der Geist Gottes, oder täuschte sie alles nur vor? Doch wozu? War sie wirklich von prophetischer Gabe beseelt, oder handelte es sich lediglich um kindische Puppenspielertricks? Es war unwahrscheinlich, dass sich eine junge Nonne ohne eine innere Kraft gegen den Bischof von London behaupten konnte. Ob sich diese Kraft aus böser oder aus guter Quelle speiste, ließ sich unmöglich feststellen. Der Knappe interessierte sich noch aus anderen Gründen für die Nonne. Seine ältere Tante Amicia hatte während der Regierungszeit Edwards III. prophetische Gaben für sich in Anspruch genommen. Sie hatte eine weiße Tunika mit schwarzer Kapuze und jede Woche neue Schuhe getragen und sich als «Die Frau unter dem Mantel des Meersterns» bezeichnet. Insbesondere hatte sie vier Jahre im Voraus die Niederlage der Franzosen bei Poitiers und die Kontrolle der Engländer über Aquitanien vorhergesagt. Anfänglich hatte sich ihre Familie ihrer geschämt und war über ihre Behauptung, im Stande göttlicher Gnade zu sein, entsetzt gewesen, aber der König selbst hatte sie zu ihrem glühenden Eifer für die Sache Englands beglückwünscht. Ihr Bruder, Gybons Vater, hatte sie in sein Haus in der Hosier Lane aufgenommen, wo sie gegen alle kirchlichen Gesetze und Regeln vor den Frauen des Sprengels predigte. «Wir alle sind zum Licht unterwegs», hatte sie gesagt, «auch wenn wir nicht wissen, was das ist.» Ihr Verhalten wurde immer merkwürdiger. Sie bemalte ihr Gesicht kunterbunt und zupfte sich die Haare aus. Freitags und sonntags aß sie nur Gras und trank Wasser vom Bach. Sie ließ sich auf einem Mistkarren durch die Straßen fahren und rief dabei laut, sie verfaule von innen heraus an den Wunden ihrer Sünden. Schließlich wurde sie für geistesgestört erklärt und ins Irrenhaus eingewiesen, wo sie an einem Tumor starb.

Jetzt stand die junge Nonne vor Gybon Maghfeld. Ihre Arme hatte sie zum Zeichen der Ergebenheit vor der Brust verschränkt.

«Clarissa, du bist still wie ein kleines Mädchen.»

«Herr, wie in vergangenen Zeiten muss ich Leid tragen, und so werde ich es auch, um Gottes willen, auf mich nehmen.»

«Stroh für deine Sanftmut.» Der Bischof kratzte sich mit einem behandschuhten Finger die linke Wange. «Legt sie in Eisen. Sieben Jahre soll sie ihre Füße nicht sehen. Sie hat Gott gelästert.»

«Wenn der Gott lästert, der Sein Wort verkündet, dann gestehe ich mein Vergehen. Dann mögt Ihr mich an den Fersen aufhängen. Und doch ist es Eure Welt, die auf dem Kopf stehen wird.»

«Ist deine Häme immer noch nicht gebrochen? Worauf gründet sich dein Gemurmel?»

«Was bleibt uns noch in diesem sterblichen Leben außer Tränen? Oh, Exzellenz, Ihr macht Euch über den Jammer dieser Welt lustig, wenn Ihr sagt: ‹An den Flüssen Babylons saßen wir und weinten, wenn wir deiner gedachten, Zion.› Diesen Satz habe ich Euch auf der Kanzel plappern hören.»

«Für diese Unverschämtheit wird man dich auspeitschen lassen, Nonne.»

«Gott liebt Züchtigung. Gott lebt, und vor Ihm werde ich im Gefängnis spielen. Der Herr hat mich längst mit liebevoller Rute gezüchtigt, mein Schrei ist Ihm wohlgefällig.»

«Clarissa, du sprichst zwar von deinem Gefängnis, doch in jüngster Zeit bist du wie ein nächtlicher Dieb in der Stadt umgegangen.»

«Wer die Wahrheit lehrt, tut klug daran, darauf zu achten, wo er es tut.»

«Maulhurerei.»

«Gebt Acht, Exzellenz, Ihr seid machtlos. Und doch könnt Ihr nicht weinen, weil Ihr so abgeschmackt und sorglos seid. Euch umgeben die alten, faulen und groben Sünden Londons. Man muss Euch zu Gott bekehren.»

Der Bischof trat einen Schritt nach vorne, als wollte er sie schlagen, aber Gybon Maghfeld gab ihm ein Zeichen.

«Clarissa, nimm den Schleier ab.» Ganz sanft bat sie der Knappe darum. «Zeige dein Gesicht.»

Zögernd gehorchte sie seinem Wunsch.

Als sie den Schleier hob, konnte man sehen, dass ihr Gesicht wachsweiß war. Die Augen waren weit aufgerissen, die Lippen leicht geöffnet.

«Mit deinem Gesicht kannst du doch guten Mutes sein, wenn du willst. Nun komm, sei fröhlich.»

«Fröhlich?» Sie legte den Schleier wieder an und verschränkte erneut die Arme. Diesmal wirkte es eher trotzig als ergeben. «Ihr sinnt auf meinen Tod. Wie sollte ich da nicht in tiefer Schwermut versinken?»

Der Bischof lachte schallend los. «Sie hat sich gegen den König verschworen und spielt die Gramgebeugte! Legt sie auf einen Bratrost und wendet sie. Statt Worten wird sie dann eher Öl und Fett absondern.»

«Der König wird sterben, habe ich gesagt. Und so muss es geschehen.»

«Clarissa», murmelte Gybon, «du solltest deine Zunge im Zaum halten.»

«Wenn ich verstumme, Herr, werden meine Knochen alt.»

«Das ist ein seltsames Englisch, Nonne.» Wieder trat der Bischof einen Schritt auf sie zu, doch sie rührte sich nicht. «Deine Worte sind rabenschwarz. Man muss dich deuten.»

«Ich werde Euch *dispositio*, *expositio* und *conclusio* lehren …»

«Lass ab! Es ist von Übel, wenn man einen Schulmeister in Nonnentracht erblickt.»

«Ihr irrt Euch in mir. Alle Worte der Welt können Euch nicht das Bild meiner Seele malen.»

Offensichtlich wuchs die Ungeduld des Bischofs mit ihrem Bekenntnis. «Einige sagen, dass du vom Heiligen Geist beseelt seist, andere meinen, es handle sich eher um den Geist des Weins.»

«Was ‹einige› sagen, ist unwichtig.»

«Flitter bist du und Possenkram. Tand. Spielzeug.»

Der Knappe unterbrach die Stichelei des Bischofs. «Clarissa, kann ich es dir so erklären? Du sagst, du hättest in einer Vision die Heilige Kirche Gottes nach dem Tod des Königs in einem traurigen Zustand gesehen. Du hast das Volk unruhig gemacht. Vieles von dem, was du sagst, wurde verdreht und ins Böse verkehrt. Menschen, die einst deine Freunde waren, sind zu Feinden geworden. Wie Jäger blasen sie zu deinem Tod.»

«Ich weiß nicht, wieso. Wer sind sie, die derart feines Garn gegen mich spinnen?»

«Die Feinde jeglicher guten Ordnung. Menschen, die unbedingt den Untergang dieser Welt herbeiführen wollen.»

«Ja, von einigen habe ich gehört, das Weltenende sei tatsächlich nahe.»

«Du spielst mit falschen Karten», sagte der Bischof. «Einmal hörst du das, einmal jenes. Du bist das geborene Opferlamm, makellos. Ist das dein Lied? Du gleichst eher der alten Mähre meines Vaters. Du gehst erst, wenn man dir die Sporen gibt. In ganz England kann einem niemand besser den Blick trüben als du.»

«Ich öffne Augen. Einige ritzen es in die Bäume, andere auf Steinwände. Ich ritze es in die Herzen.»

«Oho, Nonne, welch feinsinnige Vorspiegelung und Heuchelei. Du bist ein Glied des Unholds.»

Einen Augenblick blieb sie stumm und senkte den Kopf wie im Gebet. «Wenn ich mich einverstanden erklärte, Euren Willen zu tun und allem abzuschwören, was ich gesagt habe, dann hätte ich es wahrlich verdient, von Gott verflucht zu werden.»

«Wozu abschwören?», fragte Gybon. «Wir fordern lediglich Schweigen und öffentliche Buße.»

«Eine Wachskerze die Cheapside hinuntertragen? Das läuft auf ein Abschwören hinaus.»

«Nonne, du verdienst mehr als nur die Kerze. Schmach und Schande hast du verdient, Hohn und Spott. Gybon, meiner Ansicht nach ist unsere Arbeit hier für diesmal beendet.»

«Ihr habt mir Unrecht getan, edle Herren. Meine Geschichte ist noch nicht zu Ende. Nehmt es nicht übel, werte Herren, dass vielleicht nicht alles so kommt, wie Ihr es wünscht.» Die Nonne öffnete die Arme und streckte sie in einer demütigen Bittgeste von sich. Dem Knappen kam es vor, als würde sie sich in eine blumenbekränzte Statue verwandeln, die Weihrauchschwaden einhüllten. Dann begann sie, ein von ihr erdachtes Lied zu singen:

Lasst ab von Vernunft, und glaubt an Wunder,
denn der Glaube thront oben, und Vernunft geht unter.

Noch immer ließ sie der Knappe nicht aus den Augen. Manchmal bezähmte sie ihr Ich und schrumpfte auf normales Menschenmaß, doch dann schien sie mit ihrem Scheitel den Himmel zu berühren. Ihre Stimme hatte Flügel wie bei seiner Tante.

«Nonne, du weißt», sagte der Bischof soeben, «dass es in meiner Macht steht, dich von der Schwelle der Heiligen Mutter Kirche zu verweisen?»

«Das weiß ich.»

«Du bist eine, die wissentlich und willentlich einen Meineid auf die allerheiligsten Dinge abgelegt hat. Möge dich der alleinige Gott verfluchen. Möge dich die Heilige Gottesmutter verfluchen. Mögen die Patriarchen und Propheten dich verfluchen. Mögen alle Märtyrer und Heiligen Jungfrauen dich verfluchen …»

«Die Heiligen Jungfrauen werden mir meine Bürde abnehmen …»

«Ach, du denkst, du kannst einfach in den Himmel hüpfen?»

In dem Moment klopfte es an der großen Türe. Ein Bote mit einer brennenden Fackel trat ein, ging zu Gybon Maghfeld und flüsterte ihm etwas ins Ohr. Der Knappe drehte sich zum Bischof, kniete nieder und küsste seinen Ring. «Verzeiht, Exzellenz, ich soll mich unverzüglich in der Gildehalle einfinden.»

Der Bote hatte ihm mitgeteilt, Heinrich Bolingbroke sei vor zwei Stunden in Westminster eingetroffen. Den König habe er zum Schutz vor dem vermeintlichen Zorn der Londoner Bevölkerung um dessen eigener «Sicherheit» willen in den Tower befördert. Heinrichs Repräsentanten sollten es später dem Parlament so darstellen: «Wegen der großen Grausamkeit, die er einstmals gegen die Stadt hat walten lassen.» Jetzt versammelten sich der Bürgermeister und die Ratsherren, um ihre Politik in diesen ungewissen

Zeiten zu überdenken. Sie trafen sich in der Gildehalle nahe beim Bischofspalast. Gybon ging zu Fuß mit dem Boten dorthin, durch Straßen, auf die sich die Dunkelheit legte.

Es war die Stunde vor Feierabend, die Torwächter bliesen in ihre Hörner. Damit warnten sie die Leute jenseits der Stadtmauern, sie sollten ihre Tiere hereinschaffen. Um in dieser Nacht für Ruhe auf den Straßen zu sorgen, hatte man sechshundert Bewaffnete abgestellt, und an den Stadttoren standen zahlreiche Wachen. Gybon Maghfeld konnte ein Gefühl von Erregung und baldigem Umbruch spüren. Die Stadt schien sich gegen einen Fiebersturm zu wappnen. Bürger liefen herum, von Straße zu Straße, von Gasse zu Gasse. In ihren angespannten Mienen spiegelten sich Furcht und Erstaunen. Im Vorübergehen musterte er ihre Gesichter, erkannte aber keinen wieder. Dann durchzuckte ihn ein merkwürdiger Gedanke. War es möglich? Was, wenn es sich bei diesen Gestalten um Auswüchse panischer Angst handelte, geboren aus dem Zorn und der Erregung der Stadt selbst? Vielleicht tauchten sie bei Feuersbrünsten oder Todesgefahr auf, eine sichtbare Gruppe nächtlicher Wanderer. Vielleicht erschienen sie, durch all die Jahrhunderte der Geschichte, immer auf denselben Londoner Straßen.

Während der Knappe verwundert an Silver Street und Addle Street vorbeiging, erhoben der Bischof von London und die Nonne von Clerkenwell die Weinbecher und beglückwünschten sich zu einem weiteren, gut gespielten Drama.

XVIII
Der Rechtsgelehrte

«Sag mir, wo befand sich Gott während der Erschaffung von Himmel und Erde?»

«Ich sage, Herr, am anderen Ende des Windes.»

«Woraus wurde Adam erschaffen?»

«Aus acht Dingen: zum Ersten aus Erde, zum Zweiten aus Feuer, zum Dritten aus Wind, zum Vierten aus Wolken, zum Fünften aus Luft, weshalb er spricht und denkt, zum Sechsten aus Tau, wodurch er schwitzt, zum Siebten aus Blumen, wovon Adam Augen hat, und der achte Bestandteil ist Salz, weshalb Adam salzige Tränen weint.»

«Das ist gut, sehr gut. Woher stammt der Name Adam?»

«Von vier Sternen, die da heißen: Arcax, Dux, Arostolym und Momfumbres.»

«Wie war Adam bei seiner Erschaffung beschaffen?»

«Ein Mann von dreißig Wintern.»

Miles Vavasour befragte seinen jungen Rechtsgelehrten Martin auf dem Weg Richtung Westminster Hall nach allen Regeln der Kunst. Allen seinen Schülern hatte er eingetrichtert, dass gründliche Bibelkenntnis beim Studium sämtlicher Gesetzesbücher und Verfassungen unumgänglich sei. Nach außen hin war er ein frommer Mann. «Und wie groß war Adam?»

«Acht Fuß und sechs Zoll.»

«Wie lange hat Adam auf dieser Welt gelebt?»

«Einhundertdreißig Winter und danach in der Hölle bis zur Kreuzigung unseres Herrn und Heilands.»

«Martin, verrate mir noch dieses: Warum scheint die Sonne am Abend rot?»

«Weil sie zur Hölle fährt.»

«Zur Hölle, jawohl. Martin, traue nie einem Menschen mit rotem Gesicht. Jetzt leg mir meine Robe an. Es ist höchste Zeit.»

Also half der Rechtsgelehrte seinem Lehrer und Dienstherrn in einen grünen Tuchmantel, der mit schwarzem Lammfell gefüttert war. Dieser offizielle Umhang war mit dunkelvioletten und blauen Längsstreifen bestickt, damit man ihn von den diagonal gestreiften Mänteln der außerhalb der Schranken tätigen Advokaten unterscheiden konnte, die zwar verhören, aber nicht plädieren durften. Dazu trug Miles zum Zeichen seines Ranges eines Königlichen Rechtsvertreters ein rundes weißes Seidenkäppchen. Ein Amtsdiener mit einem Holzstab, der an beiden Enden in eine Hornspitze auslief, geleitete ihn vom Ankleidegemach zum Oberhofgericht, wo er seinen festen Platz hinter der Schranke einnahm. Das war Gottes Welt. Im Thronsaal wurden gleichzeitig dreierlei Gerichte abgehalten. Das Oberhofgericht saß neben dem Thronbaldachin am Südende der Halle, dicht beim Kanzleigericht, während das Obergericht in bürgerlichen Sachen an der Westwand zusammentrat. Damit befand sich Miles auf einen Schlag mitten in dem vertrauten Stimmengewirr aus Aufrufen und Plädoyers, Wortwechseln und Flüstern, das zu unterschiedlichen Zeiten lauter und leiser wurde.

«Ferner wundert es mich, dass Ihr nicht zur Sache gekommen seid.» Damit meinte der Oberhofrichter einen Advokaten.

«Die Sache, Euer Ehren, ähnelt einem Wurfpfahl. Ist schwer zu treffen.»

Der Richter nahm Miles' Verbeugung zur Kenntnis, ehe er im selben schneidenden Tonfall fortfuhr: «Nichts weiter. Der Tanz ist aus.» Danach flüsterte ihm der Advokat etwas ins Ohr, worauf der Richter erwiderte: «Verhüte Gott, dass es solche Folgen hat. Wie sagt David in den Psalmen? Omnis homo mendax – jeder Mensch ist ein Lügner.»

«Ihr wollt also David zitieren?», murmelte Miles vor sich hin.

Der Königliche Rechtsvertreter hegte keinerlei Bewunderung für diesen Richter, der inzwischen den Gefangenen auf der anderen Schrankenseite anschrie: «Das ist lex talionis! Gleiches mit Gleichem! Ich bin nicht zufrieden mit dir, das verspreche ich dir!»

Miles wandte sich an seinen Rechtsgelehrten, der zu seiner Rechten stand. «Der gelehrte Richter wird seine Beute bald geschlagen haben. Rasch, Martin, bring unsere Zeugen her.»

Miles Vavasour vertrat die Anklage im Verfahren gegen den Lehrling aus der St. John's Street. Janekin wurde des *murdrum voluntarium* mit *odii meditatione* bezichtigt, des vorsätzlichen Mordes aus hasserfüllten Motiven an einem gewissen Radulf Strago, Kaufmann. Außerdem lautete die Anklage auf gesetzwidrige Ehe – eine Ehe *conscientia mala* –, gemäß der Zweiten Parlamentsakte von Westminster. Miles führte an, Janekin habe eine heftige Zuneigung zu Anna Strago ausgebrütet, der Ehefrau jenes wohlhabenden Kaufmanns, der sein Lehrherr gewesen war. In den Wehen seiner Leidenschaft habe er beschlossen, gegen deren Mann, besagten Strago, Arsen einzusetzen. Da er bei seinem Meister in der St. John's Street gewohnt habe, sei es für ihn ein Leichtes gewesen, das Gift zu verabreichen. Tatsächlich hatte man in seiner persönlichen Truhe ein Säckchen Arsen versteckt gefunden. Ferner wurde er beschuldigt, er habe besagte Anna zur Ehe mit ihm überredet, was nach den Worten von Miles Vavasour lediglich eine Vergewaltigung und Entführung unter falschem Namen gewesen sei. Danach hatte man Anna Strago zu Hause befragt, wo sie Janekin der diversen Verbrechen bezichtigte, deretwegen er vor Gericht stand. Sie habe bereits Gift vermutet, gestand sie, als ihr Mann über «Übelkeit» im Magen und «heftige Regungen» im Darm geklagt habe. Leider habe sie sich zu sehr vor Janekin gefürchtet, um der Sache weiter nachzugehen. Janekin hingegen leugnete, auch nur das Geringste von der Ermordung gewusst zu haben, und beharrte darauf, Anna Strago sei schon vor Stragos

Tod freiwillig zu ihm ins Bett gekommen. Er behauptete, diese Beschuldigungen habe sie erfunden, um ihr eigenes skandalöses Benehmen als seine Buhle zu übertünchen. Wer den Kaufmann ermordet habe, wisse er nicht, sagte er. Zum Beweis seiner Unschuld bot er einen Zweikampf als Gottesurteil an. Dieses Gesuch wurde abschlägig beschieden. Dazu war er nicht standesgemäß.

Martin hatte den Richter in diesem Prozess nicht aus den Augen gelassen. Mit seiner scharlachroten Robe und der goldenen Seidenkappe erinnerte er ihn an eine Gestalt, die direkt einem bunten Glasfenster entsprungen war. Mit den Ritualen des Gerichtswesens war Martin bereits vertraut. Er hatte Französisches Recht gelernt, um die Jahrbücher lesen zu können, und gleichermaßen die Kurzfassungen und das Verzeichnis der Gerichtsbefehle studiert. Obwohl er vom Lehrling zum Advokaten mit Zulassung innerhalb der Schranken aufgestiegen war, würde er erst nach weiteren fünf Jahren die Erlaubnis erhalten, als Rechtsgelehrter zu praktizieren. Trotzdem besaß er für Gerichtssachen ein gutes Händchen. Miles Vavasour beschäftigte ihn damit, die geeigneten Gerichtsbefehle zu vervollständigen und ganz allgemein seine Geschäfte zu führen. Damit bot sich Martin eine sehr praktische Ausbildung, bei der er Dinge lernte, die ihm kein Rechtslehrbuch hätte vermitteln können. Er lernte, dass eine Meinung Richter und Rechtsvertreter einte: Jeder Geschworene, der seinem Gewissen folgte, überließ sich der Stimme Gottes. Und doch war ein Geschworenengericht für das künftige gute Betragen eines Gefangenen verantwortlich, wenn es ihn freisprach. Zusätzlich konnte jeder, den ein Geschworenengericht für schuldig befunden hatte, die Mitglieder desselben wegen Verschwörung anklagen, falls sich später seine Unschuld herausstellte. Zur Verhandlung kamen drei bis vier Fälle gleichzeitig, wobei ein einzelner Gefangener die Möglichkeit hatte, durch Bezahlung mehr Geschworene hinzuzuziehen, falls er das Gefühl hatte, sie könnten seiner Sache helfen. Wenn ein Dieb überführt wurde, fielen die gestohlenen Güter an die Krone; wurde er freigesprochen, behielt er sie. Nur in ganz seltenen Fällen erhielt das Opfer Schadensersatz. Aus diesem Grund wurden zwischen Anklägern und Beklagten viele Privatvergleiche geschlossen, damit Erstere kein Zeugnis ablegten, falls Letztere einen Teil des Diebesguts wieder zurückgaben.

Miles Vavasour hatte Martin angewiesen, schleunigst zwei seiner wichtigsten Zeugen zu finden. Der Kirchenbeamte des Stadtviertels von Farringdon Without und der Armenpfleger des Sprengels West Smithfield erwarteten den Rechtsgelehrten neben einer für Zeugen reservierten Säule, dem so genannten «Baum der Wahrheit». Zur Begrüßung zog er sein Käppchen. «Wir haben den Brief», erklärte der Kirchenbeamte von Farringdon Without Martin. «Er fand sich im Haus des Kaufmanns.»

«Ausgezeichnet. Das wird Sir Miles ein wenig besänftigen.» Bei einem Blick zurück auf das Gericht sah er, dass man Janekin soeben vor die Schranke führte. «Wir müssen rennen, nicht gehen», sagte er. «Der Prozess beginnt.»

Man hatte Janekin nach Newgate eingewiesen. Seinem Aussehen nach hatte er bereits Kerkerfieber. Er stank entsetzlich. Vavasour hielt sich ein parfümiertes Tuch unter die Nase. Um die Ausdünstungen der Gefangenen zu dämpfen, war der Boden von Westminster Hall mit Stroh und duftenden Kräutern bestreut. Trotzdem konnte nichts den Gestank der Londoner Kerker bannen. Sämtliche Richter trugen ein mit Anis und Kamille getränktes Leinensäckchen bei sich. Außerdem tranken sie gegen ansteckende Krankheiten vor Beginn ihrer Tätigkeit einen Grog aus Meisterwurz und Gerstenwasser. Als Martin mit den zwei Zeugen ankam, ordnete der Richter gerade eine öffentliche Bekanntmachung an: Jeder, der einen begründeten Verdacht gegen besagten Janekin habe, solle sich am nächsten Tag melden.

Anschließend wurde der Armenpfleger von West Smithfield, der Anna Strago befragt hatte, zur Abgabe seiner Zeugenaussage aufgerufen. Er bezeichnete den Gefangenen als Schwerverbrecher, schilderte kurz die Umstände der Entdeckung und wiederholte alles, was Anna in diesem Zusammenhang gegen Janekin vorgebracht hatte. Danach bat man ihn, wie üblich, den Gefangenen persönlich anzusprechen, um zu beweisen, dass seine Beschuldigungen nicht auf Bosheit beruhten. «Ich kenne dich gut genug», sagte er zu Janekin. «Du hast in der Long Lane einen gewissen Blaise White beraubt. Du hast ihn verprügelt. Du hast ihm sein Pferd und seinen Geldbeutel weggenommen.» Er sah zu Miles Vavasour hinüber, der ihm bedeutete fortzufahren. «Ein Wildschwein bist du, das lieber in den Kot rennt als zu den Blumen. Ich habe drei brave Männer des Stadtviertels versammelt. Sie werden bezeugen, was du bist: ein Sudelbruder, ein Tagedieb, ein Herumtreiber, ein Grasfresser, ein wilder Holzkater, ein Faulenzer …»

«Schließt die Lippen über Euren Zähnen.» Der Richter hatte die Tirade des Armenpflegers satt. «Mann, Ihr singt weder einen guten Tenor noch einen guten Bass. Der Rechtsvertreter soll seine Anklage auf Mord vortragen.» Martin reichte Miles Vavasour die für die Anklage notwendigen Formulierungen. Der Klage wurde stattgegeben, damit der Prozess weitergehen konnte. Sofort ging der Rechtsvertreter auf die eigentliche Tat des Vergiftens ein. Dabei ahmte er, wie man allen Rechtsvertretern beibrachte, Mörder und Opfer in Gesten und Mimik nach. «Noctanter», wiederholte er. Es geschah nachts. Das wusste er zwar nicht, aber eines wusste er: Auf Verbrechen, die im Schutz der Dunkelheit verübt worden waren, reagierten die Geschworenen besonders argwöhnisch. «Ich habe hier in meinem Besitz besagten Brief, der im Haus des unglücklichen Kaufmanns aufgefunden wurde. Er ist an die arme trauernde Ehefrau gerichtet. In diesem Brief –» Er zeigte ihn dem Gericht. «In diesem Brief bekennt Janekin sein abscheuliches Verbrechen und macht als Wiedergutmachung seine Liebe zu besagter Anna geltend.»

«Was hat es mit diesem Brief auf sich? Wer hat ihn geschrieben?»

Unterbrechungen liebte dieser Richter ganz besonders. «Sagt es mir in verständlichen Worten. Das Tageslicht kann man auch durch ein winziges Loch erkennen.»

Daraufhin las Miles Vavasour den Liebesbrief vor, den sich in Wahrheit Anna Strago ausgedacht hatte, als sie ihres jugendlichen Liebhabers überdrüssig geworden war. Mit einer blumigen Phrase beschloss Miles die Lesung. «Geschrieben mit wehem Herzen zu London, am vierten Tag des Julei.»

«Ich bin vor Erstaunen wie betäubt.» Der Richter hatte beschlossen, sich erneut einzuschalten. «Gibt es irgendeinen Beweis, dass dies der Gefangene Janekin geschrieben hat?»

«Meiner Vermutung nach handelt es sich um sein Werk, Euer Ehren.»

«Vermutung? Das ist blanke Theorie. Plato ist ein großartiger Freund, Sir Miles, aber die Wahrheit ein noch viel bedeutenderer. Wozu Vermutungen?»

Martin hatte diesen Wortwechsel aufmerksam verfolgt, doch nun wurde seine Aufmerksamkeit durch einen kleinen Mann in der Robe eines Medikus abgelenkt, der den Gerichtsbereich betreten hatte und eindringlich Miles Vavasour musterte. Miles hingegen wurde soeben vom Richter abgekanzelt. «Wollt Ihr weiter dastehen und Maulaffen feilhalten? Lasst den Gefangenen losbinden und vortreten.»

Janekin wurde an einen breiten, mit grünem Tuch bedeckten Tisch geführt, auf dem sich Folianten und Pergamentrollen türmten. Er trennte den Richterthron vom Schreibpult des Königlichen Rechtsvertreters. Offensichtlich konnte sich Janekin kaum auf den Beinen halten. Der Gerichtsdiener, der ihn vom Zuchthaus herübergebracht hatte, bat, man möge ihn sich setzen lassen. Der Richter lehnte die Bitte ab und begann, Janekin streng dogmatisch zu verhören. Der Gefangene stritt alles ab. Er bezeichnete sich als «leidgeprüften Jungen» und klagte, er habe in Newgate durch Mangel an Essen und Medizin schweren Schaden genommen. Außerdem habe ihm bis zu diesem Augenblick niemand die Anklage gegen ihn erklärt.

«Also, herumjammern tust du, ja?» Der Richter war überaus streng. «Wie ich sehe, verziehst du vor Ach und Weh mürrisch das Gesicht. Mensch, sei frohgemut. Die Wahrheit will heraus. Mit Gottes Gnade wird schon alles gut.» Dann vertagte er ziemlich plötzlich mit der Formulierung *inquisitio capta* den Fall auf den nächsten Tag. Er liebte Überraschungen an seinem Gericht, wo eine höchst befremdliche Mischung herrschte: Ordnung wechselte mit Wirrwarr, strikte und bindende Verfahrensweisen mit plötzlichen Tiraden oder Streitgesprächen. Ein buntes Schauspiel voll Gestank und Unruhe.

Martin wollte eben den Königlichen Rechtsvertreter aus dem Gerichtsbereich geleiten, da trat Miles jener kleine Mann im Medikusgewand entgegen. «Wie ist Euer Wohlbefinden, werter Herr?»

«Selten sieht man einen Medikus im Haus des Rechts, Meister Gunter. Welches Geschäft treibt Euch hierher?»

«Es geht um Euch. Darf ich?» Er hakte den Rechtsvertreter unter und ging auf die als «Baum der Wahrheit» bekannte Säule zu.

«Wir haben unruhige Zeiten, Sir Miles.»

«Ja, die Welt wird sich wenden. Heinrich wird König.» Erst gestern hatte Heinrich Bolingbroke einen Ausschuss gebeten, darüber nachzudenken «wie es angehen könne, dass König Richard abgesetzt und an seiner Stelle der Herzog von Lancaster gewählt wird». Nicht zufällig saßen, wie Miles wusste, in diesem Ausschuss mehrere Mitglieder von Dominus.

«Ihr seid bestens mit der Welt vertraut, Sir Miles. Das habe ich gesehen.»

«Was habt Ihr gesehen?»

«Ich habe gesehen, was die Welt zusammenhält. Doch das sind, meiner Ansicht nach, verborgene Angelegenheiten.»

«Angelegenheiten?»

«Sie sind nur Euch und anderen Geheimbündlern bekannt.»

«Medikus, würdet Ihr Euch deutlicher erklären?» Allmählich wurde der Königliche Rechtsvertreter ungeduldig. «Ich stehe in einem Irrgarten.»

«Nein, Sir Miles, meiner Ansicht nach befindet Ihr Euch in einem Labyrinth. Doch das habt Ihr Euch selbst zuzuschreiben.» Rasch wischte sich Thomas Gunter mit der Hand den Mund ab. «Wer hat den Rundturm betreten? Etwa Wilhelm Swinderby? Etwa Geoffrey de Calis und ein Ratsherr? Etwa ein Untervogt von London? Etwa auch Ihr, Miles Vavasour? Ich bin Euch in jener Nacht gefolgt. Ich habe alles gesehen.»

Instinktiv fuhr Miles Vavasours Hand an den Dolch unter seinem Gürtel.

Diese Bewegung bemerkte Thomas Gunter. Sofort wurde er streitlustig, reckte sein Kinn und stellte sich einen Augenblick auf die Zehenspitzen. «Meine Worte haben Euch kein Vergnügen bereitet.»

«Ich habe nichts zu Euch gesagt, werter Herr. Gott möge Euch zu einem guten Menschen machen.»

Der Königliche Rechtsvertreter drehte sich um und wollte weggehen, aber der Arzt hielt ihn fest. «Sagt an, Sir Miles, wisst Ihr, wie man Schießpulver herstellt?»

«Was?»

«Wusstet Ihr, dass es so heftig brennt, dass man es nicht mit Wasser löschen kann, sondern nur mit Urin oder Sand?»

«Thomas Gunter, ich glaube, Ihr seid verrückt.»

«Nein, der aberwitzige Narr seid Ihr. Meiner Ansicht nach seid Ihr dafür verantwortlich, dass in London schon öfter ein verheerendes Feuer ausgebrochen ist. Ihr habt zwei Kirchen in Brand gesteckt und St. Paul entweiht.»

«So etwas habe ich nicht getan!»

«Zwei weitere Kirchen habt Ihr aufs Korn genommen.»

Miles Vavasour lachte, ohne dass sich auf seiner Miene auch

nur ein Hauch von Fröhlichkeit abgezeichnet hätte. «Ihr leidet unter törichter Einbildung.»

«Meiner Ansicht nach habt Ihr Euch mit diesen hohen Herrschaften im Schutz der Nacht getroffen und ein Komplott ersonnen, um alles in Unordnung zu stürzen. Fünf Kreise prägen Eure Litanei des Todes. Ihr seid Teil eines Geheimbundes.»

«Ihr plappert kindisches Zeug.»

«Sir Miles, Ihr müsst bekennen. In diesem Komplott lauert der Tod.»

«Bekennen?»

«Ihr müsst zu Bolingbroke gehen, ehe es für einen Gnadenakt zu spät ist.»

«Macht Ihr mir keine Vorschriften.» Miles Vavasour war ein großer Mann. Beim Namen Bolingbroke schien er Gunter drohend zu überragen. «Was, Aderlasser, Ihr wollt den Herren mimen? Ich soll Eurem Befehl gehorchen? Schon bald werdet Ihr hinter einem Schandpfahl Guckguck spielen. Euer Gewerbe wird Euch nicht retten. Man hat schon größere Ärzte als Euch gehängt.»

«Ich weiß noch mehr Neuigkeiten von Euch, Sir Miles, die vielleicht Eure Ansicht ändern. Ihr seid mit einer gewissen Rose bekannt, dem Pelzchen. Ein Kind.» Vavasour wurde rot, seine Wangen glühten. Sofort war ihm bewusst, dass er sich verraten hatte. «Man hat Euch auf Abwegen gesehen. In einer Hauptstraße der Sünde. In der Turnmill.»

«Leck doch den Teufel am Arsch.»

«Dame Alice kennt Euch gut. Das Weib vom Badehaus hält Euch für einen alten, durch und durch verdorbenen Zausel. Ist dies der Welt noch nicht bekannt?»

«Ihr droht mir, was?»

«Die Richter in dieser Halle werden jedermann ins Gefängnis werfen lassen, der bei fleischlicher Unzucht mit einem Kind ertappt wurde.»

«Meister Gunter, ich bin hart im Nehmen. Die Sonne schmilzt das Wachs, auf das sie scheint, aber den Lehm härtet sie.»

«Doch den Lehm könnte man anschließend zerbrechen. Gott schütze und behüte Euch, werter Herr.»

Thomas Gunter verbeugte sich vor dem Rechtsvertreter und verließ durch die Tür des Schatzkammergerichts den Thronsaal. Er war in Hochstimmung. Er war diesem Mann entgegengetreten und hatte ihn, trotz seines kurzen Wuchses, in einem Wortgefecht besiegt.

Miles Vavasour zog ein Leinentuch hervor und wischte sich das Gesicht ab. Dabei verschmierte er etwas von dem Puder, mit dem er sich für seinen Gerichtsauftritt die Wangen bemalt hatte. Was ist zwischen Menschen das Beste und das Übelste? Worte sind beides, sehr gut und abgrundtief übel. Was lieben die einen, während andere es hassen? Die Strafe Gottes.

Martin verließ Westminster Hall mit einer Kurzfassung von Gesetzen unter dem Arm. Heute war der dritte September, der Tag der heiligen Helena. Ihr zu Ehren bewegte sich eine Prozession langsam auf das Westportal der Abtei zu. Auf einem von einem Pferd gezogenen Umzugswagen standen zwei ältere Männer. Einer hielt ein Kruzifix, der andere einen Spaten, Symbole der Ausgrabung und der Auffindung des heiligen Kreuzes. Bei ihnen stand ein junger Mann, der als heilige Helena verkleidet war. Allerdings warf er den am Straßenrand Versammelten auf ganz unheilige Art Luftküsse zu. Doch dann zuckte er erschrocken zurück. Plötzlich kam Unruhe in die Menschenmenge. Eine Gruppe Bürger zückte Schwerter und Stecken und begann, nach der Nonne von Clerkenwell zu rufen. Landläufigen Berichten zufolge hatte man sie die letzten vier Tage im bischöflichen Kerker eingesperrt. Ihre Haft hatte einen Großteil der Stadt aufgestachelt. Irgendwie brachte man sie mit dem im Tower eingesperrten Richard II. in Verbindung, denn jetzt begannen in der Menge einige lauthals zu brüllen: «Zu wem steht ihr? Zu König Richard und dem wahren Volk!»

Vor Martins Augen stiegen zwei Männer auf den Umzugswagen und begannen, ihn in die Menschenmenge zu lenken. Das Pferd bäumte sich auf, der Wagen kippte zur Seite und beförderte die heilige Helena samt Gefolge aufs Straßenpflaster. «Die sind ganz wild», sagte Martin zu einem Advokatenschreiber, der aus der Halle gekommen war, um den Menschenauflauf zu begutachten.

«Wilde Männer, jawohl, Vagabunden. Nicht mal einen Lumpen haben sie, um sich die Ärsche zu bedecken. Ihre Mäuler sabbern, und ihre Ärmel sind zerschlissen.»

«Deren Streitmacht ist nicht von Dauer. Dem königlichen Landfrieden werden sie sich ergeben.»

«Von welchem König?» Der Advokatenschreiber lachte laut über seine eigene Frage. «Euer Mann wird nicht hängen.»

«Janekin?»

«Miles hat sich selbst ein Bein gestellt. Angenommen, Janekin hat diesen Brief geschrieben, dann kann er lesen.» Jeder, der beweisen konnte, dass er des Lesens und Schreibens mächtig war, konnte vor einer Urteilsverkündigung auf das Vorrecht der Geistlichkeit plädieren. Danach würde man ihn bitten, eine Stelle aus der Bibel vorzulesen, die gemeinhin als «Halsvers» bekannt war. Wenn ihm das gelang, konnte man ihn nicht hängen.

«Wenn er aber den Brief nicht geschrieben hat –» Martin zögerte.

«Dann ist er nicht schuldig.»

Martin hielt gehörigen Abstand zu dem Aufruhr, während die Stadtwache mit Piken, Flinten und Zündpfannen in Reih und Glied die King's Street heruntermarschierte. Sie machte sich über die «Wilden Männer» her und trieb die Menge rasch auseinander. Viele von den ursprünglichen Unruhestiftern flüchteten aufs Wasser, in Booten, die man zu diesem Zweck am Themseufer vertäut hatte. Bei Anbruch der Nacht herrschte überall Ruhe.

Am nächsten Morgen stattete Miles Vavasour Wilhelm Exmewe in St. Bartholomäus einen Besuch ab. Sie saßen im Kapitelsaal. Über ihren Köpfen breitete die palmenförmige Mittelsäule ihre Äste und Zweige entlang der Steinrippen des Gewölbes aus.

«Alles steht auf dem Kopf», sagte der Königliche Rechtsvertreter. «Ein Einzelner vermag nichts gegen den Pesthauch.» Vavasour neigte zu *timor anxius*, der Tochter der Melancholie. Er besaß eine lebhafte Phantasie und malte sich mögliches Unheil in mannigfachen Bildern aus. Deshalb war er auch ein guter Anwalt: Er stellte sich sämtliche Probleme vor und löste sie im Voraus. Und doch war er hilflos, sobald es um sein eigenes Leben ging. «Er hat uns gesehen», sagte er, «und unsere Absicht erraten.»

«Haltet einen Augenblick inne, Sir Miles, und kommt wieder zu Euch.» Wilhelm Exmewe war vorsichtig. Wie alle Menschen, die die Macht lieben, handelte er überlegt und wachsam, wobei er seine Gefühle den tatsächlichen Gegebenheiten unterordnete. «Wer hat uns gesehen?»

«Dieser Doktor der Medizin. Gunter. Er hat unser Treffen am Rundturm beobachtet. Er weiß über die fünf Kreise Bescheid. Er kennt Dominus. Er wird über unsere Köpfe hinwegfegen!»

«Er gehört nicht zu den Mitgliedern von Dominus. Wie soll er denn unser Ziel kennen, wenn er gar nicht zu uns gehört?»

«Woher soll ich das wissen? Im Angesicht des Mahlstroms der Welt weiß ich nicht, was ich denken oder tun soll.»

Exmewe überlegte. Hatte der Medikus die Verbindung zwischen Dominus und den Vorherbestimmten aufgespürt? Hatte der Rechtsvertreter dem Arzt eine Liste der fünf Kirchen gegeben? «Sagt mir Eure restlichen Gedanken, Miles.»

«Was?»

«Ihr habt nicht alles preisgegeben. Etwas habt ihr zurückbehalten.»

Eines hatte der Rechtsvertreter selbstverständlich nicht enthüllt: seine Schwäche in der Turnmill Street. «Ich habe weiter nichts zu sagen. Ich habe mir die Sache so zusammengereimt, wie es mein armseliger Grips erlaubt.»

Bei diesen Worten wandte er den Blick ab. Exmewe glaubte ihm nicht. Von dem Augenblick an zog er den Tod des Rechtsvertreters in Erwägung. «Miles, hört zu, ich werde Euch den Weg weisen, den Ihr einschlagen müsst. Haltet Euch eine Weile bedeckt. Seid still. Ich werde diesem Gunter einen Besuch abstatten.»

«Ganz egal, mit welchen Worten wir ihn bedrohen. Alle Redekunst der Welt ist hier vergeblich ...»

«Wer redet denn von Worten? Merkt Euch gut, Miles. ‹Timor domini sanctus.› Gottesfurcht ist heilig.»

«Ich würde mich ja gerne mit ihm auseinander setzen, Wilhelm, aber dieser Mensch ist so gerissen, dass man ihn nicht packen kann.»

«Psst. Geht in Frieden. Ich werde Euer Kommen niemandem verraten. Gott schütze Euch.» Exmewe schaute Vavasour nach, während dieser den Kapitelsaal verließ, dann wanderte sein Blick zu dem palmenförmigen Gewölbe hinauf. Er bewunderte seine Schönheit. «Ich bin sicher, Freund Vavasour», sagte er laut, «dass dies deine letzten Tage sind.»

XIX
Der Ablasshändler

An der Ecke Wood Street und Cheapside wuchs eine uralte Eiche, bekannt als Knuts Baum. Sie war mit kleinen Amuletten behängt, die den Baum besänftigen und ihren Stiftern die Gnade eines langen Lebens schenken sollten. Die Londoner Vögel liebten diesen Baum und versammelten sich scharenweise in seinen Ästen. Hier waren sie sicher. Kein Kind würde ihnen Steine nachwerfen oder Fallen stellen, nicht einmal mit im Winterschnee verborgenen Pferdehaarschlingen. Dem Volksglauben nach sangen diese Vögel auf Latein und Griechisch, und ihre Lieder dauerten nicht länger, als man zum Aufsagen eines Ave Maria brauchte.[17]

Wenige Schritte von diesem Baum entfernt stand der Ablasshändler vom St.-Antonius-Hospital, Umbald aus Arderne. Man kannte ihn auch als Quaestor, als öffentlichen Befrager, aber in erster Linie verkaufte er gegen bare Münze päpstliche Ablässe. Da sich durch einen solchen Ablass das Zeitmaß der Strafe im Fegefeuer verringerte, war er dementsprechend teuer. Außerdem führte Umbald neben Reliquien auch Phiolen mit Weihwasser und Heilmittel gegen die unterschiedlichsten Gebresten zum Verkauf mit sich. Er war ein wahrer Handelsmann der Kirche.

Obwohl er seit Jahren keinen Heiligenschrein mehr besucht hatte, trug er stets Pilgerkleidung. In einem härenen Gewand aus Wolle, das mit kleinen Holzkreuzen verziert war, stand er unter dem Baum. Über seiner Kapuze trug er einen großen runden Filzhut, von dessen Krempe verschiedene Gegenstände baumelten: Phiolen mit heiligem Öl, Jakobsmuscheln, Bleiabzeichen verschiedener heiliger Stätten und eine Miniaturausgabe der Schlüssel von Rom. Er hielt sich an einem mit einer Eisenspitze versehenen Stab fest, um den ein rotes Tuch gewickelt war, und hatte stets einen Beutel und eine Schale bei sich. Der Beutel enthielt sein «Privileg», das ihn zum Handel in dieser Gegend berechtigte, sowie ein Beglaubigungsschreiben vom St.-Antonius-Hospital, dass er in dessen Namen tätig werden durfte. An der Kapuze hingen Glöckchen, die seine lauten Rufe an der Straßenecke mit Geläute begleiteten. «Aus den Medaillen an meinem Hut könnt ihr ersehen, dass ich Rom, Jerusalem, Canterbury und Compostela kenne. O Jerusalem! Jerusalem! Ich habe die Stelle gesehen, wo unser Herrgott gegeißelt wurde. Gottes Schatten nennt man sie. Und daneben stehen vier Steinsäulen, von denen ständig Wasser tropft. Einige sagen, sie würden um den Tod Unseres Herrn weinen. An der Stätte namens Golgatha hat man nach Noahs Sintflut den Schädel von Adam gefunden, zum Zeichen, dass an dieser Stelle einst Adams Sünden getilgt werden sollten. Ich habe das Grab gesehen, worin Josef von Arimatäa den Leib Unseres Herrn nach der Kreuzabnahme gebettet hat. Es heißt, dies sei der Mittelpunkt der Welt. In der Nähe gibt es eine Quelle, die sich aus dem Paradiesfluss speist. O Jerusalem! Alle, die nicht weinen können, können von mir lernen! Unsere alte Welt geht ihrem endgültigen Ende entgegen und erlebt ihr letztes Zeitalter.»

Man schrieb den Morgen des dreißigsten September, einen Tag nach dem Fest des Erzengels Michael. Dass Heinrich Bolingbroke Richard im Tower besucht und ihn dort zur Abdankung gedrängt hatte, war den Londonern bereits zu Ohren gekommen. Eine Seite behauptete, man habe ihn durch Androhung von Folter oder Tod gezwungen, auf seine Landeshoheit zu verzichten. Die andere erklärte, er habe dies freiwillig getan, um dem Land weiteres Blutvergießen und noch mehr Krieg zu ersparen. Egal, wie es sich nun zugetragen hatte, Umbald aus Arderne war jedenfalls entschlossen, seinen Vorteil aus diesen trüben Zeiten zu schlagen. «Gott schläft nicht!», rief er aus. «Wenn Rauch über den Hügeln aufsteigt, wird Babylon sein Ende finden.»

Ein Priester von St. Alban am anderen Ende der Wood Street hatte die Straße überquert, um ihn zur Rede zu stellen. «Ablasshändler dürfen nicht predigen. Durch ihre offensichtlichen Betrügereien bewirken sie Böses!»

Umbald warf ihm einen verächtlichen Blick zu. «Du bist ein alter Narr. Dein Habit ist schwer, doch deine Zunge leicht. Wenn du den Mund gehalten hättest, hätte man dich mit einem Philosophen verwechselt. Lass mich in Ruhe.»

Das St.-Antonius-Hospital in der Threadneedle Street, zu dem der Ablasshändler gehörte, war eine uralte Institution. Es bestand aus einer leeren Kirche, die man in eine Säulenhalle umgewandelt hatte. Im Mittelschiff und in den Seitenschiffen standen reihenweise Betten. An einem Ende befand sich eine Kapelle. Rings um einen Innenhof waren Refektorium und Dormitorium für die Priester angeordnet. In der unmittelbaren Nachbarschaft kannte man es als «Sterbehaus» – ein ehrlicher Name für ein Hospital, wo man die Sorge für die Seele über die Behandlung des Körpers stellte. Selbstverständlich kam es in den Genuss vieler Geschenke und Stiftungen, nahm aber auch die Erträge des Ablasshändlers gerne in Empfang.

«Wenn ein wahrhaft reuiger Mensch zu mir kommt und für seine Sünde bezahlt», sagte dieser soeben, «werde ich ihm Absolution erteilen. Kraft dieser mir gewährten Befugnis.» Der Ablasshändler hielt ein Stück Pergament mit einem großen «I» hoch, auf dem sich Äffchen zwischen Weinreben tummelten. «Wenn jemand St. Antonius sieben Schilling spendet, werde ich ihm einen Ablass von siebenhundert Jahren gewähren. Dazu hat mich der Papst höchstpersönlich ermächtigt.» Er rollte die päpstliche Bulle auf und verstaute sie sorgfältig in seinem Beutel. Dann holte er ein kleines Knochenstück hervor. «Hier ist eine heilige Reliquie der Elftausend Jungfrauen von Köln. Wascht diesen Knochen in einer Quelle, und das Quellwasser wird euch gesund machen.» Eine alte Pastetenverkäuferin bekreuzigte sich, aber Umbald beachtete sie gar nicht. Sie hätte keine sieben Groschen, geschweige denn sieben Schilling gehabt. «Gebt einem Schaf oder einer Kuh, deren Bauch von Würmern aufgebläht ist, davon zu trinken, und es wird gesund. Geschwüre und Grind lassen sich damit einfach abwaschen.» Zwei, drei Leute waren im Vorübergehen stehen geblieben. Sie wollten unbedingt das Objekt sehen, das all diese wundersamen Eigenschaften besaß, aber Umbald hatte den Knochen wieder in sein Säckchen gesteckt. Auf diese Weise lockte er die Menge an.

Als er erneut mit seiner kunstvollen Rede begann, sah er ein bekanntes Gesicht. Der Subprior von St. Bartholomäus hatte die Straße überquert und war an der Ecke abgebogen. Von den großen Festen, die an den Versöhnungstagen der Londoner Hospitale gefeiert wurden, erkannte Umbald Wilhelm Exmewe sofort wieder. Außerdem betrachtete er ihn als seinen Feind. Auf Exmewes Betreiben hin hatte man sämtliche Almosen, die die Ablasshändler im Namen ihrer Stiftungen sammelten, einer genauen Prüfung unterzogen. Exmewe hatte persönlich auf einem korrekten Abrechnungsschema bestanden. Seither war Umbald verpflichtet, eine Liste mit allen Leuten zu führen, an die er Ablässe verteilte. Damit hatte er weniger Gelegenheit, für sich unter der Hand etwas abzuzweigen.

Exmewe wartete an der Straßenecke. Immer wieder wanderte sein Blick verstohlen die Cheapside hinauf und hinab, wobei er ständig die Ärmel seines Habits umkrempelte und wieder hinunterstreifte. Umbald vermutete, dass er wegen einer Verabredung hier war. Wer also sollte auf ihn zugehen, wenn nicht Emnot Hallyng? Wie alle wichtigen Leute aus der Stadt kannte Umbald den Scholaren vom Sehen. Hallyng stand im Ruf, Schwarze Künste zu betreiben und seine Kenntnisse gegen das Wohl der Kirche einzusetzen. Warum befand er sich nun in Gesellschaft des Subpriors?

Umbald zog den Hut, grüßte die wenigen Leute, die sich um ihn versammelt hatten, und ging mit einem «Gott schenke euch

Gnade und einen guten Tod» langsam auf die Straßenecke zu. Unter Knuts Baum blieb der Ablasshändler stehen und lauschte.

«Weshalb wünscht Ihr, mich auf offener Straße zu treffen?» Nicht einmal die Begrüßung «Gott ist hier!» hatte Exmewe abgewartet.

«Hier wird man uns nicht beachten», erwiderte Emnot Hallyng. «Außerdem habe ich Euch viel mitzuteilen.»

«In welcher Hinsicht?»

«Bezüglich eines gewissen Thomas Gunter.»

«Gunter?» Obwohl Exmewe erstaunt war, dass der Name des Medikus zum zweiten Mal fiel, mimte er den Unwissenden. «Wer ist Gunter?»

«Er ist als Arzt in Bucklersbury tätig. Ich habe mich mit ihm als sein Gast unterhalten. Aber er weiß alles.» Anschließend unterrichtete Emnot Hallyng Wilhelm Exmewe über das Gespräch in der Garküche von Roger aus Ware.

«Wen hat der Arzt namentlich genannt?», wollte Exmewe von ihm wissen.

«Den Juristen. Vavasour.»

Jetzt bekam es Exmewe mit der Angst zu tun, doch erneut gelang es ihm, seine Gefühle zu verbergen. «Eine Ratsche ist er, dieser Medikus, dieser Gunter. Ein Popanz.»

«In der Garküche hat er mir von den fünf Kreisen erzählt.»

«Emnot Hallyng, Ihr solltet Eure Zunge hüten und still sein.»

«Ich habe ihm nichts gesagt. Trotzdem wusste er über das Feuer in St. Michael le Querne Bescheid, das doch erst noch gelegt werden muss. Woher hat er dieses Wissen? Er gehört nicht zu den Vorherbestimmten.»

«Sachte, sachte.» Exmewe bedachte die ganze Angelegenheit gründlich. «Nehmt Euch in Acht. Überlegt, was Gunter damit beabsichtigen könnte. Sein Begehren ist nicht rechtschaffen.»

«Was soll das heißen?»

«Er sinnt auf unseren Tod.»

«Aber wir können nicht sterben.»

«Im geistlichen Sinne nicht, nein. Aber unser Werk auf dieser Erde ist noch nicht vollendet. Sein Gemurmel muss aufhören. Man muss ihm den Giftzahn ziehen.»

«Bei mir war er immer fröhlich.»

«Emnot, er bläst Euch Sand in die Augen. Glaubt mir. Seine Schlingen schreien förmlich nach Tod.»

Sie begannen, die Cheapside entlangzuschlendern, Richtung Pranger. Der Ablasshändler konnte ihnen nicht unbemerkt folgen.

«Ihr wisst, Emnot, dass Gottes Fluch jeden trifft, der sich uns in den Weg stellt?»

«Es gibt keinen Grund, dass Gott ihn verflucht. Er ist längst verflucht.» Zwischen ihnen herrschte beklommenes Schweigen. «Was werden wir also tun?»

«Ihr sollt einstweilen gar nichts tun. Für Euch habe ich eine andere Aufgabe.»

«In welcher Hinsicht?»

«Miles Vavasour. Er macht mir Sorge. Er hat unseren heiligen Glauben ausfindig gemacht. Er duckt sich in Löcher. Wie eine sterbende Lerche oder ein aufgescheuchtes Rebhuhn presst er sich dicht an die Erde. Er ist Jurist. Wer aus einer solchen Brut stammt, wird nie um Worte verlegen sein. Er schwätzt, er flüstert. Man muss ihm den Mund stopfen. Sein Gemurmel muss ein Ende haben. Ihr seid ein Scholar. Ihr kennt Euer Französisch. Vous estes sa morte. Ihr müsst das Pferd nicht nur zügeln. Ihr müsst es für immer an die Kandare legen.»

Emnot war auf der Hut. «Um wen soll ich zittern? Um ihn oder um mich?»

«Töten heißt frei sein. Wir stehen weit über dem Gesetz. Wir sind das Königreich der Liebe. Wenn die Liebe stark ist, kennt sie kein Gesetz.» Unter den Wissenden herrschte die feste Lehrmeinung, dass sie so lange ungestraft töten konnten, wie es ihnen Instinkt oder Laune geboten. Denn dann waren sie mit dem göttlichen Odem allen Lebens erfüllt und geheiligt. Gott tötete ununterbrochen Seine Schöpfung. Zum eigenen Vorteil oder aus vorsätzlicher Bösartigkeit durften die Vorherbestimmten allerdings nicht töten. Damit war der Fall von Miles Vavasour nicht ganz eindeutig. «Emnot, ich weiß, dass Ihr verschwiegen seid wie ein Grab. Habt Ihr Kenntnis von irgendeinem ganz geheimen Gift?»

«Ich verfüge über Mittel, wodurch …»

«Ich bitte Euch, macht schleunigst davon Gebrauch. Gott sei mit Euch.» Exmewe kratzte sich heftig am Arm. «Ich vertraue auf Gott, doch auf Euch vertraue ich noch mehr.»

«Ist das Euer Wunsch?»

«Nehmt ihm den Halfter ab, und lasst ihn rennen.»

«Dann muss ich ihm also den Tod bringen?»

«Gott ist hier.» Exmewe schaute zum Himmel auf. «Kommt, der Tag neigt sich rasch dem Ende zu.»

Sie entfernten sich Richtung Kathedrale. Als sich der Wind in der breiten Straße fing, wickelten sie sich fester in ihre Umhänge.

Der Ablasshändler wanderte die Wood Street hinunter und nahm wieder seine übliche Klagelitanei auf. «O Jerusalem! Jerusalem! Wo ist Mitleid? Wo ist Demut?» Aber für Emnot Hallyng und Wilhelm Exmewe war es nichts weiter als ein Seufzer im Wind.

Kaum war Exmewe wieder in seiner Zelle in St. Bartholomäus, holte er Feder und Pergament hervor. Beim blakenden Schein einer Talgkerze schrieb er kratzend einen Brief an folgende Adresse: An Thomas Gunter unter dem Aushängeschild mit dem Mörser in Bucklersbury, gleich neben der Kirche St. Stefan in Walbrook. «Hochverehrter und sehr geschätzter Freund, seid mir gegrüßt.» Er bat Gunter um ein Treffen mit dem Verfasser dieses Briefes, bei Tagesanbruch in den Wäldern nahe von Kentystone. «Wegen verschiedener wichtiger Angelegenheiten, die Euch betreffen, als da wären die Kirchen Londons, die von Feuer bedroht werden. Dort werdet Ihr von einem hören, der Euer Freund ist und sich Euch in einer Sache mitteilen wird, bei der es um Eure Interessen und Eure Sicherheit geht. Mehr will ich nicht schreiben. Allerdings beabsichtige ich, Euch nach unserem Treffen erneut zu schreiben und echte Beweise betreffs der von mir eröffneten Dinge zu schicken. Jesus behüte Euch. Nota bene: Den Wald von Kentystone habe ich gewählt, weil wir sicher sein können, dass dort niemand in unserer Nähe sein wird. Wenn Ihr mich seht, werdet Ihr mich erkennen.»

Er rief nach einem Boten, gab ihm einen Penny für das Austragen dieses Briefes und wies ihn strikt an, er solle sagen, ein Fremder habe ihn geschickt.

XX
Der Schiffer

Der Schiffer Gilbert Rosseler logierte in einem Gasthof für Reisende. Obwohl er inzwischen in London lebte, genoss er den ständigen Wechsel an Gefährten, von denen jeder seine eigene abenteuerliche Geschichte hatte. Einmal war er hoch in den Norden gesegelt, bis nach Island. Er war nach Deutschland und Portugal gereist, war nach Genua und von dort aus zur Insel Korfu gesegelt und hatte sein Schiff mehrmals nach Zypern, auf die Insel Rhodos und nach Jaffa gelenkt. Im Gespräch mit seinen Bettgenossen war er allerdings noch viel weiter herumgekommen, bis in unbekannte Gebiete der Erde.

Sein Gasthaus stand in der St. Lawrence Lane. Über der Tür hing das übliche Kennzeichen: ein grüner Buschen. Es verfügte über einen Schlafsaal mit sieben Betten auf Rollen, in denen die Reisenden jeweils zu zweit schliefen. Für Gilbert Rosseler hatte dieser Zustand so viel Ähnlichkeit mit einer Schiffskajüte, wie es an Land nur möglich war. Das Bett nannte er seine «Koje» und seine Gefährten «Maat». Üblicherweise schlief man nackt. Nacktheit war kein Grund, sich zu schämen oder verlegen zu werden, ja, angeblich sollte sogar eine Schlange beim Anblick eines nackten Menschen die Flucht ergreifen. Und doch brachte man Nacktheit auch mit Bestrafung und Armut in Verbindung. Sämtliche Reisenden schienen aus freien Stücken die Erfahrung machen zu wollen, wie sich die bloße menschliche Natur im Miteinander enthüllte. Ein Bett konnte man für einen Penny pro Nacht oder eine ganze Woche lang für sechs Pence mieten. Die Wirtin, Dame Magga, verfügte außerdem über drei Einzelzimmer – mit eigenem Riegel und Schlüssel –, die man für einen Schilling pro Woche belegen konnte.

Wie viele Londoner Hausbesitzer hatte Magga entsetzliche Angst vor Feuer. Da es meistens durch eine brennende Kerze ausgelöst wurde, die ins Stroh fiel, ließ sie sämtliche Kerzen nicht aus den Augen. Jeden Abend zündete sie sie an und löschte sie wieder eine Stunde nach Einbruch der Dunkelheit. Vor einigen Monaten hatte sie den Schiffer gebeten, diese Aufgabe im Schlafsaal zu übernehmen, da es ihr die Sittsamkeit verbiete, zwischen nackten Männern herumzulaufen. Zum Dank dafür verlangte sie von ihm für seine Verköstigung am Herrentisch im Gasthaussaal lediglich zwei Schilling wöchentlich. Gilbert bezahlte für Unterkunft und Essen, indem er Steinkohle aus Newcastle in einer Barke fleetaufwärts beförderte. Er steuerte sein Boot von der Sea-Coal Lane in der Nähe der Fleetmündung weit in den Norden hinauf, bis zu den Wäldern von Kentystone beziehungsweise nach Kentish Town, wo eine Gruppe Metallarbeiter eine Gemeinschaftsgießerei errichtet hatte.

Anfang Oktober hatte Gilbert Magga eines Nachmittags auf sein Boot eingeladen. Sie hatte Interesse bekundet, «den Fluss hinaufzufahren». So weit nördlich wie Kentystone war sie noch nie gewesen. Als kleines Mädchen hatte man sie am Fest Mariä Namen in die Kirche St. Pankraz mitgenommen, wo sie mit den anderen Kindern um einen mit Bildern der Heiligen Jungfrau geschmückten Baum herumgetanzt war. Trotzdem konnte sie sich kaum mehr an diesen Teil der Landschaft außerhalb der Stadt erinnern. Der erste Oktober war der Vortag des Schutzengelfestes. Vormittags hatten die Parlamentsmitglieder in Westminster Hall die Abdankung Richards II. als Landesherr angenommen. Der Erzbischof von Canterbury hatte sie gefragt, ob sie «die Punkte, die man als Gründe für die Absetzung des Königs angegeben hatte», billigten, und sie hatten dreimal lautstark bejaht. Auf die nun folgende Frage von Heinrich Bolingbroke, ob sie seine Regentschaft «von ganzem Herzen und mit aufrichtiger Zunge» begrüßen würden, brüllten sie erneut «Ja, ja, ja!» Gilbert und Magga hatten die Nachricht von diesem großen Umbruch in der englischen Geschichte derart gleichgültig aufgenommen, dass es fast an Hochmut grenzte. Die Abenteuer von Prinzen rührten sie nicht.

Magga bekam einen Platz auf einem kleinen Hocker in Bugnähe. Neben ihr stand Gilbert, der sie mit Hilfe einer langen Schifferstange gegen die Strömung stakte. Am Heck bediente ein Halbwüchsiger das Ruder, der Gehilfe des Schiffers. Vom Kai an der Sea-Coal Lane ging es am massigen Gebäude des Fleetgefängnisses vorbei, das hinter einem Wassergraben lag. Als die Barke daran vorüberfuhr, legte Magga den Ärmel ihres Gewandes über die Nase. Zwei Gefangene bettelten am Flussufer um Almosen, indem sie den vorüberfahrenden Bootsleuten eine Büchse und ein Tellerchen hinstreckten. Die Barke kam so nahe ans Ufer, dass Magga das Prägezeichen auf ihrem Zinngeschirr bemerkte: ein Fallgitter. Vom Wasser aus konnte sie das ganze Tal überblicken, durch das der Fluss lief. An den steileren Hängen der östlichen Uferseite standen Häuser und Scheunen. Am hiesigen Ufer hatten Färber eine Reihe Schuppen errichtet und den Fleet tiefrot gefärbt. Er hätte ein Fluss voller Blut sein können. Auch die Luft war voll übler Gerüche. Sie rührten von den Eingeweiden und dem Unrat her, die man von den Fleischbänken herunterkarrte und ins Wasser warf.

Gilbert beugte sich über seine Schifferstange und sagte leise zu Magga: «Ich hatte Angst, Euch zu sagen, wo es hingeht. Sonst hättet Ihr vielleicht den Mut verloren.»

«Nie und nimmer.»

Sie fuhren unter einer steinernen Doppelbrücke durch. Direkt hinter einer Reihe Häuser und Herbergen, in denen Magga die Turnmill Street wiedererkannte, stand eine Windmühle. Dort ging soeben das Weib vom Badehaus mit Rose spazieren. Dame Alice zeigte auf das Boot, das sachte durchs Wasser glitt.

Gilbert nahm seine Tätigkeit wieder auf. «Was ist das größte Meer, das man ohne die geringste Gefahr überqueren kann?»

Magga schüttelte den Kopf. «Der Tau. Und verratet mir doch dieses: Was friert nie ein?»

«Das weiß ich nicht. Woher soll ich das wissen?»

«Heißes Wasser.» Dieses Spiel kannte man als «Verwirrter Balthasar», es war ein Lieblingsspiel des Schiffers.

«Welches Blatt ist das sauberste von allen?»

Magga erwiderte nichts, obwohl sie die Antwort vermutete.

«Das Blatt der Stechpalme, denn damit putzt sich niemand den Arsch ab.»

«Gilbert, ich werde mir die Ohren zuhalten. Was kommt jetzt?»

«Wie viele Kalbsschwänze passen zwischen Erde und Himmel?»

«Gilbert!»

«Einer, wenn er lang genug ist.»

Das Wasser wurde sauberer und die Luft frischer, während sie durch Smithfield fuhren und sich den Feldern näherten, die dem Hause Mariä zu Clerkenwell gehörten. Gerade fuhr der Aufseher Oswald Koo mit einem Karren voller Säcke vorbei. Magga deutete auf die Gebäudezeile hinter ihm. «Hier kommt die Nonne her.» Sie bekreuzigte sich. «Möge sie der Heilige Geist beschützen.»

«Sie hat Richards Tod prophezeit.»

«Sie wurde in die Königsspiele hineingezogen. Darin darf man sich nicht einmischen.»

«Es sei denn, sie wäre Königin.»

«Nein, sie nicht, sie ist ein braves Mädchen. Sie gehört Gott.»

Hier machte der Fluss eine Westkurve, wobei er den Linien des Tales folgte, und verlangsamte seinen Lauf. Auf den Feldern hatte man Übungsbretter und Schilde zum Bogenschießen aufgestellt. Außerdem gab es feste Steinmarkierungen fürs Speerwerfen. «In Schweden», sagte da der Schiffer, «habe ich einen Fluss gesehen – wie er heißt, weiß ich nicht, aber es gibt ihn immer noch. Samstags fließt er ganz schnell, und die ganze Woche danach steht er still oder bewegt sich nur ganz wenig. Im selben Land gibt es einen anderen Fluss, der friert nachts ein, aber tagsüber sieht man keinen Hauch von Eis.» Magga begeisterte sich für seine Erzählungen aus der weiten Welt. Er hatte ihr von Menschen berichtet, die nur einen Fuß haben, aber dieser Fuß sei so lang, dass er den ganzen Körper gegen die Sonne abschirme, wenn sie sich zum Ausruhen hinlegten. Er hatte ihr die Kinder Äthiopiens mit ihren weißen Haaren beschrieben und die Bewohner von Ormuz, wo es so heiß ist, dass ihnen die Eier bis zu den Knien hinunterbaumeln. Gilbert hatte den sieben Meilen hohen Berg gesehen, an dem Noahs Arche gestrandet war. An der indischen Küste lag eine Quelle, die stündlich Geschmack und Farbe wechselte. In Sumatra gab es einen Markt, wo man frisches Kinderfleisch zum Essen kaufen und verkaufen konnte. Angeblich das beste und zarteste Fleisch der Welt.

Inzwischen hatten sie sich dem hübschen Hügelland genähert. Auf den Stoppelfeldern ringsum grasten noch immer die Nutztiere der Dörfer. Weizen und Roggen hatte man bereits ausgesät und an einer Stelle eine große Holzstatue der Heiligen Jungfrau mit der Bitte um eine gute Ernte aufgestellt. Vor ihr kniete der Müller Coke Bateman. «Erzählt mir», sagte Magga, «von den seltsamen Völkchen der Erde.»

Einen Augenblick beanspruchte eine Flussbiegung Gilberts Aufmerksamkeit, denn jetzt schlängelte sich der Fluss nach Nordwesten, auf die Wälder zu. «Die Leute von Caffolos hängen ihre Freunde zum Sterben in die Bäume. Sie halten es für besser, wenn die Vögel, die Engel Gottes, sie fressen und nicht die üblen Würmer in der Erde.» Magga lauschte gespannt. «Auf einer anderen Insel, namens Tracoda, isst man Schlangenfleisch. Die Menschen leben in Höhlen und sprechen nicht, sondern zischen wie die Schlangen.»

«Ist das möglich?»

«Alles ist möglich unter dem Mond.»

«Wie Hendyng sagt.»

Darüber lachten sie. Der Spruch «wie Hendyng sagt» oder «laut

Hendyng» war in London ein geflügeltes Wort, mit dem man einen witzigen oder weisen Satz besiegelte. «Laut Hendyng haben Tote keine Freunde» war ein Lieblingszitat, so wie «Verrate nie deinem Feind, dass dir dein Fuß wehtut, sagt Hendyng» und «Hendyng sagt, es ist besser, einen Apfel zu verschenken als ihn zu essen.» Magga hatte die Hand durchs Wasser gleiten lassen. «Wisst Ihr, wie man mit den Fingern Fische fängt?», wollte der Schiffer von ihr wissen. Rasch zog sie die Hand heraus, als hätte man sie bei etwas Verbotenem ertappt. «Man nimmt Safran und Weihrauch, vermischt beides und streicht dann dieses Pulver auf den Finger mit dem Goldring.»

«Den da?»

«Jaja. Tunkt Euren Finger auf jeder Uferseite ins Wasser. Dann werden Euch die Fisch nur so in die Hand hüpfen.»

«Gilbert, ist das wirklich so?»

«Was man in jungen Jahren lernt, vergisst man nicht.»

«Sagt Hendyng.»

Während die Barke unter einer Brücke hindurchglitt, einem Bauwerk aus uralten Zeiten, stimmte der Schiffer ein Lied an:

Ein Hase bin ich und kein Hirsch,
und wenn ich furz, geht's auf die Pirsch.
An meiner Blume jeder sehen soll's:
Mein Herz ist schlecht, mein Kopf aus Holz.

Er hörte zu singen auf und summte nur noch die Melodie. Sie kamen an einer anderen Windmühle am Westufer vorbei, wo man einen kleinen Teich gegraben hatte. Enten tauchten ihre leuchtenden Schnäbel ins Wasser und kamen wieder hoch. Dort lag Drago, der Bedienstete des Kanonikus, und schlief. Gilbert begann, Magga von Menschen ohne Köpfe zu erzählen, denen Augen und Münder am Rücken wuchsen. Er berichtete von einer Menschenrasse mit derart großen Ohren, dass sie am Boden schleiften. In

Afrika gab es einen Zwergenstamm, der sich lediglich vom Geruch wilder Äpfel ernährt. Wenn sie auf Reisen diesen Geruch verlieren, sterben sie. Im Land des Priesterkönigs Johannes gab es ein Meer ohne einen einzigen Tropfen Wasser, nur aus Kies und Salz. Wie alle anderen Meere kennt es Ebbe und mächtige Flutwellen und steht nie still. In weiter Ferne lag ein Land, in dem nur Dunkelheit herrschte. Aus Angst vor dieser ewigen Nacht wagen seine Nachbarn nicht, es zu betreten, obwohl sie aus dem Inneren dieses Schattenlandes menschliche Stimmen, Glockengeläut und Pferdegewieher hören können. «Trotzdem wissen sie nicht, wie das Völkchen beschaffen sein mag, das dort drinnen haust.»

«Wie die Londoner. Wenn's dunkel genug wäre. Gestern Nacht gab es einen Nebel, dass ich die Hand nicht vor den Augen sehen konnte.»

Sie hatten die heilige Quelle von Chad erreicht. Verschiedene Pilger gingen in der kleinen Steinkapelle ein und aus. Gilbert winkte ihnen zu. Einige winkten zurück, und eine junge Frau hob zum Gruß ihre Krücke. Hinter ihr betete Jolland, der Mönch von Bermondsey, seinen Rosenkranz. «Die Straße zum Paradies ist steinig», meinte Gilbert.

«Ich bin erstaunt, dass Ihr dorthin nicht gesegelt seid.»

«O nein, ihm kann sich kein Sterblicher nähern, auch wenn es viele schon versucht haben. Seine Flüsse haben eine derart heftige und unberechenbare Strömung und stürzen aus so riesigen Höhen herab, dass kein Schiff gegen sie anrudern oder ansegeln kann. Das Wasser donnert und brüllt dermaßen laut, dass man niemanden verstehen kann, auch wenn er sich auf demselben Schiff befindet. Viele Männer sind beim Anrudern gegen diese mächtigen Wellen vor Erschöpfung gestorben. Viele wurden vom Tosen des Wassers taub. Einige fielen über Bord und gingen elend zugrunde.»

«Ein gutes Leben wird sie schneller dorthin bringen.»

«So sagt man, Magga. Doch wer kann auf dieser unruhigen Welt ein guter Mensch sein?»

Soeben fuhren sie an der Kirche St. Pankraz vorbei, wo man dem heiligen Augustinus einen Altar errichtet hatte, und näherten sich den Resten des uralten Waldlandes in diesem Gebiet. Hier wuchsen Gemeine Elsbeeren, Einbeeren und Waldanemonen zuhauf. Noch immer kamen die Bürger von London zum Brennholzsammeln hierher in die nördlichen Höhenzüge, wo sich noch bewaldetes Gebiet erhalten hatte. Ein Baumstamm trieb im Wasser, doch als der Schiffer näher heranlenkte, entfuhr ihm ein lautes «Halloo!». Nur wenige Fuß von der Barke entfernt schwamm ein Mensch. Mit seiner Stange zog Gilbert ihn näher heran. Dann bückte er sich und hievte die Leiche an Deck. Rasch sprang der Junge am Steuer über die Kohlesäcke, um diesen unerwarteten Fund in Augenschein zu nehmen. Magga und Gilbert betrachteten angespannt das Gesicht, dann bekreuzigte Magga sich und begann zu beten: «Wir flehen Dich an, o Herr, nimm die Seele Deines Dieners gnädig auf.»

Früher am selben Tag – die aufgehende Sonne hatte soeben die Wälder von Kentystone in rotes Licht getaucht – war Thomas Gunter zwischen den Bäumen dahingeritten. Jener Brief mit den vielen Andeutungen, die doch nichts Konkretes aussagten, hatte ihn neugierig gemacht. Konnte ihn Miles Vavasour persönlich geschickt haben? Oder war der Büttel Bogo zu weiteren Enthüllungen bereit? Gunter duckte sich unter den tief hängenden Ästen, vom Waldboden hallten dumpf die Hufe seines Pferdes. Es hatte zu regnen begonnen. Während seines Rittes unter dem Gewölbe aus gebrochenem Licht fielen die Tropfen prasselnd auf Blätter und Farnkraut. Nebelschwaden trieben durch die Haine und Lichtungen des großen Waldgebiets. Der perlende Gesang der Vögel schuf für Gunter jene Umgebung, die sein Lieblingsdichter «das Gemach der Seligkeit» nannte. Wilhelm Exmewe erwartete ihn bereits im Schatten einer uralten Eiche. Unter dem Umhang hielt er seinen Dolch verborgen. Als er das Pferd näher kommen hörte, packte er ihn fest am Griff. Kaum befand es sich auf seiner Höhe, sprang er hervor und schrie ganz laut «Ho!» Das Pferd bäumte sich auf und warf Gunter zu Boden. Exmewe versetzte ihm einen Stich in die Flanke. Es wieherte auf und galoppierte fort.

«Wenn Ihr mich seht, werdet Ihr mich erkennen», brüllte Exmewe.

Gunter war zum Antworten viel zu erschrocken. Beim Sturz hatte er sich den linken Oberschenkel aufgeschürft und am Handgelenk verletzt.

«Kennt Ihr mich?», brüllte Exmewe erneut.

«Ich habe Euch noch nie im Leben gesehen.» Vor Schmerz weinte Gunter im grünen Schatten.

«Oh, ich habe dich gesehen. Besser gesagt, gerochen habe ich dich. Ich kenne deine List, Medikaster.»

«Mann, was habe ich Euch getan?»

«Wie sagt ihr Quacksalber so schön? Gesund oder tot? Glück oder Pech? Wohl oder Weh? Nun ja, du warst kurz davor, allen wehzutun.»

«Ich kann nicht …»

«Ich stehe auf Heinrichs Seite, der schon bald der Allerhöchste sein wird. In seinem Namen hat Dominus sein Werk getan.»

«Werk?»

«Du hast dich über die Kirchen ausgelassen. Du hast wegen der Kreise herumgetönt. Glück hast du nicht gebracht, nur Unglück.»

Jetzt begriff Gunter. «Bogo hat die Kreise gesehen.»

«Weißt du nicht aus der Heiligen Schrift, dass vor der Schöpfung unbedingt Chaos herrschen muss?» Exmewe lachte schallend los. «Wenn Richard weg ist, können wir von vorne beginnen.» Er beugte sich mit seinem Dolch über Gunter. «Und doch erwartet einige in Bälde das Jüngste Gericht. Das ist für deine Neugierde, Medikaster.» Mit einer raschen Bewegung schnitt er Gunter die Kehle durch, wischte den Dolch an seinem Umhang ab und steckte ihn wieder in die Scheide. Dann schleppte er den Körper des kleinen Arztes durch Moos und Adlerfarn zum Fleet, der hier tief war und eine starke Strömung hatte.[18] Er rollte ihn die Böschung hinab. Ganz sachte glitt er ins Wasser. Als Magga und Gilbert Thomas Gunter wenige Stunden später fanden, waren seine Gesichtszüge noch immer unverändert.

XXI
Der Geistliche

Johannes Ferrour betete in der Palastkapelle von Westminster seinen Rosenkranz. Er war ein gläubiger Mann, der die Lebensmitte schon weit überschritten hatte, und seit achtzehn Jahren Priester und persönlicher Beichtvater von Heinrich Bolingbroke. 1381, zur Zeit des Bauernaufstandes, war er Priester im Tower gewesen und hatte damals dem jungen Heinrich das Leben gerettet.

Der fünfzehnjährige Bolingbroke hatte Zuflucht im Beauchamp-Turm gesucht, in einem jener steinernen «Gemächer», die man üblicherweise an adelige Gefangene vergab. Ferrour war gebeten worden, ihn zu trösten und zu beraten. «Und darüber legt David Zeugnis ab», hatte er ihm erklärt, «wenn er sagt: Laqueum paraverunt pedibus meis. Denn sie haben meinen Füßen Stricke gelegt. Bewegt Euch mit Umsicht in all diesem Ungemach. David sagt weiterhin: In Seelenqualen winde ich mich, während ich vom Dorn durchbohrt werde. Und doch lässt sich dieser Dorn herausziehen.»

«Was soll das ganze Gerede über David, während Ihr einen leidenden Heinrich vor Euch seht?»

Durch die schmalen Fenster, die lediglich den Bogenschützen als Schießscharten dienten, konnten Priester und Flüchtling die Rebellen gegen den Tower anrennen sehen. Einige Verräter innerhalb der Festung waren bereits dabei, die Zugbrücke herunterzulassen. Trotzdem waren viele Aufständische so versessen darauf, das Gebäude zu betreten, dass sie durch den Burggraben schwammen. Von drinnen ertönten Alarmrufe und danach Hilfeschreie. Der Königsknabe Richard war bereits zu Verhandlungen mit der

Haupttruppe der Rebellen nach Mile End geritten. In seiner Abwesenheit war der aufgebrachte Pöbel gekommen, um den Tower zu plündern und seine restliche Besatzung zu töten. Ferrour vernahm schwere Schritte auf der Wendeltreppe des Beauchamp-Turms. Er zog Bolingbroke das reich bestickte Wams aus und zerfetzte es mit seinem Messer in kleine Stücke. Dann zeichnete er dem Jungen mit einem Stück Holzkohle Schmutzspuren auf Hals und Arme. Bolingbroke brach in Wehklagen aus und legte die Hände vors Gesicht, als könnte er damit sein Ebenbild auslöschen. Auf dem Zellenboden lag eine Strohmatratze. Ferrour bat ihn, sich darauf zu legen und zu beten. «Vertrau auf Gottes Güte», waren seine letzten Worte, ehe er die dicke Holztüre öffnete und auf den steinernen Treppenabsatz hinaustrat. Aus dem Treppenhaus drang unverständliches Gebrüll. Binnen weniger Sekunden tauchte ein großer Mann in einem zerschlissenen Wams auf und schwang drohend ein Schwert.

Ferrour breitete die Arme aus. «Christus nehme dich in Seine heilige Obhut. Wir sehnen uns nach Befreiung.»

«Wen hast du da drinnen?» Zwei weitere Aufständische hatten sich zu ihm gesellt und beäugten misstrauisch den reglos auf der Matratze liegenden Bolingbroke. «Was für ein Mäuslein ist denn das?»

«Der Sohn eines armen Gefangenen, den man auf allerhöchsten Befehl des Königs eingekerkert hat. Der Vater ist erst vor kurzem geflohen und hat sein Kind zurückgelassen. Es ist krank. Kommt näher. Betrachtet die Male dieser Krankheit.»

Sie regten sich nicht. «Der schwarze Tod?»

«Genau der. Die Pest.»

«Wer ihn tötet, würde ihn erlösen.»

«Oh, meine Meister …» Dies war eine glückliche Formulierung. Sie schien das Lumpengesindel zu erheitern. «Bedenkt es wohl. Überlegt, welch schreckliche Gefahr Ihr durch die Sünde eines Mordes auf Euch ladet, welch verabscheuungswürdige Sünde dies im Angesicht des Himmels ist. Es hieße, Gott bewusst zu verlassen. Kommt.» Der Priester hielt ihnen seine Hand hin, aber sie schraken zurück. «Tretet ans Bett. Tötet das Lamm. Häuft in Euren Herzen einen sündhaften Dunghaufen an. Dann tötet mich, denn ich werde Euch nicht die Beichte abnehmen. Dafür wird das Blut an Euren Händen noch zu frisch sein. Und denkt daran: Genauso gut könntet Ihr Eure Seele nackt zum Herrn senden. Und niemand weiß, wie bald das sein wird.»

Seine Redekunst verwirrte sie. Sie spuckten auf den Boden, schauten einander an und traten dann den Rückzug über die Treppe an.

So trat Johannes Ferrour als persönlicher Beichtvater in den Dienst des jungen Bolingbroke. In Ränken und Rebellion, in Frieden und Krieg lauschte er der Stimme von Heinrichs Gewissen. Von Geiz und Fleischeslust hatte er ihn flüstern hören, von Hochmut und Neid. Ein junges Mädchen hatte er vergewaltigt, im Zorn einen Busenfreund erstochen. Dennoch hatte nichts Ferrour auf diesen Augenblick vorbereitet. Erst vor zwei Stunden hatte man seinen Fürsten im Parlament als König von England bestätigt.

Als Heinrich Westminster Hall verließ, hatte Ferrour die Jubelrufe vernommen. In dem Moment hatte er seinen Rosenkranz gegen die Brust gedrückt und die Holzperlen so fest umklammert, dass seine Fingerspitzen schmerzten. Heinrich war durch Rebellion und Eroberungszüge auf den Thron gekommen, nicht durch göttliches Recht. Dies hatte er dem Geistlichen zwar bisher so nicht gebeichtet, aber doch etwas vom Untergang des Reiches und Richards schlechten Gesetzen gemurmelt. Es sei seine Pflicht, hatte er seinem Beichtvater erklärt, dabei aber weder Habgier noch Ehrgeiz als Triebfedern erwähnt. Doch Ferrour konnte in sein Herz sehen. Er wusste, welch sündhafte Abgründe dort zu finden waren. Würde auch er sich in den Schlingen einer Todsünde fangen, wenn er über diese Dinge Schweigen bewahrte? Gab er damit dem neuen König stillschweigend seinen Segen und machte sie beide blind für Gottes Gebot?

Jemand kniete sich neben ihn. Er spürte Unruhe und Sünde. Was für ein Mensch war das, dem Heinrichs Wachen Platz gemacht hatten? Er drehte sich um und erkannte Miles Vavasour. Der Königliche Rechtsvertreter hatte in mehreren dringlichen Angelegenheiten für Bolingbroke gearbeitet, wo es um Lehen und Leibgedinge gegangen war.

«Vater, ich bin tief bedrückt. Wie bei meiner Geburt bin ich allein.»

«Möchtest du mit mir *in secreta confessione* sprechen?»

«Ja. Möge meine letzte Stunde die beste sein.»

«Benedicte fili mi Domine.» Ehe Ferrour ihm die Beichte abnahm, zog er sich die Kapuze über die Augen. «Ist deine Reue ehrlich?»

«Ja, Vater.»

«Erfüllt dich Gram über deine schändliche Sündhaftigkeit?»

«Ja.»

«Glaubst du, dass Christus dir vergeben und dich in Gnade aufnehmen wird?»

«Ja.»

«Und gelobst du weiterhin, Gott durch wohlgefällige Werke Wiedergutmachung anzubieten und Genugtuung zu leisten?»

«Ja, Vater.»

«Dann beichte mit zerknirschtem Herzen, mein Sohn.»

«Ehrwürdiger frommer Vater», Vavasour neigte den Kopf, «ich habe vertrauten Umgang mit bösen Menschen gepflogen.» Dann erzählte der Rechtsvertreter dem Geistlichen von den Umtrieben der Vorherbestimmten. Von ihrem Anführer berichtete er, von Wilhelm Exmewe, Subprior von St. Bartholomäus. Wegen seiner Freundschaft mit Exmewe habe er bisher geschwiegen, behauptete er. Dennoch machte er keinerlei Anspielung auf jene als Dominus bekannte Vereinigung, die Unruhe und Sakrileg billigend in Kauf genommen hatte, damit der neue König den Sieg an sich reißen konnte.

Noch am Morgen hatte sich Vavasour ohne den leisesten Gedanken an eine Beichte nach Westminster Hall begeben, um an der Parlamentsdebatte teilzunehmen. Aber draußen vor dem Kapitelhaus hatte ihn der Scholar Emnot Hallyng angehalten. Er war neben Vavasours Pferd gelaufen und hatte ihm laut zugerufen: «Ihr seid von unsichtbaren Feinden umringt.»

Er zügelte sein Pferd. «Wieso?»

«Sir Miles, diese Nachricht entspricht der Wahrheit, ich schwöre es. Ein Mann spinnt ein Komplott gegen Euch.»

«Ist das Euer Ernst, oder haltet Ihr mich zum Narren?»

«Todernst.»

«Wer ist der Mann, von dem Ihr sprecht?»

«Wilhelm Exmewe.»

«Exmewe? Er ist …»

«Einer aus Eurem Bündnis? Das habe ich vermutet.»

Während der Rechtsvertreter absaß, erwog Emnot Hallyng insgeheim die Verbindung zwischen Exmewe und den Männern, die sich im Rundturm trafen.

«Gesellschaft ist kein Laster», meinte Vavasour soeben. «Außerdem muss es für jeden Beweis mindestens zwei Zeugen geben.»

«Ihr verfügt über tiefe Rechtskenntnisse, ich weiß, aber die Wahrheit geht noch tiefer. Exmewe hat mich gebeten, mit Gift Euren Tod herbeizuführen. Er traut Euch nicht zu, dass Ihr seine *secreta secretorum* bewahrt.»

«Der Löwe liegt immer im Hinterhalt.»

«Er ist kein Löwe. Lächelnd verbirgt er das Messer unter seinem Umhang. So einer ist er. Er hat düstere Vorstellungen. Ich kenne ihn.»

«Sagt an, seid Ihr einer der Wissenden?»

«Wisst Ihr über uns Bescheid?»

Der Königliche Rechtsvertreter nickte sehr schnell. «Das alles ist Exmewes Erfindung. Er hat auf beiden Seiten die Hände im Spiel.»

Nun besaß Emnot Hallyng Gewissheit über das, was zuvor nur ein Verdacht gewesen war: Exmewe hatte die Vorherbestimmten auf Geheiß gewisser hoch gestellter Männer in eine Falle geführt und würde sie demnächst verraten. Auch um die eigene Person fürchtete der Scholar. Exmewe hegte zweifellos die Absicht, ihn nach dem Mord an Vavasour verhaften zu lassen. Exmewe würde ihn schachmatt setzen.

«Beantwortet mir eine weitere Frage.» Vavasour war sehr ergrimmt. «Warum sinnt Exmewe auf meinen Tod?»

«Er vermutet irgendeine Beziehung zwischen Euch und einem gewissen Gunter, einem geschwätzigen Medikus.»

«Aber der Medikus ist tot.»

«Was? Wie das?»

«Man hat ihn im Fleet gefunden. Heimtückisch erdolcht.»

«Sein Geist hat die Behausung gewechselt?»

«Nennt man das bei Euch Neuen Menschen so?» Der Rechtsvertreter wartete die Antwort nicht ab. «Der Übeltäter ist geflohen. Ohne eine Spur zu hinterlassen.»

«Glaubt mir, werter Herr, dahinter steckt Exmewe. Er wird versuchen, Euch diesen Dolchstoß anzuhängen. Ihr habt fünf Sinne, nutzt sie. Er plant Eure Vernichtung, und dieser Tod kommt seinen Zwecken hervorragend entgegen.»

Nun erst, aus Angst um sein eigenes Leben, beschloss der Rechtsvertreter, Exmewe an den Beichtvater von Heinrich Bolingbroke zu verraten.

Eine persönliche Audienz bei Heinrich, so kurz nach dessen Machtübernahme, konnte er nicht erwarten. Ferrour hingegen konnte man bitten, seinen Bericht mündlich weiterzugeben. Daraufhin würde man Wilhelm Exmewe mit den übrigen Vorherbestimmten verhaften lassen. Vielleicht könnte sich Vavasour sogar um den neuen König verdient machen, indem er das Bündnis der Wissenden aufdeckte. Damit würde Dominus weiterhin im Verborgenen bleiben, an einem sicheren Ort, was gewiss auch im Interesse des Königs läge.

«Deshalb flehe ich Euch aus tiefstem Herzensgrunde an», murmelte der Rechtsvertreter Ferrour zu, der ihm eben die Beichte abgenommen hatte, «bedenkt meine Worte umsichtig, und übermittelt unserem guten Fürsten Heinrich meinen ehrlichen Bericht. Angesichts der großen Verwirrung und Schande, die all diese falschzüngigen Bösewichter angerichtet haben, vertraue ich auf Gott.»

«Ich werde Euren Bericht meinem guten Fürsten mitteilen. Mit Gottes Gnade wird er diese Leute so behandeln, dass sie darüber nicht allzu erfreut sein werden. In Zeiten wie diesen muss ein König zwischen Freunden und Feinden zu unterscheiden wissen.»

«Gewiss.»

«Diese Dinge werde ich niemandem anvertrauen, nur ihm. Doch was ist mit Euch, Miles Vavasour?»

«Ich lasse es dabei bewenden, denn mehr kann ich nicht tun. Ich entsage ihnen jetzt und für alle Zeit.»

«Und bereut Ihr?»

«Von ganzem Herzen bereue ich, dass ich in der Vergangenheit nach einem falschen Weg gesucht habe, einem dunklen, krummen, harten und ziellosen Weg.»

«Sprecht Ihr das als wahrhaft gläubiger Mensch?»

«Wenn nicht, mögt Ihr mich kopfüber hängen.»

«Also möchtet Ihr immer noch die ewige himmlische Seligkeit erlangen.»

«Die ist mehr als einen Penny wert.» Der Rechtsvertreter war ungemein erleichtert und erhob sich mit einiger Mühe von den Knien.

«Und doch ließe sie sich gut mit einem Penny vergleichen. Erstens, auf Grund der runden Form, die ein Bild der Ewigkeit ist, und zweitens, durch das geweihte königliche Antlitz auf dem Penny.» Einen Augenblick hielt er inne. «Zumindest das unseres künftigen Königs.»

«Wie geht es Seiner Gnaden?»

«Ich habe ihn seit seiner Ausrufung nicht gesehen. Doch seid getrost. Nach meinem Gespräch mit ihm werde ich Euch wissen lassen, wie es um die Welt steht.» Auch der Geistliche schien beim Aufstehen einen Seufzer über den Lauf der Welt auszustoßen. «Gebt Acht, wie Ihr Euch in der Stadt bewegt. Und nehmt Begleitung mit, wenn Ihr Euch nach draußen begebt. Exmewe ist noch nicht gefunden. Diese Fäulnis könnte noch länger anhalten. Mit einem Fächer kann man den Nebel nicht vertreiben. Führt Euch das Leiden Christi vor Augen und bedenkt, dass diese Vorherbestimmten auch Unruhestifter sind. Sie könnten Euch großen Schaden zufügen.»

«Dann, Vater, bitte ich Euch, mir das zu gewähren, wozu ich hergekommen bin: Absolution.»

Wieder seufzte Ferrour und hob seine Kapuze. Sie schauten einander ins Gesicht. Einen Augenblick starrte er Vavasour an und bewegte die Lippen, als wäre er durstig und wollte trinken. Mit leiser Stimme legte er ihm die Buße auf. Da entrang sich Vavasour ein lautes Schluchzen. Schließlich zeichnete er dem Rechtsvertreter ein hartes Kreuz auf die Stirn. «Ego te absolvo», hob er an, während Vavasour seine Bußformeln murmelte. Als alles abgeschlossen war, ergriff ihn der Geistliche am Arm. «Mit Gottes Gnade wird alles gut. Kommt mit an die frische Luft.»

Sie verließen die Kapelle und betraten einen gepflasterten Innenhof.

«Heute Nacht ist der Mond riesengroß. Gott segne ihn.»

Der Rechtsvertreter erwiderte nichts. Er grübelte bereits über die Art seiner Buße nach, die ihn weit über diesen vertrauten

Himmel hinausführen würde. Johannes Ferrour hatte ihm befohlen, eine Pilgerreise nach Jerusalem anzutreten und all sein weltliches Hab und Gut zurückzulassen. Auf dieser langen Reise wäre er gezwungen, für seinen Lebensunterhalt zu betteln, da er lediglich mit einem Gewand, einem Stab und einem leeren Beutel aufbrechen durfte. Er hatte Stillschweigen bewahrt, während die gesamte gesetzmäßige Macht in Frage gestellt wurde, und musste dafür Bußgeld zahlen.

Ferrour hatte von den Vorherbestimmten gehört, seit man in Antwerpen und Köln über diese Erzketzer berichtet hatte. Dass sie sogar in London ihr Unwesen trieben, hatte er allerdings nicht gewusst. Zweifellos hatten sie unter den Bürgern Konvertiten gewonnen, aber deren Anzahl und Namen kannte man nicht. Dieser Exmewe war ein Glied des Satans. Wie konnte Gott zulassen, dass Häretiker ihren Willen durchsetzten? Hatte Er alles vorherbestimmt? Doch wenn der Lauf der Zeit von Anbeginn an festgelegt war, konnte es keine Erlösung durch den Akt der Gnade geben. Dann wäre der Mensch auf ewig verdammt. Der Geistliche hatte Heinrich Bolingbroke einmal erzählt, dass es sich bei dem Stern, der die drei Könige aus dem Osten zu Jesus geführt hatte, gewiss um ihren Glauben gehandelt habe, den sie zuerst bei der Taufe empfangen hatten. «Man bezeichnet das Sakrament der Taufe als Osten, wo die Sonne aufgeht», hatte er gesagt, «denn dort war für sie nach der Nacht der Erbsünde der Tag der Gnade angebrochen.» Doch inzwischen schien alles im Zwielicht zu liegen. Es war schwer, in dieser Welt klar zu sehen. Was, wenn auch die Sünde von Gott kam, dem Schöpfer aller Dinge? Dann wären die Vorherbestimmten möglicherweise der Hand Gottes entsprungen. Vielleicht hatte Gott verdammte Seelen erschaffen. «Herr in deiner Furcht gebietenden Hoheit, untergrabe meinen Glauben nicht», murmelte er in die kalte Luft.

Im Palasthof ballte sich der erste Herbstnebel. Früher einmal war Westminster Sumpfland gewesen. Den Palast hatte man auf einer Insel errichtet, *in loco terribili»*. Noch immer war hier ein Ort des Schreckens, erfüllt von der Leidenschaft und Gier der Menschen, die um die Macht kämpften. Nie war die nebelig-düstere Stimmung gewichen. Beim Gang über den Hof begegnete Johannes Ferrour einem von Heinrichs Gefolgsleuten. Perkin Woodroffe hatte Richard just am heutigen Tag mit einem Hasardspiel gedroht, dessen Ausgang von vornherein feststand. «Die Zeit der Zerstörung ist vorbei», sagte Perkin zu dem Geistlichen, nachdem sie einander begrüßt hatten. «Wir müssen mit dem Aufbau beginnen.»

«Bis das Ende der Zeit alles zerstören wird.»

«Wirklich, Sir Johannes, Ihr sprecht dunkel. Seid heiter. Der Morgen ist noch nicht geboren.»

«Doch dann ist der Morgen schon gestern.»

«Guter Pfaffe, Euer Geist hat Schaden genommen. Dieser Nebel ist Euch zu Kopf gestiegen.» Er trat näher an ihn heran. «Sorgt dafür, dass dies nicht auch bei Heinrich geschieht. Rechtschaffen und stark muss sein Wille sein. Ein Mann, der sich heiße Kohlen ausborgt, um sein eigenes Feuer anzuzünden, muss mit wilden Sätzen sämtliche Hindernisse überspringen.»

«So weit es geht, Perkin, werde ich ihm dabei zur Seite stehen. Christus behüte Euch.»

Und doch glaubte der Geistliche insgeheim, dass ein verdorbenes Gemüt Heinrich Bolingbroke das Leben schwer mache. Wenn die Kerzenflamme durch einen rußenden Docht verdunkelt wird, so dass sie nicht hell brennen kann, verdichtet sich der aufsteigende Qualm immer mehr. Er rutschte auf einem losen Pflasterstein aus und stürzte zu Boden, wo er einen Augenblick unter heftigen Schmerzen liegen blieb. «Nanu, Ihr seid ja gefallen wie die Menschheit.» Heinrich Bolingbroke persönlich half ihm auf die Beine. «Ihr solltet darauf achten, wo Ihr hintretet.»

«Und Ihr, mein Fürst, repräsentiert die Gnade nach dem Sündenfall.»

«Angeblich soll jeder Nebel nur aus zerfallenden Wolken bestehen, aber meiner Ansicht nach kommt dieser Nebel aus der Erde.»

«Um Zerfall handelt es sich dabei gewiss. Für mich ist er eine Allegorie der Sünde.»

«Gut ausgedrückt.» Heinrich klopfte seinem Beichtvater auf den Rücken. «Wir müssen uns stets unsere Gebrechlichkeit vor Augen halten.» Sein heißer Atem mischte sich mit dem Nebel. «Ihr steht an der Tür meines Gewissens. Lasst uns an diesem Tag des Triumphs über geistliche Dinge sprechen.»

«Zuerst, mein Fürst, muss ich noch andere Dinge zur Sprache bringen, die Euch vielleicht zutiefst betreffen. Es gilt, düstere Neuigkeiten zu verdauen.»

Mittlerweile hatte sich der Nebel am Fluss entlang ausgebreitet und war in die ummauerte Stadt eingedrungen.[19]

XXII
Die zweite Nonne

Zehn Tage später – so lange wusste Heinrich Bolingbroke jetzt über die Vorherbestimmten Bescheid – stand Schwester Birgitta neben der Nonne von Clerkenwell auf einer Galerie in der Westminsterabtei. Schwester Clarissa spähte durch ein Guckloch auf die Zeremonie hinab, die unten im Chor stattfand. Neben dem Hochaltar saß Heinrich, ganz in Gold gekleidet. Sein Alabasterthron war prächtig mit Juwelen verziert. Gold- und Silberfäden durchzogen den Gobelin zu seinen Füßen, auf dem die Geschichte von Samuel und Saul abgebildet war.

«Ich sehe die Krone», flüsterte Clarissa Birgitta zu. «Ihre Zacken laufen in Kreuzform aus. Eine wunderbare Arbeit für einen ruchlosen Kopf. Man hat den Tempel aufgebrochen und das Gefäß der Gnade gestohlen.» Man vernahm Heinrichs Stimme, wie er gerade auf Englisch den Krönungseid sprach. Clarissas ergrimmtes Flüstern ging weiter, aber diesmal war nicht mehr Birgitta gemeint. «Er wird die Seelen der Lämmer an den Wolf verkaufen, der sie erwürgt. Nie wird er Teil an der Weide der Lämmer haben, an der himmlischen Seligkeit. Kein heiliges Öl wird ihn dort hinaufheben.» Clarissa wusste, dass das Öl für die Salbung des neuen Königs aus einer wundertätigen Phiole stammte, die Thomas Becket während einer Marienerscheinung von der Jungfrau selbst erhalten hatte. König Richard hatte sie vor zwei Jahren entdeckt, als er in der Kleiderkammer des Tower nach einem Halsband suchte, das einst König Johann getragen hatte. Dies wusste die Nonne, weil es ihr Richard selbst erzählt hatte.

Sie hatte den gebrochenen König vor drei Tagen in Begleitung von Birgitta besucht. Richard hatte von ihren Prophezeiungen über seine Absetzung und seinen Tod erfahren und darum gebeten, sie zu sehen. Schon bevor man sie zu ihm brachte, wusste sie, dass er nicht mehr ganz bei Sinnen war. Er trug ein weißes Gewand, das ihm bis zu den nackten Füßen reichte, und auf dem Kopf ein schwarzes Käppchen. Als sie näher trat, hielt er ihr einige Papiere hin. «Seid frohen Mutes, Dame Clarissa», sagte er. «Seid getrost. Ich bin Gottes Narr.» Er saß in einem steinernen Alkoven, den man in die Wände seiner Zelle gehauen hatte. «Mein Ende habt Ihr prophezeit, aber meinen Anfang könnt Ihr nicht prophezeien.»

«Euer Gnaden?»

«Acht Meilen Mondlicht müsst Ihr Euch besorgen und zu einer Blase stricken. Acht walisische Lieder müsst Ihr nehmen und auf eine Leiter hängen. Den linken Fuß eines Aals müsst Ihr mit dem Knarren eines Wagenrades mischen. Heißt das mehr verlangt, als einen König abzusetzen? Den von Gott Gesalbten?»

«Wer einen Spiegel zum Strahlen bringen will, muss ihn zuerst mit schwarzer Seife beschmieren.»

«Mädchen, du bist noch verrückter als ich. Oder willst du mir damit sagen, dass die Heiligkeit des Gepriesenen eines Tages wieder erstrahlen wird?» Er erhob sich, dann beugte er vor Birgitta das Knie. «Nonne, wofür hältst du mich?»

«Ich halte Euch für arm, edler Herr.»

«Armut ist das Augenglas, wodurch wir unsere Freunde sehen.» Er wandte sich an Clarissa. «Ich habe das Weinen lieben gelernt. Tränen springen über meine Wangen. Ich bin der Quell allen Wassers. Wann krönt man diese Wanze?»

«Am Dreizehnten dieses Monats. Am Fest des heiligen Eduard.»

«Am Fest des guten Königs, der diese Abtei gebaut hat. Die Steine werden mit Getöse herabstürzen. Die Erde wird erbeben.»

«Wenn er Gottes Feind ist, dann …»

«Regen wird auf den Altar fallen. Das ist meine Prophezeiung,

Nonne.» Mit energischen Schritten durchmaß er die engen Grenzen seiner Zelle. Es gab eine zweite Sitznische, von deren Fensterscharte aus man gerade noch die Themse sehen konnte. «Deutet meinen Traum, und ich werde sagen, dass Ihr Gottes Gefährtin seid. Mir träumte, ein König gab ein großes Fest, zu dem er drei Könige lud. Und diese drei Könige aßen alle aus einem einzigen Grützeteller. Sie aßen so viel, dass ihre Eier platzten, und aus ihren Eiern kamen vierundzwanzig Ochsen hervor, die mit Schwert und Schild spielten, bis nur noch drei weiße Heringe übrig waren. Und diese drei Heringe bluteten neun Tage und neun Nächte, als wären sie die Bruchstücke von Hufeisen. Was bedeutet dieser Traum?»

Trotz ihrer Verwirrung bewahrte Clarissa die Fassung. «Das übersteigt meinen Verstand, edler Herr.»

«Meinen auch.» Noch immer lief Richard mit nackten Füßen auf dem kalten Stein herum. «Sie sagen, du habest Schriftrollen und seist eine Zauberin.»

«Sie sagen die Unwahrheit. Die einzigen Schriftrollen, die ich bei mir trage, sind Gebete zu Gott.»

Einige Augenblick starrte er sie an, doch sie blieb sittsam und wandte den Blick ab, wie es die Bescheidenheit forderte. «Ma dame, bindet Ihr Eure Brüste mit Spitze?» Statt einer Antwort schlug sie das Kreuz. «Ihr errötet nicht. Schwester Clarissa, Ihr seid tiefer als ein Brunnen. Geistig wie leiblich.» Sie unterhielten sich noch ein wenig, und Richard erzählte ihnen von der heiligen Phiole. «Dieser Königspopanz ist nur ein bemaltes Zerrbild», erklärte er. «An ihm wird das Öl ranzig riechen. Zum Himmel wird es stinken.» Seufzend setzte er sich erneut in den steinernen Alkoven. «Ich erfreue mich an geistlichen Liedern, die meine Mühsal in diesem elenden Leben mindern. Singt mir eines vor.»

Und so begann Clarissa mit klarer, ruhiger Stimme zu singen: «Jesus, erbarme dich! Um Erbarmen ich schrei.»

Als sie ihn in seinem Gemach dem eigenen Gesang überließen,

murmelte Clarissa der zweiten Nonne zu: «Sein Tod hat bereits feste Gestalt angenommen.»

Wie so viele ihrer Prophezeiungen erwies sich auch diese als richtig. Außerdem erklärte sie Birgitta noch: Wenn ein ruchloser König wie Bolingbroke Herrscher werde, müssten andere die Macht behalten, bis wieder ein Gesalbter auf den Thron komme. Wer diese «anderen» sein könnten, sagte sie nicht. «Was ich getan habe», erklärte sie, «habe ich für die Heilige Mutter Kirche getan. Wenn die Herrscher unrein sind, muss Maria die Königin sein. Wir werden den ersten Schritt tun, und andere werden folgen.»

Vier Monate nach diesem Gespräch im Tower ließ man den unglücklichen Richard auf Schloss Pontefract verhungern.

Zwischen dem Tag dieser Begegnung im Tower und dem Krönungstag in der Abtei waren Berichte über Verhaftungen und Gefangennahmen durch die Stadt geschwirrt. Wilhelm Exmewe hatte man wegen Hochverrats verhaftet und gezwungen, dem Reiche abzuschwören. Während einer feierliche Zeremonie vor Paul's Cross zog man ihm ein langes weißes Gewand an, nahm ihm die Schuhe ab und drückte ihm ein großes Holzkreuz in die Hand. In der Menschenmenge, die ihn verhöhnte, befanden sich auch Roger aus Ware, der Büttel Bogo und der Rechtsgelehrte Martin. Auf allerhöchsten Befehl sollte er barfuß nach Dover laufen und dabei das Kreuz vor sich hertragen.

Unter den Würdenträgern auf der Zuschauergalerie standen Sir Geoffrey de Calis und der Bischof von London. Wilhelm Exmewe sah beide an, dann nickte er dem Ritter fast unmerklich zu. Das genügte. Exmewe hatte seine Bestimmung erfüllt. Man hatte Dominus nicht an die Welt verraten, und dies würde auch nie geschehen.

Anschließend verkündete man ihm sein Urteil: «Du, Wilhelm Exmewe, darfst nicht von der Hauptstraße abweichen und nie mehr als eine Nacht am selben Ort verbringen. Dein Weg führt nach Dover, wo du am Strand bleiben wirst. Jeden Tag musst du bis zu den Knien ins Meer waten, bis sich ein Boot findet, das dich aus diesem Königreich fortbringt. Ehe du es besteigst, musst du Folgendes verkünden: ‹Höret! Höret! Höret! Ich, Wilhelm Exmewe, werde wegen des schändlichen Sakrilegs, das ich begangen habe, dieses englische Land verlassen und nie mehr zurückkehren, es sei denn mit Erlaubnis der Könige von England oder deren Erben. So wahr mir Gott und all seine Heiligen helfen.›»

Und so geschah es auch. Aber nach seiner Ankunft in Frankreich brachte man Exmewe heimlich in ein kleines Schloss vor Avignon, wo er für sein restliches Leben unter strenger Bewachung stand.

Nach seiner Abreise stellten die Bürger erstaunt fest, dass Sir Miles Vavasour sich am selben Tag auf Pilgerfahrt begeben hatte. Außerdem gab es Gerüchte, man habe einen Ketzerzirkel entdeckt und zerschlagen. Von «neuen Menschen» war die Rede, doch danach erfuhr man nichts mehr darüber.

Schwester Birgitta hatte der Nonne diese überraschenden Ereignisse mitgeteilt. Man hatte Brank Mongorray fortgeschickt, und Clarissa verbrachte die meiste Zeit in ihrer Zelle im Hause Mariä. Birgitta schlief am Fußende ihres Bettes und betete mit ihr gemeinsam. Sie vertraute der Nonne von Clerkenwell und bezweifelte nicht einen Augenblick, dass sie nur heilige Absichten hegte. Das Einzige, was sie unsicher machte, war, dass sich Clarissa mitunter allein aus dem Kloster entfernte. Vier oder fünf Stunden war sie dann fort und kam ohne ein Wort der Erklärung wieder. Nach ihrer Gefangennahme durch den Bischof von London fürchtete Birgitta selbstverständlich um ihre Sicherheit, aber Robert Braybroke hatte Clarissa nach drei Tagen freigelassen, ohne dass ihr sichtbar Leid geschehen wäre. Vielmehr schien ihr dieses Martyrium sogar frische Kraft gegeben zu haben. Sie erklärte der zweiten Nonne, dass man im Kerker viel geistlichen Trost finden könne.

Mittlerweile war sie bei den Londonern derart beliebt, dass jeder Versuch, sie zu verhaften oder zum Schweigen zu bringen, sofort eine gewalttätige Reaktion ausgelöst hätte. Priorin Agnes de Mordaunt hatte es aufgegeben, sie in die Schranken zu weisen oder zu disziplinieren. «Achte gut auf deine Mitschläferin», hatte Dame Agnes Birgitta gewarnt. «Sorge dafür, dass sie nicht auf den Pfad der Versuchung und Sünde abirrt. Unmäßiges Lob kann manche Leute verletzen oder verzaubern. Verhexen nennt man das, Birgitta. Ich bete, dass sich Schwester Clarissa nicht auf wankelmütigen Ruhm verlässt.»

«Das tut sie sicher nicht, ma dame.»

«Eine Stunde Kälte kann sieben Jahre Hitze vertreiben. Das Rad könnte sich für sie drehen. Was ganz war, kann zerbrochen werden.»

«Ich werde ihr berichten, was Ihr gesprochen habt, ma dame.»

Vielleicht ersuchte Schwester Clarissa deshalb die Priorin ganz offiziell um Erlaubnis, an Heinrichs Krönung teilnehmen zu dürfen. Obwohl die höhere Geistlichkeit der Abtei sie um ihre Teilnahme gebeten hatte, hatte sie sich bereit erklärt, nur im Geheimen dort einzutreffen und auf der oberen Galerie zu bleiben.

Noch immer schaute sie durchs Guckloch. «Jetzt, Birgitta, jetzt hat er die Krone auf dem Kopf. Er hält den Reichsapfel und das Szepter. Für eine verdammte Seele sitzt er völlig ruhig da.» Der Chor sang nun die Jubelmotette «Illa iuventus». Feierliche Klänge hüllten die beiden Nonnen ein. «Der Erzbischof hat die rechte Hand zum Himmel erhoben. Jetzt deutet er auf das Bild der Heiligen Jungfrau an der Nordseite des Altars. Jetzt beugt er das Knie. Heinrich erhebt sich.» Sie lachte. «Bei Kerzenschein glänzt jeder reich herausgeputzte Schurke. Jetzt zieht Heinrich feierlich an den Grafen und allen anderen vorbei.» Lessiez les aller et faire leur devoir de par dieu. Sie sollten lieber ihre Pflicht gegenüber Gott erfüllen», flüsterte sie der zweiten Nonne grimmig zu.

Am selben Abend – die Zeremonie war schon lange vorbei – wurde Birgitta plötzlich aus dem Schlummer gerissen. Clarissa schüttelte sie am Arm. «Birgitta, komm, komm mit mir. Es ist Zeit.»

«Zeit?»

«Folge mir.»

Beide Nonnen verließen ihre Zelle und gingen leise durch den Kreuzgang. Clarissa bestand auf Schweigen und Heimlichkeit. Neben einer der Seitentüren des Klosters erwartete sie ein Zweispänner. Kaum waren sie eingestiegen, hob der Reiter die Peitsche.

«Wohin fahren wir?», wollte Birgitta wissen. Sie konnte das frische Stroh auf dem Boden des Gefährts riechen. Aus irgendeinem Grund löste das tiefes Unbehagen in ihr aus.

«Nicht weit, und doch einen langen Weg.»

Sie fuhren nach Süden, durch Smithfield, an Little Britain entlang und St. Martin's hinunter. Als kleines Mädchen war Birgitta mit ihrer Amme und Begleiterin, Beldame Patience, durch diese Straßen spaziert. Stets hatte das fortwährende lebhafte Treiben dort kräftigend auf sie gewirkt. Sie kannte jeden Laden und jede Hütte, jeden Stall und jede Behausung. Trotzdem überraschte sie das endlose Stadtleben immer wieder. Dann hatte man sie zum Eintreten ins Kloster verpflichtet.

«Du musst nichts sagen», erklärte ihr Clarissa soeben. «Bewahre das Gesehene in deinem Herzen, bis die Zeit reif ist.» Inzwischen näherten sie sich dem Fluss. Am Rundturm aus römischen Steinen hielt der Wagen an.

Zwei Bedienstete traten mit Fackeln aus dem großen Tor und begrüßten sie. Clarissa betrat als Erste den Turm. Zu ihrem großen Erstaunen bemerkte Birgitta drei prächtig gewandete Männer, die in einem Durchgang warteten und sich vor der Nonne verbeugten. Nach ihr gingen sie eine steinerne Wendeltreppe in ein großes Gewölbe hinunter, wo noch andere warteten. Birgitta erkannte Robert Braybroke wieder, den Bischof von London, der Clarissa erst vor wenigen Wochen eingesperrt hatte. Und war das nicht der Erzbischof höchstpersönlich? Alle trugen Umhänge aus blau gestreiftem Tuch. Warum hatten sie sich am Abend nach der Krönung an diesem Ort versammelt?

Schwester Clarissa stand in ihrer Mitte. «Meinen Namen kennt ihr», sagte sie zu ihnen. «Alles ist nach unseren Wünschen abgelaufen. Exmewe wurde verbannt und wird nicht reden. Er hat sich mit Ketzern verschworen. Nun ist er vom Winde verweht. Die Vorherbestimmten wurden zerschlagen. In Zukunft wird von ihnen nicht mehr die Rede sein. Und doch haben sie ein erfreuliches Erbe hinterlassen. Der neue König ist nicht heilig. Ein Thronräuber ist er. Gott ist mit uns, und jetzt wird Er, durch uns, das Schicksal dieses Königreichs lenken.»

«König Heinrich wird dagegenhalten –», hob der Bischof an.

«Es gibt manchen Mann, der sich auf eine Auseinandersetzung mit einer Frau einlässt und kein Ende finden kann.[20] Nein, wir sind jetzt die Heiligen. Wir sind wahrhaft gesalbt. Wir werden hinter dem König herrschen. Also, seid frohen Herzens. Dominus erhebt sich.»[21]

XXIII
Der Dichter spricht

1 Zur Zeit von Agnes de Mordaunt bestanden die Londoner Bürger darauf, hier dreitägige Mysterienspiele abzuhalten, in denen man die Heilsgeschichte der Welt nachbildete, von ihrer Erschaffung bis zum Jüngsten Gericht.

2 Keine Spur erinnert heute an das Kloster von Clerkenwell, nicht einmal ein Denkmal. Nur das Wirtshaus «Zu den Drei Königen» steht auf dem Platz des vormaligen Klostergästehauses. Die unterirdischen Gänge kann man allerdings noch im Keller der Marx Memorial Library besichtigen, Clerkenwell Green 37 a.

3 Angeblich war die Heilige Jungfrau in diesem Kreuzgang einmal einem gewissen Wilhelm Rahere, dem Gründer der Priorei, erschienen. Allerdings bestand Rahere darauf, dass man weder eine Statue noch einen Altar errichtete. Die Worte der Jungfrau an ihn sind nicht überliefert, aber später erzählte er mit Tränen in den Augen von dem brennenden Busch mit den roten Flammen.

4 Die Londoner waren Fäkaliengestank gewohnt. Noch immer mied man bestimmte Stadtteile aus Angst vor Ansteckung. Die Ausnahme bildeten Schnüffler und Abtrittputzer oder Gassenkehrer, die den Kot einsammelten und auf den Feldern jenseits der Stadtmauern ausbrachten.

5 An der Stelle des Innenhofs samt Abtritt, wo Radulfs Geist singend aus seinem Körper fuhr, steht heute das St. John's Restaurant, eine Kaffeebar.

6 Von dieser Gegend in der Camomile Street heißt es bis auf den heutigen Tag, dass dort Gespenster umgehen.

7 Gewisse Glaubensaspekte der Lollharden stehen nach Ansicht moderner Historiker denen der «Vorherbestimmten» oder «Wissenden» nahe. Allerdings fehlten den Lollharden die apokalyptischen und messianischen Tendenzen dieser weitaus kleineren Sekte fast gänzlich.

8 Eine während dieses Zeitraums verfasste Predigt – sie steht in den gesammelten *Sermones Londonii* (London, 1864) – ist eine Schmährede Swinderbys gegen «die gemeinhin als Lollharden bekannten Menschen, die seit langem nach dem Umsturz des gesamten katholischen Glaubens und der Heiligen Kirche, der Einschränkung öffentlicher Gottesdienste, der Zerstörung des Reiches und vielen anderen Ungeheuerlichkeiten trachten».

9 1378 hatten einige Kardinäle die Wahl von Papst Urban IX. für ungültig erklärt. Daraufhin hatte der neue Papst die Kläger exkommuniziert. Die Abweichler zogen sich nach Avignon zurück, wo sie einen der Ihren zum «wahren» Papst wählten. Dies war der Anfang jener Kirchenspaltung, die zwei Päpste hervorbrachte, einen in Rom und einen in Avignon. Es gab zwei Kardinalskollegien und in manchen Klöstern zwei Äbte mit gegenläufigen Gehorsamsgelübden. Dieses Schisma wurde durch persönliche Eifersüchteleien und politische Ambitionen, aber auch durch die Korruption der Kirche und nationale Rivalitäten aufrechterhalten. Die Päpste in Avignon wurden von Frankreich und seinen Verbündeten Schottland und Neapel unterstützt, während sich Deutschland, Flandern, Italien und ein deutlich weniger begeistertes England an die römischen Päpste hielten.

10 Hundert Jahre zuvor hatte ein Künstler, den man nur als «Peter, der Maler» kennt, den Auftrag erhalten, die «schlichten Figuren des Totentanzes» zu zeichnen. Dies war ihm dermaßen eindrucksvoll gelungen, dass ganze Generationen von Londonern davon ergriffen waren und sich fürchteten.

11 Die Achtzehn Thesen wurden in einem Manuskript entdeckt,

das heute in der Britischen Staatsbibliothek unter der Signatur Add. 14.3405 aufbewahrt wird. Dr. Skinner hat es folgendermaßen übersetzt:

«Item. Kirchen sind Höhlen und Behausungen von Unholden. Sie sind Stätten der Sünde und Gelegenheit zum Sündigen.

Item. Der Papst ist der Urheber des Antichrist und sein Kopf, die Prälaten sind die Glieder und die Mönche sein Schwanz.

Item. Der heiligste Mann auf der Welt ist der wahre Papst.

Item. Nicht der Ort heiligt den Menschen, der Mensch heiligt den Ort.

Item. Der Bedürftige ist das Ebenbild Gottes und gleicht ihm weit mehr als ein Abbild aus Holz oder Stein.

Item. Die Beichte soll man vor keinem Priester ablegen, denn kein Priester besitzt die Macht, einen Menschen von Sünden freizusprechen.

Item. Es ist rechtens, dass Priester und Nonnen heiraten, denn Liebe ist löblicher als Keuschheit.

Item. Nach den Abendmahlsworten eines Priesters bleibt auf dem Altar lediglich ein leibhaftiges Brotstück zurück, an dem eine Maus getrost knabbern darf.

Item. Von einem Priester gesegnetes Wasser hat nicht mehr Wirkung als das Wasser eines Flusses oder eines Brunnens, da Gott alles gesegnet hat, was Er geschaffen hat.

Item. Es ist nicht rechtens, dass irgendein Mensch für ein Königreich oder Land kämpft oder in die Schlacht zieht. Auch soll keiner wegen einer rechten oder unrechten Sache die Gerichte bemühen.

Item. Es ist recht und billig, am Sonntag und an allen anderen Tagen, die auf Geheiß der Kirche heilig zu halten sind, körperliche Arbeit jeglicher Art zu verrichten.

Item. Wer vom ewigen Tode erlöst ist, kann keine Sünde begehen.

Item. Glockengeläut bringt keinen Nutzen, außer Geld in die Beutel der Priester zu schaffen.

Item. Alle, die vom ewigen Tod erlöst sind, bilden die wahre Kirche, im Himmel wie auf Erden.

Item. Das Sakrament der Taufe ist eine Posse und nicht der Mühe wert.

Item. Es ist keine Sünde, die kirchlichen Gebote nicht zu befolgen.

Item. Auf freiem Felde kann man genauso beten wie in der Kirche.

Item. Anstatt eines Vaterunsers können Laien genauso gut ‹lirum larum› sagen.»

12 Das Stadtgericht der Bürger trat in einem steinernen Amphitheater zusammen, nur wenige hundert Meter von der St.-Pauls-Kathedrale entfernt. Es handelte sich um die Ruine eines römischen Bauwerks, das man schon seinerzeit für ähnliche öffentliche Veranstaltungen benützt hatte. Die Bürger hatten es als eindeutigen Beweis der antiken Ursprünge Londons bewahrt. Die Sitzreihen für Großversammlungen waren immer noch erhalten. Die Gildehallen des 11. und 15. Jahrhunderts wurden ebenfalls hier errichtet. Heutzutage befindet sich dort das moderne Rathaus.

13 Historiker vertreten widersprüchliche Meinungen, wie lange der Geheimbund namens Dominus überdauert hat. Aus den hier berichteten Ereignissen wird deutlich, dass Dominus von einer einzigen Gruppe beherrscht wurde, die den Interessen Heinrich Bolingbrokes diente und die Vorherbestimmten zur Durchsetzung ihres Zieles benützte. Dennoch bleibt völlig unklar, ob dieser Bund bei späteren Angelegenheiten von nationaler Tragweite seine Partisanentaktik beibehielt. Einige meinen, er sei während der Zeit des Bürgerkriegs aufgelöst worden, als er das Ausmaß des Religionskonflikts nicht mehr begrenzen konnte. Andere hingegen weisen Spuren seiner Existenz noch

in den Gordonaufständen von 1780 und in der Oxforder Bewegung der dreißiger Jahre des 19. Jahrhunderts nach. Einige Historiker glauben an die Existenz von Dominus bis zum heutigen Tage und verweisen auf die Ereignisse in Nordirland als Beweis für seine unheilvolle Verschwörung.

14 Haukyn's Field ist heute ein Grashügel, den man wenige Meter südlich der Whitechapel High Street sehen kann. Nachts kommen nicht viele Leute hierher.

15 Es wurde behauptet, das Mittsommernachtsfest sei antiken Ursprungs und seine Trinkgelage und gewalttätigen Spiele seien früher einmal ein Teil gewisser religiöser Zeremonien gewesen, die unter den einfachen Leuten noch immer stark nachwirkten. Freudenfeuer und sportliche Wettkämpfe bildeten eine Art atavistische Erinnerung an die Zeit vorchristlicher Gottesdienste. Mitte des 16. Jahrhunderts, während der Reformationszeit, wurde das Mittsommernachtsfest eingestellt. Trotzdem ist es immer noch üblich, Kneipentüren mit Girlanden und Blumenkörben zu schmücken.

16 Seinen Sterbeort kann man immer noch in den Überresten der Kirche St. Bartholomäus sehen.

17 An der Ecke Wood Street und Cheapside wächst noch immer ein Baum im kargen Stadtboden. Obwohl es heute eine Platane statt einer Eiche ist, gedeiht auch sie in der Londoner Luft.

18 Den Verlauf dieses Fleetteils kann man an den vielen Kurven erkennen, die die Londoner Straßen in diesem Viertel machen. Thomas Gunter wurde von Wilhelm Exmewe an der Flussbiegung ermordet, wo heutzutage die Pancras Road in den Pancras Way mündet.

19 Den gleichen Nebel erwähnt Strabo in seiner Beschreibung Londons aus dem 1. Jahrhundert n. Chr. Er berichtet, man habe die Sonne täglich nur drei oder vier Stunden sehen können. Zwei Jahrhunderte später spricht auch Herodian von «ei-

nem dicken Nebel, der aus dem Sumpfland aufsteigt». In manchen Nächten zieht dieser Nebel noch immer in dunklen Schwaden durch Westminster.

20 Die Rolle der Nonne wurde in Geschichtsbüchern über das England des ausgehenden 14. und frühen 15. Jahrhunderts intensiv untersucht. Man hat sie mit anderen «Unruhestifterinnen» verglichen, z. B. mit Elizabeth Barton, der «verrückten Nonne aus Kent» im 16. Jahrhundert und der Herzogin von Newcastle im 18. Jahrhundert. Andere haben sie als wesentlichen Teil der Kirchenspaltung betrachtet, als Repräsentantin der so genannten «matriarchalischen Tendenz». Eines steht jedenfalls fest: Sie bestand auf der Oberhoheit der allumfassenden Kirche gegenüber nationalen Souveränen. Ob sie sich an den Komplotten von Dominus beteiligt hat, um Unfrieden zu stiften und damit die Herrschaft Richards II. in Misskredit zu bringen, bleibt eine offene Frage. Ihre anschließende Kontrolle über diese Organisation behielt sie bis zu ihrem Tod im Jahre 1427 bei. Inzwischen war sie längst Priorin des Marienklosters in Clerkenwell. Unter ihrer Führung entwickelte Dominus nach außen hin sichtbare Züge, auch wenn es nach wie vor eine im Verborgenen arbeitende Gruppe blieb.

21 Erst in den letzten Jahren hat man die Verbindung zwischen Dominus und den Vorherbestimmten entdeckt. Über fünfhundert Jahre beschrieben Historiker die Aktivitäten der Vorherbestimmten als kurze, wenn auch einzigartige Episode im Rahmen der antiklerikalen Aktivitäten dieser Zeit. 1927 wurde jedoch in der Bibliothek der Kathedrale von Löwen zwischen einem Bündel kirchlicher Dokumente ein Brief von Wilhelm Exmewe gefunden. Er war in Avignon geschrieben worden, hatte aber offensichtlich nie sein Ziel erreicht. Der Empfänger wird schlicht und einfach als «Lieber Vater in Christo» angesprochen. In diesem Brief beichtet Exmewe seine Verbindung zu den Vorherbestimmten und behauptet: «Do-

minus me festinavit.» Dies könnte zweierlei bedeuten: Entweder, Dominus – die Organisation – oder Dominus – das heißt Gott – hat mich angetrieben. Doch dann fährt Exmewe mit einer Liste all derer fort, die vor der Krönung Heinrich Bolingbrokes Mitglieder von Dominus waren, und nennt auch die Namen der Vorherbestimmten. Ohne die Hilfe seines Briefs hätte dieser Roman nicht geschrieben werden können.

Peter Ackroyd, 2003

Inhalt